本著作系海南大学"中西部高校提升综合实力工程"之
"海南文化软实力科研创新团队"系列成果之一

在东方与西方之间：

现代旅日作家的文化体验

蒋 磊◎著

社会科学文献出版社
SOCIAL SCIENCES ACADEMIC PRESS (CHINA)

摘　要

　　旅日活动是晚清民国时期的中国人获得跨域经验、想象外部世界的重要一维，它包括留学、游历、流亡、访问等几个方面。尤其是甲午战争后至抗战前夕的四十余年间，几次大规模的留日潮以及中日学人的频繁互动，使得中国人的日本观、世界观发生了剧变。对于鲁迅、郭沫若、郁达夫、周作人等作家来说，旅日活动不仅让他们接触到现代思想著作和文学作品，更让他们在异域生活中获得了具有现代性特征的文化经验。

　　近代日本是一个在"东方"与"西方"之间的文化场所，因此，旅日作家的文化体验就具有在"区域"和"世界"之间的多重属性。本书的主旨在于探察这些文化体验究竟有何特质，解答"日本体验与中国文学的现代性发生"之间的关系问题。

　　本书主要从语言、风景、都市文化和日常生活体验等几个角度展开论述。

　　绪论追溯了近代以来"东方"观和"西方"观的产生，并对"旅日"的概念进行了解析。

　　第一章谈语言。旅日作家与异质语言的接触过程中，出现了"笔谈""日语的移植""多语言混杂"等现象。异质语言之间的误读、冲突造成了文化的隔阂，但同时又不断生成着新的语义符号和表达方式，产生了介于古汉语、日语和英语之间的新语言。

第二章分析旅日作家的风景体验。从风景描写语言的革新，到"图像的风景""轨道线上的风景"，旅日作家常通过十分现代的视角来发现日本风景、书写风景对象。在旅日作家笔下，产生了现代"文化风景"的审美意识，导致了风景的多元取向。在这之中，"赏樱"和"登富士山"所引发的文化冲突体现了旅日作家风景体验的矛盾与暧昧性。

第三章论都市文化。通过对以东京为代表的日本都市的观察，对动物园、博物馆、市内电车、电影院等文化场所的分析，本书认为，都市的新景观触发了旅日作家的民族情绪；新的娱乐场和交通线塑造了旅日作家的情感表达和人际交往方式；旅日作家的都市文化观存在着"都市梦"和"反都市"两种截然不同的倾向。在旅日作家眼里，日本现代都市不仅是"杂交文化"的场所，还具有"第三空间"的特征。

第四章关注旅日作家的日常生活。包括旅日作家的"清洁"体验和对服饰、饮食文化的体验，揭示了卫生问题背后所隐含的"文明观"冲突，呈现出在"和风"与"洋风"之间的现代生活形态。

上述文化现象，既是中日文化交流的产物，又体现了东亚文化与欧美文化的多元对话。因此，现代旅日作家的文化体验，可谓超越了"东方"和"西方"的现代性体验。

目　录

绪　论

一　"东方"与"西方"的起源

　　近代以来的思想著作和文学作品中，有关"东方"与"西方"的文化争论寻常可见，而一些学术研究的学科分类也以此为依据，例如"东方文学"与"西方文学"、"东方哲学"与"西方哲学"、"东方美学"与"西方美学"等。那些有关文化交流问题的报刊文章和言论，尽管在整体上呈现流派纷呈、百家争鸣的局面，但似乎又总是可以归结到"'东方'还是'西方'？"这一大问题的框架下，表现为对此问题的不同解答。无论是"西化派"（如陈独秀、胡适）、"国粹派"（如杜亚泉、梁漱溟），还是"折中调和派"（如梁启超），都是在"东方－西方"二元对立的思维模式下提出各自观点的。即便是后来出现的一些试图"超越东西方"的文化论，也不得不在反思"东西方文化观"的基础之上来展开论述。因此可以说，"东方"与"西方"，是近现代中国思想界的一大研究主线，是我们论及文化问题之时无法绕开的话题。

　　但显而易见的是，所谓"东方"或者"西方"，各自都不是铁板一块，"东方"或"西方"内部的文化差异性，其复杂程度远超我们的想象。因此，"东方－西方"这种过于宏大、壁垒分明、粗疏笼统的描述方式，并不能反映多元文化的真实样态。尤其是1980年代以后，在后殖民主义所创造的理论语境中来看待这一问题时，为我们所惯用的"东方－西方"话语更招致质疑和反省，因此，为打破"东方－西方"的思维模式，将文化交流问题引向更深的层次，首先需要对"东方"与"西方"进行一番谱系学的考察。

那么，"东方"与"西方"的观念，是自来就有的吗？这对概念究竟源起于何时，又因何成为近代国人世界观的基本构架呢？它在20世纪思想讨论中的广泛使用，反映了什么样的政治含义？它在不同时代背景下的各种表述方式，体现了怎样的历史嬗变过程？

由于"东方"与"西方"概念的产生和流变总是涉及跨越了国界、洲际的异域经验，因而对于以上种种问题的解答，就可以从多重的视角出发，如中国本土的视角、西方的视角、日本的视角等。本书针对近代以来中日文化互动的历史，将采用"东亚"的视角，来看待中国文学现代性发生的问题。

鸦片战争以前，"中华帝国居于世界之'中心'的位置"，是千百年来中国人的自我想象和定位。尽管"中国"的国家意识未必出现得很早，而普遍自称"中国人"，也是较为晚近的事情，[①] 但自视为文明之正统、天下万国之核心的意识，无论在汉民族掌权的汉唐、宋明时期，还是元朝、清朝等少数民族统治时代，都清晰可见，这一点，从历

---

① "中国"起源于何时？这是一个有争议的话题。以杜赞奇为代表的汉学家从"后学"视角出发，对"中国"概念的历史同一性提出了质疑。对此，葛兆光以"'中国'意识宋代凸显说"做出了回应，认为"中国"的概念在宋士大夫思想中得到了强化和推广。参阅葛兆光《宅兹中国——重建有关"中国"的历史论述》，中华书局，2011。

朝历代流传下来的古地图中即可看出。正所谓"普天之下，莫非王土；率土之滨，莫非王臣"（《诗经·小雅·北山》），在中国历史上，但凡统治力量难以触及之地，一概视之为蛮夷僻壤，理应向天朝称臣纳贡。因此，只有"中"的自我感受才是中国人世界观的主流意识，所谓"东方""亚洲""东亚"的概念，在彼时的中国人那里是极为淡漠的，而"西方"的观念也不如"外夷"之感更为强烈。

　　这种地理和政治双重层面上的自我意识，基于自古以来逐渐确立的"华夷秩序"和"朝贡体系"。不过，这种"华夷秩序"并不总是为周边国家和地区所认同，它常表现为中华帝国一厢情愿的政治要求，而"朝贡体系"也并非一成不变，尤其是在近古时期的东亚地区，这种以中华帝国为文明中心的格局出现了瓦解的迹象。明亡以后，朝鲜出现了蔑视清朝政府、自视为中华文化正统的思想，而日本江户时代的"古学"和"国学"家们，更提出"华夷变态"之说，认为清代的中华帝国已经逐步走向衰败，由"华"沦为"夷"，而日本则应该成为真正的"华"，甚至世界的中心。

　　随着前近代及近代以来欧美列强对亚洲各国的入侵，"华夷秩序"彻底被打破，日本幕末思想中的"华夷变态"观真实地发生了，从此以后，"东方""亚洲""亚细亚""东亚""亚东""东洋"之类的概念开始逐步取代天朝中心观。在成书于1840年代的《海国图志》中，虽然言明作书的目的是"为师夷长技以制夷"，仍然将异域诸邦皆称为"夷"，但又以"夷图、夷语"作为著书凭据之一。在实际书写中，魏源摒弃了"天圆地方"的旧说，强化了"宇宙之大、南北极上下之浑圆"[1]的天文地理观，并描述了四海万国并存的状态，从而不自觉地消

---

[1]　魏源：《海国图志》，中州古籍出版社，1999，第67~70页。

解了天朝中心论。在《海国图志·阿细亚洲》的描述中，中国的位置被明确地放在了亚细亚的东南方。到了 1895 年甲午中日战争后，清政府被迫在《马关条约》中承认朝鲜"独立"，标志着"华夷秩序"的最终瓦解。而"东方""亚洲""东亚"等观念正是作为"华夷秩序"崩溃以后的替代品出现的，相应的，"西方"也越来越受到中国人的重视，成为近代以来挥之不去的"他者"的阴影。

根据上述情况，可以提出下列疑问。

第一，自近代以来，尤其是清末民初时期，分别有哪些历史因素参与了中国人东西方观念的创造？日本的崛起，在这一文化变局中起到了怎样的作用？而自古承袭而来的天朝中心观，又是如何向"东方"观转变的？

"东方"和"西方"，不仅仅是地理学上的一种命名，还是各种政治、经济、历史和社会文化观念所生产出来的一种"知识"。作为知识生产物的"东方"，凝合了西方殖民者对亚洲的观察视角、日本国家主义的政治野心、中国民族主义意识的变形，它是一个有着丰富的政治意味的空间，反映了以欧洲、日本和中国为主的多重历史视角。而相应的，"西方"则暗示了"东方"之外的另一种可能性："西方"是对"东方"的拯救者、奴役者、文化闯入者、资源征用者，总而言之，是"东方"的对应之物。于是在近现代史著作中，便出现了这样的叙述模式：近代"东方"逐步衰弱之时，似乎正是"西方"勃兴、扩张的大好年代；而当"西方"文化在某些方面趋于没落之时，仿佛恰好带来了"东方"的复兴之机。

欧洲思想对于"东西方"文化观的产生，起到了最为直接的作用。可以说，正是由于近代以来西方思想的强势兴起，才产生了"东方"的观念。不过，如果完全将"东方"纳入西方思想的体系中，认为

"东方"乃"西方"的生产物，则过于简单化。① 实际上，"东方"不仅是与"西方"相伴而生的一个"西方的观念"，同时还是近代亚洲国家的自我生产物，是近代中华文化、日本文化、印度文化相交碰的产物，它的实际发生过程，远比欧洲对亚洲的所谓"冲击－反应"模式来得复杂。

而在这之中，近代日本可谓横亘在欧洲和亚洲之间、东方和西方之间的一块难以消化的骨头，始终无法被纳入"东方－西方"的叙述框架中。日本是"东亚"观或"东方"观的大力鼓吹者，近代日本的"脱亚论"或"兴亚论"，都是在对欧洲与亚洲、西方与东方的比对中产生的。随着日本军事的扩张、野心的膨胀，日本思想者所鼓吹的"大东合邦论"（樽井藤吉，1893）、"亚洲一体论"（冈仓天心，1902）等，又逐渐被赋予了"日本主义"的含义，日本通过"东方"观和"东亚"观的构建试图将自己塑造为亚洲的盟主，这其中潜藏着幕末以来的"华夷变态"思想；但同时，这种"亚细亚的优等生"意识，又是在对西方的尊崇过程中形成的，带有强烈的西方殖民主义色彩。

对于"东方"与"西方"的建构，除了欧洲的视角、日本的视角以外，自然还有中国的视角。在面对西方列强和日本的入侵之时，中国的民族主义意识空前高涨，"东方"因含有对"西方"的反抗意识而被

---

① 汪晖在论亚洲问题时认为，从历史的角度看，亚洲并不是一个亚洲的观念，而是一个欧洲的观念。在孟德斯鸠、亚当·斯密、黑格尔、马克思等欧洲作者的著作中，亚洲概念是在与欧洲的对比中建立起来，并被纳入一种目的论的历史轨道之中的。参阅汪晖《现代中国思想的兴起》，三联书店，2003，第257页。这种将"亚洲"完全纳入欧洲思想的范畴之内的做法，或许忽视了亚洲国家在自我意识塑造中的主动性。同样道理，"东方"和"亚洲"一样，是中国人、日本人、印度人将本土文化与西方文化相比较时的知识产物，而不仅仅是一个"西方"的观念。

强调，也成为中国民族主义意识的派生物。因此，近代以来关于"东方"和"西方"的论述包含了多重的意义，成为一个充满着竞争的意义"场域"，在其中，诸多相异甚或对立的"东西方"论展开了角逐，集中表现于 20 世纪初叶发生在中国思想界的数次东西方文化论战①之中。

第二，既然"东方"是一个复杂、多义的地缘政治生产物和文化建构物，那么在晚清到"五四"期间的中国人眼中，"东方"意味着什么？他们是否已经具有所谓的"东西方观"或东方主义意识？这种东方主义意识有着怎样的特点和知识构成？

当传统的华夷秩序因全球政局的动荡而崩溃以后，中国人并没有一头扑进"世界"的怀抱，简单地将自己定位为"世界"的一员。这是因为，部分中国人在学习西方的同时不无警觉地意识到，所谓"世界"有时不过是为西方人所单方面规定的"世界"罢了。因此，直至"西学"大兴的"五四"时期，中国都没法抛弃"国粹"的旧癖，多有抱残守缺、以中华文化为傲者。而正是由于对中华文化的自尊自傲，当中国人在战争和留学、流亡风潮中史无前例地与日本、朝鲜等国大规模接触时，他们无法将深受中国影响的日本与"西方列强"等而视之，更无法忘掉朝鲜的"藩属国"位置。甚至在面对南亚、东南亚诸国时，他们也时常发出文化的共通感，将其视为中华文化的辐射地。

由于儒家文化圈的亲缘性以及"同文同种"的观念，近代中国人终究无法彻底消除与日本、朝鲜的文化连带感和民族亲近感，也由于佛

---

① 主要有清末时期章太炎、刘师培等人与"欧化派"的"国粹与欧化之争"；新文化运动至"五四"时期陈独秀、李大钊与杜亚泉、辜鸿铭、蔡元培、章士钊等人的"东方与西方文化之争"；"五四"以后梁启超、胡适与梁漱溟、冯友兰等人的"东方与西方文化之争"。

教文化模糊的影响范围，印度文化也常被视为亚洲文明的代表，被纳入"东方"的阵营中来看待。① 针对这些思潮和观念，自然又产生了以"西化"或"新文化"为旗帜，试图解构"东方"的思想，愈加拉大了"东方"与"西方"之间的距离。

其实，无论是认同"东方"还是拒斥"东方"，无论是"复兴东方"还是"崇尚西方"，都意味着对中、日、朝以及东南亚、南亚、中亚、西亚诸国的关系重组，意味着"华夷秩序"崩溃之后，中国人不断寻求着自身在世界秩序中的重新定位。于是，当近代中国人走出国门，去获取异域经验、想象崭新世界之时，或者当大批的异域来客，怀着各种不同的目的进入中国，与中国人发生文化触碰之时，对于中国人文化身份问题的思考就总是伴随在他们的交流过程之中。

当我们将目光投向东亚，聚焦于日本，观察近代中国人的日本体验（这种体验包括旅日体验、日本人来华交流和对日想象等多个层面）时，就会发现一个有趣的现象：中国人的东西方观，是在一种奇异的交流模式中产生的——由于日本是近代学人学习西方的前站，也是现代中国思想的源发地之一，中国人一方面的确是通过与日本这一文化近亲相交碰来想象"东方"、构建东方意识的，但另一方面，恰恰由于明治末期的日本已经是学西的"优等生"，是一个严重西化的地域，中日之间这种不对等的交碰随时随地被掺入了某种西方意识或"世界意识"。中国人试图通过对"东方"的强调来对抗"西方"，但十分诡谲的是，"东方"本身就带有西方思想的色彩，而同处亚洲的日本又是近代中国的殖民者之一，这导致中国人的东方意识从一开始就带有自我否定的意味。

---

① 从 1924 年"泰戈尔来华事件"所引发的文化论争中，即可见到这种对印度文化的亲近观念。

可以看到，日本人是在较为主动的国际境遇中建构其东方观、亚洲观的，其东方主义论调或有西方思想的背景、或源于日本本土，但无论哪种情况，皆出自日本人自身的需要；而与日本不同的是，中国人却是在被动的接受中形成东方意识和亚洲意识的，这种意识或是对日本思想的回应，或出于对传统文化的怀旧，偏偏绝少属于中国学人的原创。

第三，由以上问题还可衍生出另一问题，即当时中国人的东西方观，究竟是通过哪些具体途径被建构起来的？

从东亚文化交流史的角度来看，这些途径主要包括战争、留学、流亡、游历、想象和来华事件。

甲午中日战争造就了近代中国与日、朝两国的首次大规模接触，也是中国的日本观、日本的中国观以及朝鲜的中日观发生剧变的转折点，它必然影响了各国东西方观的形成转变，这反映在战争前后的一些文学作品中；而晚清至"五四"时期的几次大规模留日学潮，以及志士文人的流亡及游历、访问，造成了更大规模的文化交碰，许多人正是在这些活动中发现"东方"和"西方"的，这在"留学生文学"、"流亡文学"和"游记文学"中，多有体现。此外，一些身居国内者，也依然可以通过印刷媒介对异域展开想象，或者通过对泰戈尔等人来华事件的观察，来建构其东西方观。

在这之中，最为值得注意的是百年前中国的"旅日潮"。① 清末至抗战前夕几次大规模的旅日活动，对中国的政治变革、思想转型起到了

---

① 清末民国的留日学生对于中国政治变局和文化发展的作用是巨大的，基于这样的认识，对于清末民国"留日潮"的研究已著述颇丰，仅从文学研究领域来看，史书美、伊藤虎丸、李怡和靳明全等人的研究都值得注意。不过，笔者更愿意使用"旅日潮"这一说法，以便将诸多并未以留学为目的的赴日者纳入考察范围，更为全面地把握日本对近现代中国的影响。

至关重要的作用，更参与了对近代国人文化观念的塑造。日本这一特殊地域中，中国学人获取了中华文化以外的文化体验，这种体验既是新鲜的，又是怀旧的，既是"东洋风"的，又是"欧美化"的，从而建立了复杂而暧昧的东西方文化观。他们通过日本想象，强化了"东方"和"西方"，但同时，近代日本所具有的在东方与西方"之间"的文化属性，又使得旅日活动获得了超越"东方－西方"模式的跨域经验，使日本成为"作为方法的日本"。

这样奇特的文化体验，集中反映在现代旅日作家①的文学作品和个人经历中。本书的研究目标，正是试图在清末至抗战前夕②丰富的文学作品中，理清东西方意识的踪迹，并分析这种东西方文化观的特质，指出其形成要素。

在这之中，尤其需要注意的是日常语言、异域风景、近现代都市和日常生活等方面的体验与东西方文化观的联系。对于旅日学人来说，日本只是快速有效获取西方知识的中介，因而日本本土思想对旅日学人的意识塑造作用是不大的（但并非没有）。由于当时留日者以学习理、法、商、工、农、医等西洋技艺为主，对日本社会思想的关注相对较少，所以留日学人更多的是被"西化"而非"日化"。因此，相对于化为文字典

---

①　一般来说，中国称"五四"至新中国成立前的文学为"现代文学"，但日本则称明治维新至"二战"结束之间的文学为"近代文学"。本书在涉及东亚视角之处一律采用"现代"的说法，在少数专指日本处则采用"近代"一词。此外，本书所谓"旅日作家"，是指有过旅日经验的中国作家，许多在青年时代留学日本，归国后才开始写作并具有作家身份的旅日者，也被纳入这一称谓中。相应的，"旅日文学"则指称涉及日本的小说、散文、诗歌、杂文、剧本、回忆录、自传、书信等各体裁作品，而一些作家在旅日期间创作的作品，由于内容与日本基本无关，则不在本书考察范围内，例如鲁迅的《摩罗诗力说》、蒋光慈的《冲出重围的月亮》等。

②　本书将考察范围大致限定在 1895～1937 年的旅日文学，但并不局限于此，一些对这段时期旅日生活的回忆之作，也将作为可供参考的文献。

籍的上层思想来说，日常语言交流、风景观察、都市生活和日常生活细节对留日学人的影响，则显得更为直接而广泛。从这些角度出发，来探讨旅日学人的文化境遇，呈现他们在西方、东方、日本等多元观念冲击中的复杂反应，较之纯粹思想层面的影响研究，更为全面而真实。

二 何谓"旅日"？

思想文化交流史未必都是由跨域经验所构成的。如果立足于本土，通过口传或印刷媒介，也能够对外来思想进行了解和摄取。因此，以"旅行"方式进行的跨域活动，就和一般意义上的思想传播、文化交流活动区分开来，具有其独特的文化交流方式。

旅行（Travel，包括行游、旅游、观光、行旅等），是人类文明史上世代相承的文化现象。荣格甚至将旅行的冲动归结为人类的"集体无意识"（Collective Unconscious）。孔子携弟子周游列国，庄子遨游于山林水泽之间，都是文人旅行活动的早期表现；司马迁遍游名山大川、边疆风土，方能积累起丰富的写作材料；李白、苏轼都曾浪迹天下、飘游四海，故而于诗文中体现出开阔的视野与高尚的人文情怀；明清山水画的兴盛，与朱耷、石涛和扬州八怪的游历密切相关。阿倍仲麻吕遣唐，鉴真和尚东渡，马可·波罗东来，耶律楚材西去，是历史上留学之旅、宗教之旅、商人之旅和战争之旅的典型代表。

对于上述不同历史时期、不同文化圈之间的旅行活动，根据不同的标准，可有多种划分方式。[①] 而对于现代旅日作家的旅行活动来说，将

---

① 郭少棠在《旅行：跨文化想像》一书中将"旅行"分为旅游（Tourism）、行游（Trudge）、神游（Journey）三个层次，分别指观光娱乐旅行、（转下页注）

其大致分为留日、游日、流日、访日四类，较为符合史实。

　　首先是留日者。盖因于 1896～1937 年间四次留日热潮，[①] 留日者在旅日作家中人数最多，较重要的留日作家有鲁迅、郭沫若、郁达夫、周作人、田汉、张资平、李叔同、丰子恺、成仿吾、夏衍、欧阳予倩、巴金、滕固、穆木天、不肖生等。[②] 他们在政策鼓励和宣传下，以学习为目的，通过公派或私费的方式留学日本。对于这些留学生来说，问学、求知自然是旅日活动的主要目的，但是实际上，"留学"又从来不是一个单纯的学校教育或知识阅读过程，留学生长期旅居海外，海外生

　　(接上页注①)非观光娱乐旅行和精神想象旅行。参阅郭少棠《旅行：跨文化想像》，北京大学出版社，2005，第 35 页。但是，这种划分方式并不适用于旅日作家，因为，许多旅日作家的旅行往往兼具观光娱乐和非观光娱乐的目的，且带有随意性、偶发性，很难说究竟是旅游、行游还是神游。因此，本书不采用这一划分方法。山本周次在《旅行与政治》一书中，根据旅行的目的，将旅行划分为战争、宗教、流亡、职事、观光、流浪、探险、留学、虚构和下狱等几种类型。参阅山本周次《旅と政治：思想家の異文化体験》，晃洋书房，2007，第 8～11 页。可以看到，旅日的几种不同形态是可以勉强归入这种划分之中的，因而在此基础之上，笔者针对旅日作家的特点提出留日、游日、流日、访日的区分方式。

① 黄福庆将清末至抗战前夕的留日学潮划分为四个阶段，即 1896～1911 年、1912～1915 年、1916～1931 年、1932～1937 年，并认为，辛亥革命前夕第一阶段的留日学生"最受重视，而且对日后的影响也最大"。参阅黄福庆《清末留日学生》，中央研究院近代史研究所专刊（34），1975，第 3 页。这显然是根据辛亥革命爆发（1911）、"二十一条"（1915）和"九一八事变"（1931）等重大历史事件为时间点，来加以分段的。但通过对留日学人思想著作或文学作品的考察，可以发现，不同时期的留日学生并没有较为明显的思想分野，而于民国时期留学日本者，也不乏"对日后影响最大"的文人志士，因此，这种纯史学的分段考察方法不为本书所取。

② 其他较为知名的留日文人还有陈独秀、李大钊、王国维、陈天华、邹容、吴虞、周恩来、张闻天、胡风、郑伯奇、谢冰莹、周扬、刘师培、章士钊、秋瑾、夏丏尊、楼适夷、王统照、戴季陶、谢六逸、田间、章克标、许寿裳、缪崇群、张定璜、倪贻德、马君武、高旭、崔万秋、徐祖正、李初梨、白薇、钱歌川、思慕、王亚平等。

活必然构成他们的人生经验，参与了他们文化观念的构建。尤为值得注意的是，留日作家最初大多都不以学习文学为留学目的。即便一些人在兴趣转向文学之后，他们对于日本文学的阅读，以及从当时日本文艺思潮那里所受的影响也都十分有限。[①] 这样一来，对于思想史研究来说，他们的日本生活经历就显得更为重要了。

其次为游日者，即以观光游历或调养身心为主要目的的旅日者，代表人物有徐志摩、俞平伯、闻一多、庐隐、萧红、蒋光慈等。[②] 对于他们来说，风景游览和日常生活体验更是旅日的主要目的。

再次有流日者，即因历次革命运动、政治打压等各种原因流亡日本者，也不在少数，知名者有梁启超、郭沫若、[③] 茅盾等。

最后还有访日者，即因公委派或学术出访者，有章太炎、曹禺等，数量较少，但仍是旅日作家群体中不可忽视的部分。[④]

尽管旅日作家赴日的目的不尽相同，但在这一作家群体的个人经历中，在他们涉及日本体验的文字描述中，普遍存在着一些相似的文化现

[①] 尽管有不少学者深入挖掘了日本文学对中国现代文学的影响，如：伊藤虎丸《鲁迅、创造社与日本文学：中日近现代比较文学初探》、李怡《日本体验与中国现代文学的发生》、靳明全《中国现代文学兴起发展中的日本影响因素》、方长安《选择·接受·转化：晚清至 20 世纪 30 年代初中国文学流变与日本文学关系》、肖霞《浪漫主义：日本之桥与"五四"文学》、董炳月《"国民作家"的立场：中日现代文学关系研究》、于九涛《近代日本与中国现代小说的发生》、吴亚娟《日本自然主义文学与"五四"新文学》等，但总体来看，由于欧美思想著作和文学作品是留日作家阅读经验的主要来源，并且除了周作人等个别作家以外，大多数留日作家的思想特质和创作风格更相似于欧美，因而本书仍然认为日本文学在留日作家的阅读经验中只占据次要位置。

[②] 其他较知名的游日文人还有吴趼人、蔡元培、陈西滢、凌叔华、方令孺、卞之琳、高长虹、陆晶清等。

[③] 郭沫若曾两度赴日，前次为留学，后一次则为流亡。

[④] 此外，还有个别作家难于归类，如出生于日本或自小生长于日本者，有刘呐鸥、冯乃超、陶晶孙等；还有中日混血、频繁往来于中日两地之间者，即苏曼殊。

象：旅日作家的文学创作多有对日语的创造性运用，而一些特殊的日语词汇也引发了中日之间的冲突；日本的风景在进入旅日作家的视野，并被写入旅日文学作品的过程中，总是在一些有着现代特征的独特视角中被"发现"的；旅日作家对日本都市生活的各种反应，体现出"杂交文化"场所中都市人的精神结构裂变；旅日作家在日常生活中遭遇的清洁卫生、穿着打扮和饮食习惯等问题，引发了他们对于日本文化矛盾而暧昧的情绪；而当旅日作家即将离别日本之时，或久别岛国生活之后，又常生发出对这段经历的怀念之情。

因此，以"语言"、"风景"、"都市"和"日常生活"为关键词，本书将着重从四个方面来展开论述，① 将关注点集中在既有的文学史叙述所忽略掉的一些历史细节上，以期从旅日作家日常性的文化感知的角度出发，来看待中国文学现代性发生的问题，揭示以旅日作家为代表的近现代中国人，在跨域交流中所面临的种种文化前途的选项，以及对于现代文明社会的不同愿景。

身处于"东方"和"西方"之间的旅日作家，他们的所思所感，他们的文学书写，反映出怎样的时代特征和地域特色呢？一方面，与明清文人和文学相比，某种前所未见的、可称之为"现代性"的经验已经在清末民国时期的旅日作家群体中发生，并广泛反映在旅日文学的书写之中；但另一方面，这种介乎于东西方之间的文化体验又和欧洲思想背景中的"现代性"具有颇多相异之处，其特质远非"现代性"一词所能涵盖。

---

① 当然，本书的各章节之间也必然有相互重合之处，例如都市体验必然也包含都市风景的体验，而日常生活与跨语言经验、都市体验也有密切关联。因而本书的章节划分只是根据侧重点的不同，这并不表示语言、风景、都市和日常生活体验等是截然分离的几大领域。

更为复杂的是，由于这种独异的现代性体验产生自欧美文化、中华文化和日本文化相互缠绕的"混杂"场所之中，故其产生、嬗变的过程始终具有"剪不断、理还乱"的多重线索。例如，一方面，近现代中国人的日本观中，始终掺入了欧洲人的视角，即以欧洲文化中"文明与野蛮"的判断标准来看待日本。但另一方面，在某种特殊的文化情境中，这种"欧洲的标准"似乎又可以被搁置一边，取而代之以传统中华文化的视角。反过来讲，近现代旅日中国人的西方观同样复杂多变：有时他们对西方文化推崇备至，理由之一便是"西方文化推动了日本的崛起"，有时他们又对欧美文明表示不屑、鄙夷乃至憎恨不已，其原因则变成了"西方文化使日本一步步堕落，与中华文化渐行渐远"。而当一些旅日中国人在日本的游历途中，因意外发现了"古代中国"的文化遗产而惊喜不已的时候，他们称赞日本、鄙薄西方的思维逻辑又变成了"日本继承了中华文化的优良传统，西方文化终究无法征服东方人的心灵"。

由此可见，近现代中国人对于欧美文化、日本文化和中华文化的认识常呈现矛盾而多变的特点，各地文化孰优孰劣的问题，常被置于"悬搁"的位置来加以讨论，因不同文化情境的需要而产生不同的判断。本书旨在从现代旅日作家的文化体验中，解读这种多重视角相交织，并不断建构自身的文化观念，从而勾勒出所谓"东亚现代性"的雏形。

| 第一章 |

“对照性发明”：旅日作家的语言体验

在普遍使用表音文字的欧洲人眼中，日本语言文字最突出的特点是其用以表意的部分，即汉字。英国人小泉八云①于 1890 年初次来到日本。在这个西方人眼中，日本是一个神奇的国度，无论是自然风光还是民情风俗，都充满了新鲜感和神秘感。而在日本文化的方方面面之中，最引起他关注的便是日本的文字。在他看来，英文那种一个字母或字母的组合，都只不过是用来记录声音的枯燥乏味、机械呆板的符号，这与表意文字在日本人头脑中造成的印象绝不相同。“在日本人的头脑中，一个表意字就是一幅活生生的画面：它有血有肉，它口吐珠玑，它手舞足蹈。”② 表意文字较之表音文字，具有更多的美感，体现了东方人长于形象思维的特点。

小泉八云的这种感受，集中代表了近代欧美人对日本文字乃至东亚文字的观感。他们往往忽视了日语“汉字表意、假名表音”③ 的内在区

---

① 小泉八云（1850～1904），原名拉夫卡迪沃·赫恩（Lafcadio Hearn），作家、翻译家、教师。原为英国人，生于希腊，1895 年加入日本国籍，更名为小泉八云。

② 〔日〕小泉八云：《日本魅影》，邵文实译，鹭江出版社，2005，第 4 页。

③ 日语由汉字、假名和罗马字等多种文字组成。日本于公元 5 世纪 （转下页注）

别，将其视之为与汉语同宗同源的东方文字。所谓"一个表意字就是一幅活生生的画面"，这样的说法，其实如果用来形容汉语，或许更为恰当。

和西方人不同的是，中国人眼中的日本文字更为亲切，甚至曲折地引起一种怀古之情，或对于汉文化的自豪感。周作人在其名篇《日本的衣食住》（1935）中说："凡民族主义必含有复古思想在里边，我们反对清朝，觉得清以前或元以前的差不多都好，何况更早的东西。听说夏穗卿、钱念劬两位先生在东京街上走路，看见店铺招牌的某文句或某字体，常指点赞叹，谓犹存唐代遗风，非现今中国所有。"① 夏穗卿（即夏曾佑）和钱念劬是清末时期思想较为开明的人物，曾于光绪年间出洋考察，他们对东京街道上随处可见的汉字称赞不已，将其归结为"唐代遗风"的保存，实际意图旨在怨叹清廷之弊。在他们眼中，汉字是汉族文化的象征，明治日本较之清朝，在文字中更多地保留了以唐文化为代表的汉族文化的精华，因而受到他们的夸赞。②

可以发现，欧美与中国的旅者，都是在将日语与本国语言文字相对比的基础上，在"各取所需"的感性经验上，发出各自的议论的。以

（接上页注③）中叶引入汉字，作为表音符号使用，也即后来的"万叶假名"。在万叶假名的基础上，日本人先后发明了片假名和平假名，承担表音的功能，而这之后的汉字才开始具有表意符号的功能。

① 周作人：《日本的衣食住》，张明高、范桥编《周作人散文》第三集，中国广播电视出版社，1992，第273页。

② 不少中国人习惯于将日本文化归结为汉唐文化的保存物，而后与当时的中国文化状况进行对比，得出"中国在中华传统文化的继承方面不如日本"的结论，这种思维模式一直延续至今日。但问题在于，一方面，所谓"日本很好地保存了汉唐之风"的说法，本身就出于中国人一厢情愿的想象，因为日本在模仿中华文化的同时，也不断对其进行着改造——汉字的简化、日化（日本自造汉字），即为典型事例；而另一方面，一些学者将清季民国看作一个传统文化逐渐丧失、断裂的过程，这样的认识背后也隐含了将"汉（转下页注）

小泉八云为代表的欧美人，是在对"表音文字"与"表意文字"的二元对比中，从西方的视角"发现"日语的，而旅日中国人则将日语置入汉字文化圈中，通过对日语的肯定表达对中华传统文化的肯定和怀旧之情。前者着眼于日语作为表意符号的部分，后者则注重日语与中华文化的关联性，他们都是在各自的文化语境中，通过与本土语言的比较来把握异质语言的特征的。因此，他们所提出的对日语语言文字的种种认识，实际上都对日语进行了再创造，可以说是一种"对照性的发明"（The Inventions Show Contrasts）。

在中、日、西方语言文字的多重对比中，"日本语"被赋予了各种不同的文化内涵，被"发现"为日本文化的象征、西方文化的对应物、中华文化的传承物、中日文化的沟通桥梁等，这些来自不同文化背景的"发明"，使得旅日者们的语言际遇中，不可避免地充满了"文化误读"。

实际上，日语并非完全意义上的"表意文字"，日语在借用汉字的同时也不断对汉字进行改造。在近代日语的形成过程中，吸收了大量的欧洲各国语言的词汇，直接成为日语中的"外来语"；① 同时，众多的翻译者也通过对汉字的重新组合，发明了一系列的新概念。②

（接上页注②）唐"视为中华文化正宗的大汉族主义思想，同时也忽略了传统文化除"继承"以外的"再生"的一面。

① 日语中的"外来语"，一般指直接用片假名模仿外来词汇的发音所创造出的语汇。在江户时代，也有一些汉语、朝鲜语和荷兰语的词汇进入日语，但并未形成规模。

② 随着文化交流活动的推进，这些新词语也大量进入现代汉语体系中，被广为传播。例如"思想""方针""浪漫""消费""建筑""反动""乘客""现象""宪法""商品""下水道""劳动者""军国主义""政治经济学"等常用词语，应用之广泛，涵盖政治、经济、军事、文化等各个方面。根据不完全的统计，这样的词汇数量可达七八百个之多。参阅实藤惠秀著（转下页注）

在明治时代，日语的流变表现为前所未有的开放式状态，这和旅日者将日语固定化、本质化，既而视为某一文化体系代表事物的观念恰恰相反。

那么，旅日中国人对日语的浅表认识，究竟是如何形成的呢？吴稚晖曾谈及学习外文的重要性，指出留学生对待日文和西文的不同态度："然习日本语者往往不甚踊跃，因素不合我国民之希望，且其语势力不如欧美之语，故习之者，不过因留学之故勉力而行。"① 这段话道出了旅日国人对日语的普遍认识。留日学生视日语为工具，视西文为优等文化的承载物，的确是较为普遍的现象。例如蔡元培和梁启超等人即为代表，他们对待日语的学习态度是"不求能文而求能读"，最终目的是想要通过日语发达的翻译，快速读懂、掌握欧美经典。

清末时期，大规模的留日、访日活动在很大程度上是一种政府行为，而"日语和汉语相亲相近"观念的流行，和政府里上层官僚们的大力宣传密切相关。张之洞在《劝学篇》中力陈留学日本的好处，理由之一便是"东文近于中文，易通晓"，② 认为日语的翻译已经对西文经典进行了筛选，通过日语能够较快地掌握西方思想的精华。这样一种从上至下的"工具论"认识，导致旅日中国人很难真正进入日本语言文化的内面，因而当他们从汉字文化圈的视角出发去看待日语，或将日语教科书中的"标准语"③ 和日常生活中的日语相联结之时，就不免多

（接上页注②）《中国人承认来自日语的现代汉语词汇一览表》，谭汝谦、林启彦译，《中国人留学日本史》，三联书店，1983，第 326～335 页。

① 吴稚晖：《志士吴稚晖说留学东洋之便利》，《选报》1902 年第 32 期。

② 苑书义、孙华峰、李秉新主编《张之洞全集》第十二册，河北人民出版社，1998，第 9738 页。

③ 所谓全国通行的"标准日本语"，其实并非一套严密的、高度统一的语言体系。周作人在九州的鹿儿岛地区旅行，发现当地人普遍使用极难懂的鹿儿岛方言，在商店购物，交流十分困难。杂货店的女人见顾客用东京（转下页注）

有误读之处。

然而，如果简单地以否定的态度来对待这些误读现象，未免忽略了它们在语言革新方面的贡献。实际上，旅日作家中普遍存在的对于日语的浅表认识，在造成文化误读的同时，却也促成了多元文化的交流，尽管这种交流总是与误会、冲突相伴随，但也创生出新的语言表达方式，促进了作家写作意识的变革，为文学的肌体注入了新鲜的血液。

从这一意义上讲，"对照性发明"不仅发明了多元视角中的"日本语"，同时也生产出了在既有语言符号体系之外的"新语言"，① 从而实现了对于"日语""汉语""英语"等语言本质论的破解，为隐藏

(接上页注③)话，却不太懂她的方言，便如同乡下人遇见城里人一般，露出忸怩之色。除了鹿儿岛方言为当地人所保留，其他如北海道方言、青森方言、大阪方言、四国方言等地方话，相互之间差异很大，也都在当地人的口中占据了第一语言的位置，形成了对"标准语"的"反动"。

　　自文明开化以来，随着"言文一致"运动的发展，为了规范印刷品语言、加强文化传播力，建立在东京话基础上的所谓"标准语"被制定出来，向全国推广。在标准语的制定过程中，旧语言体系庞杂烦乱的情况得以改观，日语的语音、语法和书写方式都被规范化。而借助标准语在中小学教材中的普遍使用，日本国民的民族国家认同感也得到了强化，使得标准语逐步替代了各地方言，跃居"国语"的位置。因此，对于明治末期到大正时期旅日的中国人来说，他们所接触、学习到的所谓"日本语"或"东京话"，在很大程度上是近代化以后才产生出来的"标准语"，是一种"被发明的传统"。

　　由于"标准语"脱胎于东京话，因此东京在语言上取得了"中央"的地位，而东京以外的地区，则成为"地方"。能够熟练使用东京话的周作人，在九州旅行时遭遇到鹿儿岛方言，"城里人"和"乡下人"的区分，立即通过语言的使用呈现出来。杂货店女人的忸怩之色，表明了作为"地方"语言使用者，对于"中央"来客的些微自卑之感。

① 准确地讲，其实并不存在一个稳定的"既有的语言符号体系"，每一个语言系统总是在语言的交流使用中不断生成、转换出新的内容，因此，这种语言的"发明"现象是持续而流动的，并非一个个孤立的事件。

在这些语言论背后的东方主义、西方主义话语提供了新的可能性。

本章旨在通过对"笔谈""日语的移植""多语言混杂"等现象的解析，探究旅日作家在语言际遇中的文化误读和写作意识革新之间的关联，最终呈现日本与中国、东方与西方的某种"间性"。

第一节　遭遇"日本语"：旅日作家的"笔谈"经验

长期以来，作为人类思想承载物，语言文字被视为各民族文化形态的象征，始终带有"精英文化"的色彩。即便是俚俗的民间语言，也常被纳入到专业性的语言学体系中来看待。因而在对语言的认识上，存在着学术语言、文学语言优于日常语言的不平衡状态。这种不平衡的状态，直到1950年代前后的英国日常语言学派那里，才得到了一定程度的扭转：日常语言的生成被提升到与哲学思考等同的高度，它和具体的生活形式相联系，成为哲学问题的来源。

因此，文化交流史中日常语言的冲突，也可以被视为与学术语言、文学语言冲突同等重要的思想史问题。具体到旅日中国人那里，存在着汉语汉字与日语汉字相遇而引发的文化误读现象，成为他们日常生活体验的重要组成部分。不肖生的长篇章回小说《留东外史》（1916～1922），专写清末民国时期留日学生吃喝嫖赌、坑蒙拐骗之事，以"揭黑幕"为主旨，但同时也反映了不少留日生活的真实细节。其中有"闹脾气军人乱闯祸"一节，写亡命军官刘文豹等人在东京游览名胜，想去上野动物园，找了半天却不知动物园的位置，正发愁时，忽见一块红漆牌上写着"两大师"的字样，便理解为"两只大狮子"之义，以为动物园到了，赶紧往里走去，结果被日本警察挡了去路，因为语言不通，发生争执，差点惹出事端。实际上，"两大师"是上野宽永寺为纪念慈惠、慈眼两位高僧所设的庙堂，与动物园毫无关系，这种由汉字所组成的日本特有的词汇，经常引起中国人自以为是的误读。

日语中存在着大量的汉字词汇，尤其是在近代日本的"汉文体"写作中，汉字所占的比重超过假名，许多较为学术性的经典著作，几乎只是用"は""に""て"等简单的助词，将汉字词汇串联而成。这样的著作，非常利于中国人的阅读。初渡东瀛的梁启超感受到中国人学习日语的方便之处，为此发明了所谓"和文汉读"的阅读方法，倡导用半通不熟的日语知识，结合汉字的字面意义来阅读日文书籍。因此，得益于汉字的使用，较之欧美人，中国人与日本人在日常交流中有着天然的便利，而所谓"笔谈"的交际方式，就是在这一语言背景下的一大"发明"。

笔谈，即以笔代口，借助书面文字弥补口头交流的不足。通过笔谈来完成交流活动，在古代东亚文化交流史中便多有记载，① 在近现代大规模的旅日活动中更是屡见不鲜。"笔谈"的确有效促成了中日异文化的交流，然而，也正是因为日语和汉语的这种亲缘性，反而在某些时候成为交流的桎梏。周作人曾明确地指出：因为文化交流的便利，研究日本的确比直接学习西洋更为容易。虽然他也认为日本的文字较之西文更容易掌握，但又指出，日语中夹带了大量的汉字，或许反而让中国人无法深刻地了解日本。日语汉字和汉语汉字"同形不同音""同形不同义"，这都成为颠覆"同文同种"观念的依据。但"笔谈"却给一些中国人造成了中日语言同宗同源的假象，遮蔽了隐藏在汉字背后的巨大

---

① 江户时代，在日本唯一的通商口岸长崎，中国商人与日本商人往来频繁，在对这些交流事件的文献记载中，不乏对"笔谈"的描述；而日本学者也曾通过"笔谈"，与朝鲜人进行过"儒学"的论争。

差异。

《留东外史》写投机客朱正章以送女儿留学为名来到日本，与高利贷者冢本平十郎有金钱往来。忽有一日，一名日本警察登门造访，不懂日语的朱正章便和他有了如下的对话：

> 那警察问了朱正章几句话，见朱正章只翻着眼睛望了，知道是不懂日语。即从怀中拿出个小本子出来，在那本子档上抽出支铅笔写了几个字给朱正章看。朱正章见上面写着："先生台甫朱正章乎？何为日本来？"朱正章会了意，也拿了支铅笔，就在小本子上写了个"是"字，又写了"游历"两字。那警察点点头，又写道："冢本平十郎先生之友达乎？"朱正章不懂友达就是朋友，因平日听得说放高利贷是犯法的事，今见警察提起冢本平十郎的名字，以为友达二字，必是凶多吉少，不免惊慌起来，连用铅笔点着"友达"二字，对警察摇头作色，连连摆手。警察见这情形，笑了一笑，再写道："御息子来乎？"（御息子即中国称令郎）朱正章更把息子当做利息，以为是问冢本的利钱来了没有，吓得慌了手脚，疑心警察已全知道了自己的底蕴，特来敲竹杠的，连忙写了个"不知道"，写完把铅笔一掷，扭转身板着脸朝窗坐了，一言不发。警察很觉得诧异，仍写道："何故怒？"朱正章也不理他。警察气忿忿的撕了张纸下来，写了"不知礼仪哉"几个字，望朱正章面前一掷，提着帽子走了。①

在这段典型的"笔谈"式对话中，完全不懂日语的朱正章和完全

---

① 不肖生：《留东外史》上，岳麓书社，1988，第 54 页。

不懂汉语的日本警察，通过书写的方式开启了交流的通道。一方面，这种交流在一定程度上是有效的，警察对朱正章身份的求证、来日目的的问询，都得到了正确的回应。在这里，中日语言文字的关联性得到了证明，这种关联性来自书写语言的相似性；但另一方面，二人的交流最终以失败收场。朱正章不解"友达"之语，又按照汉语的意思，将日语的"息子"理解为"利息"，错解了警察的来意，以为对方是来"敲竹杠"，导致对话无法继续。在这里，朱正章"不知何故"的发怒，警察"气忿忿"地写下"不知礼仪哉"，都源于"笔谈"造成的误会。"笔谈"为异文化对话提供了平台，但同时，又难以避免地引起了文化的冲突。

不过，如果依据这样的事例，便否定"笔谈"在文化交流史中的意义，则有失偏颇。实际上，"笔谈"在大多数情况下都起到了促进交流的作用，尤其是对于初涉岛国、不通日语的中国人来说，"笔谈"几乎笼盖了他们人际交往、文化互动的全部内容：晚清思想家王韬曾与日本文士竹添渐卿"笔谈良久，其相契合，约明日为杯酒之会"；①黄遵宪曾以"舌难传语笔能通，笔舌翻澜意未穷"② 等诗句指出笔谈的好处。在与源桂阁等众多日本友人的笔谈交往中，黄遵宪甚至可以自如地运用汉语典故，使交谈内容意趣高雅；曹禺1933 年初次访日时，年仅二十三岁，一句日语也不会讲。但通过笔谈，他和同龄的日本大学生开怀畅论、相谈甚欢，建立了诚笃的友谊。可想而知，如果没有"笔谈"作为中介，这样的交流将很难顺利进行下去。

① 王韬著，陈尚凡等校点《漫游随录·扶桑游记》，岳麓书社，1985，第 177 页。

② 张永芳：《黄遵宪使日期间诗词佚作钩稽》，赵敏俐主编《中国诗歌研究》第 4 辑，2007，第 106 页。

"笔谈"是汉字文化圈中特有的文化现象。通过"笔谈"开展的交流，总是伴随着对语言符号的误解。然而也正是因为这些误解，才使得交流能够在一个临时营造的、若有若无的语义空间中持续下去，不至于中断。在朱正章与日本警察进行"笔谈"的例子中，朱正章并未理解警察"冢本平十郎先生之友达乎？"一问的确切含义，但他理解了"冢本平十郎"这一称呼的所指，他根据问话者的身份、对话的具体场景、自己的生活经验，猜测出"友达"一语的大致含义，认为"友达二字，必是凶多吉少"。尽管这种理解未必是正确的，但他根据自己的猜测做出的反应——"连用铅笔点着'友达'二字，对警察摇头作色，连连摆手"，实际上却符合他努力与冢本平十郎撇清关系的意图，而日本警察并不知道朱正章对问话的误解，"见这情形，笑了一笑"，顺理成章地继续下一个问话，于是便忽略了这一问答中隐藏的误会，使对话在表面上看起来仍然有效。

语义的误解同时也可能是语义的发明，这种"错位"的语义，有时仍然能够借助"情境"维持交流。公共空间中的言谈，总是与特定的"情境性"（Situatedness）联系在一起，如果没有"情境"的作用，"笔谈"几乎不可能发生。建立在相互误解之上交流，往往可以根据言谈的特殊"情境"，将言谈中的异质成分统一起来，使这些异质成分在表面上具有相似性。而只有当对话的双方各自处于不同的语言情境中时，交流才会遇阻。

因此，旅日中国人与日本人之间的"笔谈"，固然带来了千头万绪、辨识不清的文化误读，也因此引发了不少冲突，但也正是在这种不断的误读和冲突之中，异文化之间开启了对话的空间，营造了相似的言谈"情境"，增进了相互的了解乃至融合。可以发现，部分旅日中国人对日本人的浅表印象，有时就是通过"笔谈"得到的，但无论这种印象中存在着怎样的错讹，以及中国人对"日本""日本文化"的"发明"，却都反映了异文化之间平等对话、多元共存的事实。

第二节　日语的移植与旅日作家的文化身份

一　日语与旅日文学语言的革新

较之"笔谈"，旅日作家对"日语"的更进一步的"发明"，是文学语言对日语的移植。

语言是作家赖以生存的基础，对于语言的敏感度，甚至决定了作家的创作水准。在日语的语言环境中，旅日作家的汉语创作也必然受到日语的影响。"新感觉派"的刘呐鸥虽然没有直接描写日本的作品传世，但其小说语言却"日本味"十足，以至于令中国读者颇有生疏、别扭、不伦不类之感；创造社的陶晶孙于幼年时期随父移居日本，从小受到日本文化的熏陶，因而在他早期的小说中，多习惯性地采用日本文学式的表达。且看《理学士》（1925）开头的一段话：

> S 的三月还有陈雪积在门前的一夜，无量君的家里有在理科大学比他高级的 A 来访他。原来他们是理科大学，只有三个中国留学生中的两个人，A 初进三年级后就因他的夫人的病而回到家里去，到了翌年一月才回来，只是 A 已考满单位数，所以这三月就可以毕业。①

---

① 姜诗元编选《陶晶孙文集》，华夏出版社，2000，第 3 页。

对于中国读者来说，这段小说人物的介绍性文字最突出的特点，就是语序的颠倒、表意的混乱，不符合汉语的惯用表达方式，给人以莫名其妙之感，造成了阅读的障碍。作者用"S的三月还有陈雪积在门前"这一长串修饰词来修饰"一夜"，稍嫌啰嗦；而"无量君的家里有在理科大学比他高级的A来访他"，更是汉语文学中极少见到的句式；"原来他们是理科大学，只有三个中国留学生中的两个人"这句话，其实表达了两重意思，一是"原来他们是理科大学的留学生"，二是"理科大学只有三个中国留学生，他们是其中的两个"。但是，作者偏偏要用一句话来集中表达这两种含义，导致整个句子读来十分生硬。

其实，这些在中国读者读来犹如神经错乱的句子，或许更符合日语的语法规则。在名词前不计数量地累加修饰词或将主语后置，这些都是日语的惯用表达方式。而在陶晶孙小说的其他段落，也不乏主语的省略、被动语态的过度使用、宾语的前置等，都属日语语法中的常见现象，这种移植日语的语言风格，使得陶晶孙的小说读起来更像是对日本文学的"翻译"。

伊藤虎丸认为陶晶孙是和鲁迅有着同样意义的、最受日本人尊敬的作家，也是中国现代作家中除鲁迅外，唯一一位给予近代日本文学以重要影响的作家。[1] 但是，陶晶孙的小说在中国的影响却十分有限，文学评论者也很少给予其作品较高的评价。这种评价上的巨大落差，究其原因，恐怕和陶晶孙小说的语言风格不无相关。由于对日语的熟谙，他的小说语言更近于日文，却未能编织出流畅而优美的汉语，因而被中国读者所忽视。

---

[1]　参阅伊藤虎丸《致夏衍的信》，张小红编《陶晶孙百岁诞辰纪念集》，百家出版社，1998，第142～144页。

　　不过，相较于陶晶孙这样的个案来说，在日语的移植方面，更为普遍的现象是对日语词汇的挪用。曾久居日本的鲁迅、郭沫若、郁达夫等人，日语修养较高，在日时期的文学成果丰厚，他们的作品中所运用的日语词汇俯拾皆是。不仅如此，一些初习日语的旅日作家，也十分乐于在写作中使用新接触到的日本词语。巴金曾于 1934 年化名黎德瑞，前往日本留学。在短暂的留日时光中，"学会日语"是他的一大愿望。虽然在回国前，因遭到日本警察的逮捕和审讯，巴金失去了继续学习日语的环境和动力，故最终只掌握了日语的一些皮毛功夫，但在实际写作中，却已经体现出作家对日语词的浓厚兴趣。

　　写于 1934 年 11 月至 1935 年 5 月间的旅日小说《神》《鬼》《人》中，巴金运用了许多日语独有的词语来推动叙事。例如《神》中就有"番地"、"玄关"、"座蒲团"、"纸障子"、"自动车"（即汽车）、"床间"、"雨屏"、"练炭"、"火钵"、"时计"、"万年笔"（即钢笔）、"三十枚"等。可以发现，这些在当时的汉语体系中并不存在的词汇，大多表示的是日本社会中关乎衣食住行的日常事物，其中既有日本的传统事物（如玄关、纸障子），也有来自西洋文明的现代发明（如自动车、万年笔）。这一方面反映了作者对新鲜的日常事物的细致观察，另一方面也体现了作者对于汉语词汇体系之外的汉字词汇的高度敏感性。

　　像巴金这样初步接触日语的旅日作家，虽然未必领会日语语言体系的独到之处，却已经迫不及待地将他们所掌握的有限的词语运用到创作中，体现了语言环境与作家写作意识的紧密关联。而这样的写作方式，不仅丰富了文学语言的表达，也使得原来属于某一特定语言体系的词语，通过对异质语言的介入，做了"跨域的旅行"。实际上，清末民国时期汉语著作、报纸杂志文章中对日语词汇的大量借用，除翻译的功劳以外，很大程度上还要归结于文学传播。以鲁迅、郭沫若等文坛领军人物为代表，他们的文学作品曾流传于中国，被广泛阅读。尽管从一开始，读者未必能通晓他们文中日语词语的确切含义，但当这些词语在不同作品中反复出现，并最终为读者所模仿运用时，所谓的"日语词"就逐渐被赋予了汉语的属性。在这一过程中，源自日语体系中的语词"本意"已经在中国的语境中发生了改变，使得这些语词具有跨语系、跨文化的"间性"。

除了对日语词的直接借用，一些旅日作家还以日语词为基础，试图发明新的汉字组合方式。徐志摩著名的诗歌《沙扬娜拉十八首》（1924），通篇以"沙扬娜拉"（日语"再见"的音译）为情绪升华点，表达了对日本的留恋之情。包括题目在内，"沙扬娜拉"一语在全诗中出现了19次之多。再加上多次出现的"乌塔"（日语"歌"的音译）、"阿罗呀嗜"（日语"谢谢"的音译）和"沙鸡"（日语"酒"的音译①）等语，可见作者对异域语词的特殊喜好。与其说该诗抒发了对日本之旅的美好回忆，莫如说它更表现了作者对日本语语音的迷恋。作者似乎面对某位美娇娘，想要道一声珍重，而"那一声珍重里有蜜甜的忧愁"，这忧愁，来自不厌其烦出现在每一句诗行末尾的"沙扬娜拉"一语，是一种附着在日语音调上的异域文化恋愁。

用"沙扬娜拉"一语表示日语"さようなら"（再见），应该是徐志摩的首创。在"五四"前后的其他文学作品中，也没有这样的用法。而和"沙扬娜拉"一样，"乌塔"、"阿罗呀嗜"和"沙鸡"等语，也都是纯粹的音译。但是，这种纯粹的音译，却未能与既有的汉语词汇形成共性，因而尽管徐志摩的这些诗句已在中国读者中广为流传，但其中的"沙扬娜拉"等语，却始终未能进入汉语体系。可以说，徐志摩对

---

① 日语"酒"读音为"sake"，"沙鸡"一语疑为徐志摩记忆有误。

日语的发明，成功地创造出了新的诗意，是新诗探索历程中的一次有益的尝试，但在现代汉语的形成方面，却未能达到语言革新的效果，因而不及鲁迅等人的作为。

二 "支那" 之痛与旅日作家的国族认同

然而，文学语言对日语词的借用毕竟还是较为隐蔽的，也没有对旅日作家群体的语言风格构成决定性影响。[①] 在旅日作家对日语的关注和移植现象中，最值得玩味的，也为文学史家反复提及的，是他们对"支那"等歧视性称呼的强烈反应。

针对异国、异族人的国民特性，发明各种歧视性的称呼，这是异文化交流活动中的常见现象。近现代中国人称日本人为"倭奴""东洋小鬼子"，而日本人也以"支那""清国人""猪尾奴"等语指称中国或中国人。在这之中，"支那"是旅日作家提及最多的词眼。郁达夫在自传中说："支那或支那人的这一个名词，在东邻的日本民族，尤其是妙年少女的口里被说出的时候，听取者的脑里心里，会起怎么样的一种被侮辱，绝望，悲愤，隐痛的混合作用，是没有到过日本的中国同胞，绝对地想象不出来的。"[②] 许多作家离开日本多年，却仍对此语耿耿于怀，而围绕"支那"所引起的人际冲突也最为常见，"支那"一语，甚至成为旅日作家们整体性的创伤记忆。

---

① 实际上，近现代中日语言交流的具体情况是错综复杂、互动互渗的，并非单一的"日语影响汉语"的过程。一些研究者为强调日语对现代汉语的重要影响，片面夸大了日语的作用，甚至将日语视作现代汉语的基础，或许并不可取。

② 郁达夫：《雪夜》，《郁达夫自传》，江苏文艺出版社，1996，第46页。

在郭沫若的小说《行路难》（1924）里，作者以"爱牟"为名，再现了自己颠沛流离的海外生活。生活的困顿让他苦不堪言，日本人对他"支那人"身份的奚落，更让他痛恨不已，因而发出这样的怨怒之声：

> 日本人哟！日本人哟！你忘恩负义的日本人哟！我们中国究竟何负于你们，你们要这样把我们轻视？你们单是在说这"支那人"三个字的时候便已经表示尽了你们极端的恶意。你们说"支"字的时候故意要把鼻头皱起来，你们说"那"字的时候要把鼻音拉作一个长顿。啊，你们究竟意识到这"支那"二字的起源吗？在"秦"朝的时候，你们还是蛮子，你们或许还在南洋吃椰子呢！①

郭沫若所说的"'支那'二字的起源"，是指秦朝的"秦"字。"支那"一语，最早出现在古梵文经典中，也即"cīna"一词，这很可能源于古印度人对"秦"的发音模仿。中国的佛教僧侣在梵文的翻译过程中，保留了这一发音，创造了"支那"一词。在郭沫若看来，由于中华文明起源之早、文化之繁盛，古代的"支那"是不含有任何贬义的，因而他试图通过对"秦"的发音的追溯，唤起中华文化先进而强盛的历史记忆，针锋相对地用"蛮子"来奚落日本人。

这一来自词源学方面的认识，并不为历史学者郭沫若所独有。实际上，在清末民国时期的许多中国人听来，"支那"未必是一个带有歧视性含义的称谓。周作人在《支那与倭》（1926）一文中对"支那"一词进行了考据和辨析，指出"支那"之名起源于印度而非英语的译介，最初不但没有歧视之意，反而是赞美之词。因此可以看到，梁启超曾以

---

① 《郭沫若全集》文学编第九卷，人民文学出版社，1985，第309页。

"支那少年"为笔名；宋教仁在东京创办了名叫《二十世纪之支那》的杂志（即后来同盟会党报《民报》的前身）；当时中国的报刊文章中也频频出现"支那"这一自我称呼，"支那"一词得到了较为广泛的认可。巴金曾作《"支那语"》（1935）一文，批评日本"支那语"学界几位权威的水平难堪上乘，并质疑了他们将伪满洲国的政府宣传材料编入教科书的做法，但在行文之中，巴金似乎并未对"支那语"这一称谓本身提出异议。

那么，"支那"一语的歧视之义，究竟是如何产生的呢？实际上，清末时期中国人口中的"支那"，在很大程度上是和"排满"意识联系在一起的，在一些汉族人看来，清帝国并非"支那"，"支那"早已随明朝的灭亡而不复存在。1902 年，章太炎等在日本东京发起"支那亡国二百四十二年纪念会"，提出"光复汉族，还我河山，以身许国，功成身退"的誓词，便是这种国族观念的反映。因此，清末时期反满思潮中所使用的"支那"，和民国时期旅日作家所遭遇的"支那"一词，并不属于同一来源，后者并非源自古梵文的"cīna"，而是来自近代日语的发明，也即日语对欧洲语言中"China"等词的翻译。①

---

① 参阅刘禾著《帝国的话语政治：从近代中西冲突看现代世界秩序的形成》，杨立华等译，三联书店，2009，第 104~115 页。刘禾考察了近代意义上的"支那"一词由欧洲到日本再到中国的语义演变过程，认为欧洲语言中的"China"和日语中的"支那"一样，都在近代史中演变成为殖民征服和种族主义话语的有机部分。但是实际上，语言符号的歧视性总是在相应的政治背景中产生的，如果说"China"等语暗含了欧洲殖民者征服中国的企图，那么这种含义也是随同鸦片战争以来欧洲列强的侵略活动逐步凸显出来的，并非"China"一语的固有含义。因此，相应的，"支那"一语的歧视性含义，也是随着日本对外军事扩张的加剧、国家主义意识的膨胀而产生的，而刘禾认为"支那"一语的诞生，意味着日本人对于西方列强的"殖民模仿"，这一观点恐怕缺乏史实的依据。

19 世纪与 20 世纪之交，历经甲午战争、日俄战争的胜利，日本国力迅速壮大，占据世界列强之一席，所谓"小国岛民"的些许自卑感，也随之为"大和民族优越论""日本文化先进论"等观念所替代。在这一历史进程中，日本人对中国人的态度，也由亲近、尊敬，转变为部分地排斥、蔑视。① 因而相应的，日语中所谓"支那"的称呼，也就逐渐成为带有贬义的词汇。

不过，如果仅仅认为"支那"中的贬义是由日本人单方面赋予的，则可能忽略了语义形成的具体环境。实际上，语义总是在语词的具体使用中形成的，"支那"一词的歧视性含义，是在中日文化交流中，通过日本人的"发明"和中国人的"抵抗"，来共同加以确证的。中国人从对古代意义上的"支那"的认可，到对近代日语中"支那"的愤慨，这一巨大的转变，恐怕源于现代中国人的国族认同与日本人的中国观之间的裂隙。

正如陶晶孙所说："当'中华民国'这个名称出现时，对帝制的日本来说并不喜欢，日本外务官僚竟发明'支那共和国'这样的名称。"② 尽管辛亥革命之后的中国已然"变天"，清政府为资产阶级新政府所取代，但在日本人眼里，中国人仍然是蒙昧、保守、落后的形象，是所谓"亚细亚的恶友"。日本人并不完全接受"中华民国"的称谓，在与中国人的交往中，仍然习惯性地使用"清国人"的称谓。《留东外史》写道日本陆军少尉中村清八来访中国留学生黄文汉，态度傲慢，言语中暗含轻蔑之意：

---

① 当然，这种转变并非是绝对的，日本人对中国人的亲近和排斥、尊敬和蔑视的心理，一直是以复杂而矛盾的形式共同存在的。

② 陶晶孙：《革命与文学》，丁景唐编选《陶晶孙选集》，人民文学出版社，1995，第 391～392 页。

（黄文汉）亲自递了个垫子，说了声请坐。中村略点了点头，坐下笑问黄文汉道："贵国是清国么？"黄文汉道："不是。"中村诧异道："日本吗？"黄文汉道："不是。"中村道："那就是朝鲜了。"黄文汉道："不是。"中村道："那么是那里哩？"黄文汉正色道："是世界各国公认的中华民国。"中村大笑道："原来如此，失敬了……"①

在旅日中国人的国族意识里，自己是"世界公认的中华民国"的国民，因而理当与其他先进文明国家的国民平起平坐。在黄文汉对"中华民国"的认同和强调声中，暗含了民族的自豪感，以及渴望着被世界各国所承认的心情。因此，日本人的"清国"之称谓，在中国人听来是极为刺耳的。

但是，"清国"毕竟已不复存在，"中华民国"又没能受到帝制日本的欢迎，因此，超越了朝代限制、更具归纳性的"支那"一语便成为日本人口中的高频词。郑伯奇在小说《最初之课》（1921）中，以留日学生屏周为主人公，讲述了他在学校期间遭受的一系列屈辱对待。在课堂上，屏周与一名日本教师展开了一段关于"身份"问题的对话：

（先生）"喂，你是什么人？"……

（屏周）"我叫做 So Hei Chu。"……

（先生）"哼，是呀，你的名字这簿子上没有。你不是日本人。你是朝鲜人吗？清国人吗？"

屏周听了这话，不免又有点冒火。朝鲜人，他却不气，最难受

---

① 不肖生：《留东外史》上，岳麓书社，1988，第81页。

是"清国人"三字。

……

（屏周）"我是中华民国人。"……

（先生）"什么，中华民国？我怎么不晓得？支那吧。"

那先生答了，向屏周投了一瞥轻蔑的目光，全堂的人都哗——地笑了。①

在这段对话中，屏周与日本教师就自己的国族身份问题展开了交锋。日本教师先以"朝鲜人""清国人"等称谓试探屏周的身份，屏周不予认同，强调自己是"中华民国人"，日本教师对此佯装不知，以"支那吧"一语羞辱了屏周，而满堂的日本学生则以笑声表示了赞同。日本教师在说出"支那"一词的同时，"向屏周投了一瞥轻蔑的目光"，从而对"支那"一语的歧视性含义进行了确证，而满堂日本学生"哗——"的笑声，更强化了这种确证，使"支那"所含的侮辱之义更加显明。

可以说，为现代旅日作家们所愤恨不已的"支那"，正是在类似的对话过程中逐步成型的。"支那"凝聚了日本帝国的傲慢之意和扩张的企图，而对"支那"的激烈抵制，则反映了旅日作家在政治变局、文化转型时代对国族身份问题的高度重视和强烈的自觉意识。

第三节　旅日作家的"混杂性"用语

旅日作家虽普遍学习日语，甚至出现郭沫若、周作人等日语水平卓

---

① 郑伯奇：《最初之课》，《创造季刊》1922 年第一卷第 1 期。

绝者，但在"工具论"观念影响下，在尊崇西学的时代主潮中，日语在旅日中国人心目中的地位始终低于欧美语言。这使得一些旅日作家常以熟习英文、德文、法文为傲，却很少以日语能力自夸。

这种"西方"与"东洋"高低有别的潜在观念，并不仅仅存在中国人那里。对于日本人来说，看轻汉语、日语，视西文为更高一等的语言，这样的现象同样存在。《留东外史》有一处情节，讲到流亡日本的陈学究遭遇日本记者和警察的盘问，一开始因不懂日语，在记者面前表现得十分窘迫，处于交流的劣势。但当记者试图用半吊子的英语与他沟通时，英语口语娴熟的陈学究立即扭转了局面，让日本记者刮目相看，暗自叹道："看他不出，这种穷样子，居然会说我同盟国的话，这倒反为难我了。我的英国话，只能在西洋料理店对下女发挥几句，认真办起交涉来，实在自觉有些词不达意。"而在日本记者之后上门查问的警察，一开始也露出咄咄逼人的态度，但当陈学究以一句英语应对之时，这个发音不准、所知词汇量有限的日本警察立时就露了怯，以至于又羞又气，赌气一句话也不说，拖着刀走人。于是陈学究笑道："怪道人说小鬼怕英国话，我还不肯信，以为英国话有甚么可怕，不懂得也不算甚么。今日看来，原来是真的。这也不知道是种甚么心理。"[①]

所谓"怕英国话"的心理，一是因日语发音与英语差异太大，使得日本人在学习英文时存在天生的劣势；而另一层含义，恐怕是"不会讲英国话"导致的"矮人一头"的自卑感。对于日本人来说，不会讲汉语无妨，讲不好英文则事大，这种对待异族语言的不同态度，也影响到了旅日中国人的语言观念，使得他们格外重视欧美语言的学习。

---

① 不肖生：《留东外史》上，岳麓书社，1988，第 487～488 页。

近代日本约百年的历史（1853～1945），可谓本土意识与欧化思想相伴发展的过程。因而无论是从大规模留学的目的来说，还是从旅日生活的实际感受来看，中国人的旅日活动所获取的跨域经验，都有着"日本体验"与"欧美体验"的多重属性。从思想史角度来看，可以说，"旅日"同时也意味着"旅欧"或"旅美"。因此，和日语一样，欧美语言的学习经验也对旅日作家的写作意识革新发挥了重要作用。

除日语以外，许多旅日作家都进行过欧美语言的学习。留日期间，鲁迅、郭沫若都曾习德文；周作人曾入东京立教大学修希腊文，研读古希腊经典；而在日期间学习英文，更是旅日作家中十分常见的现象。这些经历带来的影响反映在他们的文学创作中，表现为多种语言混合、杂交的叙述方式，使得很多旅日文学作品带有"混杂性"① （Hybridity）的特征。

在郁达夫的《沉沦》（1921）里，汉、日、英多种语言混用的现象十分明显。其中，较为典型的日语词就有"介在""蜃气楼""好望""感得""空想""卒业""野水""文房具""星影""化育""遗类""牛乳""便所""筋肉""野菜""平屋""和平""退院""地平线""绀碧""电气""落照"等。

在英文方面，作者将大段的英文诗直接抄写在小说中。而对于小说中出现的地名、人名，作者运用了"K府""N市""M氏""W中学"

---

① "混杂性"是后殖民理论家霍米·巴巴（Homi k. Bhabha）思想中的一个重要概念。在巴赫金"混杂"话语理论、拉康的精神分析理论和德里达的解构主义理论的基础上，霍米·巴巴用"混杂性"一词来描述殖民背景下以语言为代表的异质文化相互改造、融合的状态，从而颠覆了殖民主义话语的权威性。本文借用"混杂性"一语，描述在多元文化交错的状态下，不同语言混合共生的现象，但并不具有霍米·巴巴所言的"反抗殖民主义权威"的含义。

等现代文学中常见的模糊化称谓。行文之中，也不时以英文替换或补充汉语的表达，例如："到了日本之后，他的 dreams of the romantic age 尚未醒悟"；"他对于都市的怀乡病（Nostalgia）从未有比那一晚更甚的"；"他的田园趣味，大约也是在这 Idyllic Wanderings 的中间养成的"等。

然而，这种英文词句的自如运用，是否具有小说叙述上的合理性和必要性呢？小说主人公先后三次用英语自言自语，[①] 但从情节的发展来看，似乎并没有专用英文而回避使用汉语的充分理由。此外，英文词在叙述中的嵌入方式也显得十分突兀，例如小说写主人公厌倦了学校，独自跑到山中读书，有这样一段描写：

> 有时在山中遇着一个农夫，他便把自己当作了 Zaratustra，把 Zaratustra 所说的话，也在心里对那农夫讲了。他的 megalomania 也同他的 hypochondria 成了正比例，一天一天的增加起来。他竟有连接四五天不上学校去听讲的时候。[②]

在这短短两三句话中，作者使用了三个英文词，分别是 "Zaratustra"（查拉图斯特拉，拜火教创始者）、"megalomania"（妄自尊大）、"hypochondria"（忧郁症）。其实在这三个地方，作者并非不能找到合适的汉语表达方式，例如"忧郁症"一语就在文中其他地方出现过多次。但是，作者偏偏回避了能够使叙述更为流畅的汉语，代之以三个较为生僻的英文词，不免予人以刻意为之的"炫才"之感。

---

① 分别是 "Oh, you serene gossamer! You beautiful gossamer!"； "Oh, coward, coward!"；"Sentimental, too sentimental!"。

② 郁达夫：《沉沦》，《郁达夫小说全编》，浙江文艺出版社，1989，第20页。

无论是日语的大量使用，还是英文不合规矩的嵌入，都造成了一种"陌生化"的效果，给读者的阅读设置了障碍，从而使整篇小说带有精英化的倾向。然而，值得注意的是，日语和英文在小说中的运用效果却是有区别的。

与硬生生嵌入语句的英文词相比，日语词和汉语表达的搭配较为和谐、贴切，甚至在许多地方，日语词以较为隐蔽、恍如汉语的方式出现。例如"化育""牛乳""野菜""和平"等词，由于与汉语词构词法的相似性，或因为有的词语的发明原本就借用自古汉语，读者在阅读这些词语组成的句子时，即便没有日语学习的基础，也能够较为顺利地读懂前后文之意。甚至有时候，由于日语词对表意对象的准确对应，读者根本不能意识到语句中某些日语词的存在，一时误以为是汉语的固有表达。

与此不同的是，当读者遇到"Zaratustra""megalomania""hypochondria"这样的英文词之时，如无一定的英文水平，则很难明晓这个段落的确切含义，也无法将整个句子顺畅地读出。在阅读过程中，读者总是能够十分清楚地分辨出英文词，体味出与汉语词句的不同语感，而日语词往往缺乏这样的效果。

因此，在《沉沦》这样的小说中，日语和英文进行了表意能力的"竞赛"。显而易见的是，由于和汉字的亲缘性，日语"战胜"了英文，获得了更多的合理性。可以看到，随着"五四"以后白话文小说的日趋成熟，像郁达夫的小说那样，不顾语句的明达晓畅，刻意挪用英语、法语、德语词的现象，逐渐变得不那么流行，甚至最终消失。① 与此相

① 不过，这种好用、滥用西文语词的现象，在1930年代前后的部分作家那里，不但没有收敛，反而有加剧的趋势。例如在刘呐鸥、穆时英等海派小说家笔下，西文语词的运用已成常态。

反的是，随着白话文写作对日语词的广泛借用，大量的日语词源源不断地补充了汉语的词库，丰富了中国文学的语言表达方式。而一部分日语词经中国作家的作品，在读者大众中流传开来，又自然而然地化为汉语日常语言的词汇，反过来影响了中国作家的写作。

不过，这并不表示英文对旅日作家的影响输给了日语。尽管英文词的直接挪用未能形成持续性的文学现象，但英语的表达方式已潜移默化地融入了作家的写作意识中。而随着英文翻译的进步，大量的英文词汇也以汉语的面目出现在文学语言中。更为关键的是，那些对旅日作家影响至深的所谓"日语"，有很大一部分词汇原本就来自对英文或其他欧美语言的翻译，这使得旅日文学语言的"混杂性"问题更加纠缠不清。因此，旅日作家的"混杂性"用语，可谓多重异质语言相交融的必然结果，在中国现代文学中，"混杂性"语言的不断书写，创造了在"东方"与"西方"之间的新的文学表达空间。

"笔谈"、日语的移植和"混杂性"的文学语言，其实只是现代旅日作家语言际遇中的几种典型现象。异质语言的实际交流过程，可能远比想象中的更为复杂，异文化在多元互动过程中的"对照性发明"，也比前文所述的几种现象更为丰富。

例如，在张资平小说《绿霉火腿》（1921）中，初到日本的留学生邬伯强不懂日语，和下宿屋的日本下女难以交流，然而，当下女看见墙上挂的火腿，用日本话问他那是不是"ham"时，因为"ham"一词的帮助，懂得一些英文的邬伯强居然听懂了。在这里，下女问话中的"ham"其实是日语外来词"ハム"，发音袭自英文，故而成为沟通的桥梁。这一事例显示，对于中国人来说，不仅日语可以作为"西方"的中介，在某些情况下，欧美语言也可成为理解日语的中介。旅日作家所经验到的异质语言，由于总是在相互融合之中获取新义，故而已经很难划清各自的领地。"日本语"也好，"英文"也罢，都在具体的语言交流情境中，推动了自身的词汇、语义和句法的发明。

在旅日作家的异文化体验过程中，各种不同的语言体系发生了错综复杂的交碰与融合，这一方面产生了文化误读和冲突，发明了"日本人""支那人""西方人"等刻板印象，另一方面，也正是在歧义丛生的文化交流过程中，新的语义空间和对话渠道被发明出来，增进了中国与日本、"东方"与"西方"的融合，使得"语言"不再是异文化之间的绝对屏障，进而为"巴别塔"的重建提供了可能。

| 第二章 |

风景的多元取向：旅日作家的风景体验

晚清时期大量的日本游记中，① 除了记载因公考察的教育、农工商业、司法行政、军事见闻以及日常生活中的奇闻趣事之外，岛国风光是旅行者们另一重要的视点。在王韬的《扶桑游记》（1879）中，从长崎到大阪、京都，从横滨到东京、镰仓，随着旅行者身体的位移，日本本州岛各地的自然风貌得以呈现，包括山林、瀑布、古碑、烟火、神社、妓馆，种种异域景象，纷繁可观。而在民国时期，随着中日文化交流的常态化，无论是大量的留学、游历日本者，还是少数流亡、访问日本者，无论是郭沫若、郁达夫这样的久居日本者，还是徐志摩、庐隐之类的短暂赴日者，他们旅日生涯中最重要的内容之一都是饱览东瀛的美

---

① 从 1854 年香港人罗森的《日本日记》算起，从鸦片战争到辛亥革命前夕，流传于世的日本游记和考察日记多达百余种，如：何如璋的《使东述略》（1876）、王韬的《扶桑游记》（1879）、王之春的《谈瀛录》（1879）、黄遵宪的《日本杂事诗》（1879）、黄超曾的《东瀛游草》（1881）、庄介祎的《日本纪游诗》（1882）、四明浮槎客的《东洋风土竹枝词》（1885）、陈家麟的《东槎见闻录》（1887）、黄遵宪的《日本国志》（1887）、傅云龙的《游历日本图经》（1890）、黄庆澄的《东游日记》（1893）、谭祖纶的《扶桑景物志》（1894）、吴汝纶的《东游丛录》（1902）、张謇的《东游日记》（1903）等。

景，"风景"（Landscape）成为他们行旅生活中不可或缺的一部分。学业之余、行路途中、访问的间歇，"风景"以各种方式进入旅日者的视野，丰富了他们的感性经验。丰子恺回忆留日生活时说："我是四十年前的东京旅客，我非常喜爱日本的风景和人民生活，说起日本，富士山、信浓川、樱花、红叶、神社、鸟居等都浮现到我眼前来。"① 风景给现代旅日作家们留下了深刻的印象，以至于每当回忆自己的日本经历时，风景往往成为旧事重提的引子。

当然，风景有人文景观和自然风光之分，前者的文化意蕴丰富而明显，后者则较少被纳入文化视野来加以考察。但其实，纯粹排除了文化意涵的风景几乎是不存在的，这种几乎不存在，但似可想象的情形或许可称之为"对于自然风光的被动接受"。即当旅行者于火车行进途中，透过车窗远眺，忽然看见巍峨壮丽的富士山；或当他们穿过街市，于不经意之间抬起头来，望见满天的繁星之时，自然风光以其原初的状态展现在旅行者面前，尚不具任何文化的意味，因而准确地说，这时的自然风光尚未成为"风景"，对自然风光的观赏可谓现象学意义上的纯粹的"看"。但是，由于这种"看"的情形往往在时间上体现为瞬时的知觉，在空间上体现为偶然的相遇，因而其发生机制几乎无法为我们所认知。故此，这种观景的情形不在本书讨论范围之内，本书所采用的"风景"一词，本身就带有文化的含义，无论人文景观还是自然风光，皆包含于内。

对于日本风景，可以从两个角度考察其在现代旅日作家那里所呈现的方式。

---

① 丰子恺：《我译〈源氏物语〉》，《丰子恺文集》文学卷二，浙江文艺出版社，1992，第611页。

一是主观意向的风景"发现"。实际上，"风景"并不是自来就存在于某处的固定、实在之物。对于郭沫若这样的内陆来客而言，日本的大海无疑是一道美丽的风景，因而可以面朝大海抒发诗情，但对于当地渔民来说，大海也许不过是他们赖以生存的资源取用地，他们对于海上日出、蓝天白云等景象司空见惯，并不能形成所谓"风景"的概念。"风景"是文化的建构，是观察者主体与观察对象相互作用的产物。旅日作家所描绘的日本风景，总是在某种异文化情境中被"发现"的风景，它与作家的人生经历、文化背景、即时的心理状态等密切相关。可以说，以游客身份闯入异域空间的作家，他们的脑中事先就存在着发现风景的某种"机制"或心理期待，这时的"风景"还只是一个名词；而当作家实地观察到了美丽多彩的自然风光、人文景观后，"风景"便演变为一个动词，从而成为被观景者所塑造、建构的风景、被"风景化"了的风景。

"所谓风景乃是一种认识性的装置，这个装置一旦成形出现，其起源便被掩盖起来了。"① 那么，"风景"是如何从名词演化为一个动词的呢？作为"认识性装置"的风景，其起源是怎样的呢？从原初状态的自然风光和人文景观到被发现的风景，在这一过程中，"东方"和"西方"的文化观念对风景进行了怎样的渗透，并强化了自身的二元建构？这是值得探究的问题之一。

二是被书写的风景。风景在被观察者从眼球或心灵的角度"发现"以后，必须经过观察者的书写或讲述，方能"呈现"给我们，因此，这样的风景是被再度发现的风景——它首先被人眼所捕捉，使自在之物

---

① 〔日〕柄谷行人：《日本现代文学的起源》，赵京华译，三联书店，2003，第12页。

转化为心中之物，既而又被某种民族语言所书写，为特殊时代的语言法则、惯用词汇所左右，并受到作家个体的语言风格的影响，从而再度表现为文字中的风景。

由于清末至"五四"时期的语言革新运动，现代旅日作家正好处于"现代汉语"的形成时期，因而在他们的文学描述中，通过新的语言组织形式，反映了新的风景观赏方式。在他们笔下，风景的发现开始"自觉"起来，风景不再作为近现代被旧书写体所束缚的拟古之物而出现，而是被注入了全新的生命感。

显然的，由于我们今天所赖以考察的历史材料绝大部分是旅日作家所留下的文字（而非图像），所以"被发现的风景"实际上也必然是"被书写的风景"。因此，要想对风景的发现过程予以梳理，首先必须清理旅日作家们的语言。那么，现代旅日作家的风景书写有何特点？这种书写方式与作家的东西方文化观有着怎样的关联？这是本章需要回答的另一重要问题。

在本章中，需要在第一节至第三节中对旅日文学的语言革新、视觉转向和时空意识进行分析，揭示风景"自觉"的过程，进而在第四节中探讨旅日作家现代风景意识的形成及其与东西方文化观之间的关联。在第五节中，将以樱花和富士山为风景"发现"的个案，探讨旅日作家是如何面对以日本主义为基底的东方主义意识形态的。

第一节　多重书写：风景描写的语言转向

晚清时期的旅日游记、散文中，文言文依然是主要的描写工具。例如王韬在《扶桑游记》中对东京的描写：

东京为日本新都，壮丽甲他处，尤为繁华渊薮。每当重楼向夕，灯火星繁，笙歌雷沸，二分璧月，十里珠帘，遨游其间者，车如流水，马若游龙，辚辚之声，彻夜不绝，真可谓销金之窟也。烟花之盛，风月之美，以及色艺之精巧，衣服之丽都，柳桥，新桥皆所不逮。余偶从诸名士买醉红楼，看花曲里，览异乡之风景，瞻胜地之娟妍，觉海上三神山即在此间。爰即是日所见，为七绝十二章，聊付小红，藉浮大白。敢作柳枝之新唱，或可补花月之旧闻云尔。①

这种风景描写方法继承了汉赋的特点，具有以下优点：一是善于铺陈夸张，将描写对象的繁华、壮丽渲染到极致；二是读来朗朗上口，运用了大量对偶、骈文，增强了阅读的快感；三是用词古雅，精于雕琢，适于有一定文化层次者阅读。

但是，从另一角度而言，这种写法的缺陷也同样体现在三个方面。第一，虽然作者极尽铺陈夸张，但无法准确描绘出对象的特点。例如"灯火星繁，笙歌雷沸，二分璧月，十里珠帘，遨游其间者，车如流水，马若游龙，辚辚之声，彻夜不绝"这样的句子，多套用现成的古语，更多反映了作者遣词造句的功底，而非捕捉风景对象特点的能力。换言之，这样的句子不仅可以用于描写东京，如果放在描写北京城或江南古都的文中，也是适用的，因此根本无法写出东京的特色，更无法表现作者的主体意识。

第二，旧书写体虽然阅读顺畅，但作者也往往为了实现这种形式上

---

① 王韬著，陈尚凡等校点《漫游随录·扶桑游记》，岳麓书社，1985，第223页。

的顺畅、押韵，刻意增加一些不必要的词句，却又不能描绘出景物的具体特征，于是造成了描写的"空转"。例如"烟花之盛，风月之美"，写的是同一对象，却不得不分为两句来写。作者试图用"盛""美"等一两个词，点出东京妓馆的景象，这固然能使语言简洁明了、易于阅读，但是，烟花究竟如何繁盛？风月到底是怎样的一番美景？读后却一头雾水、不明就里。再如"色艺之精巧，衣服之丽都"，写妓女的外形和技艺之美，仅用"精巧""丽都"等形容词予以涵括，使描写漂浮于文字表面，丝毫看不出色艺和衣服到底美在哪里。

第三，精美古雅的文句虽然体现了作者较高的文化水平和放浪的文人情怀，但对读者的文化背景设置了限制。看似文雅流畅的文字，在普通读者那里可能显得毫无生趣，难于为更为广泛的大众所接受理解。

甲午战争前，以旧书写体写成的旅日文学作品在中国的传播十分有限，与上述的语言缺陷有很大关系。涉及日本的书籍只在极少数知识分子群体中产生影响，于是也就造成了晚清时期知日者绝少的状况。即便经历了欧洲列强的多次凌辱，即便明治维新后的日本帝国国力日盛，在大多数国人眼中，日本仍然不过是只能向中华帝国称臣纳贡的"蕞尔小国"，无法对中国构成威胁，日本文化不过是中华文化的附属品，不值得深入了解。这种盲目自大、丝毫未将近邻日本放在眼里的国人心理，最终影响到甲午战争的成败，乃至1930年代前后那段惨痛的民族经历。

旧书写体的风景描写在清末民初时期的旅日文学中也不难见到，例如《留东外史》写东京浅草的景致，以一句"秦楼楚馆，画栋连云，赵女越姬，清歌彻晓"① 涵盖之，毫无日本特色可言；而在苏曼殊的

---

① 不肖生：《留东外史》上，岳麓书社，1988，第85页。

《断鸿零雁记》（1911～1912）中，作者描写日本景色使用了一系列的四字词句："松青沙白"；"流水触石，泪泪作声"；"崦嵫落日，渔父归舟，海光山色，果然清丽"；"途中景物，至为萧瑟"；"山光照眼，花鸟怡魂"；"雁影横空，蝉声四彻"；"有风声过余耳，瑟瑟作响"；"宿叶脱柯，萧萧下堕"；"细雨帘纤"；"微月已生西海，水波不兴"；"夜静风严"；"海曲残月"。① 这固然使整部小说的文风优美典雅，富于韵律，却不免有堆砌辞藻、流于铺陈之感，使文采大于实感真情，未能见出小说情节叙述所需要的效果。

那么，相较于旧书写体写成的旅日文学，在清末至"五四"时期，以文白夹杂或纯粹白话文写成的旅日文学，在风景的描写上有何独到之处呢？且看郁达夫在《沉沦》开头部分的一段文字：

晴天一碧，万里无云，终古常新的皎日，依旧在她的轨道上，一程一程的在那里行走。从南方吹来的微风，同醒酒的琼浆一般，带着一种香气，一阵阵的拂上面来。在黄苍未熟的稻田中间，在弯曲同白线似的乡间的官道上面，他一个人手里捧了一本六寸长的 Wordsworth 的诗集，尽在那里缓缓的独步。在这大平原内，四面并无人影；不知从何处飞来的一声两声的远吠声，悠悠扬扬的传到他耳膜上来。他眼睛离开了书，同做梦似的向有犬吠声的地方看去，但看见了一丛杂树，几处人家，同鱼鳞似的屋瓦上，有一层薄薄的蜃气楼，同轻纱似的，在那里飘荡。②

---

① 苏曼殊著，马以君编注，柳无忌校订《苏曼殊文集》上册，花城出版社，1991，第93～118页。

② 郁达夫：《沉沦》，《郁达夫小说全编》，浙江文艺出版社，1989，第16页。

这是一段富于"五四文学"特色的写景文。与郁达夫一些优秀的散文相比，这段文字的描写手法也许难称上乘，只能作为小说叙事的陪衬，但是，在与近现代文言写景的作品比较之后，这段文字的优势便显现出来了。

其一，描写形象生动。在这短短的五句话中，作者运用了一连串的比拟手法，将"皎日"比作一程一程行走着的女人；将"微风"比作"醒酒的琼浆"；将"官道"比作"白线"；将"屋瓦"比作"鱼鳞"；将"蜃气楼"（日语词，意即海市蜃楼）比作"轻纱"。这样，东京郊外一系列的景物都得到了恰当的呈现，犹如绘制在画布上，并富于动态和美感。读者虽未在现场，也有身临其境之感，初步了解到了当时当地的太阳是怎样的和缓，稻田和官道之间是怎样一种位置关系，以及屋瓦的具体形态等。而文言写景由于已经具备丰厚的历史积淀，其描写技巧在唐宋时代臻于顶峰，但现成的词句、惯用的体例反而成为语言革新的桎梏，到了明清时期，一旦采用文言写景，便多套用熟语、典故，难以有描写手法上的突破。

其二，感官体验丰富。在这段文字中，不仅充满了视觉的意象，且嗅觉、听觉等感官体验也参与了进来。小说主人公不仅在用眼睛观察四周的景物，且微风中的香气也"拂上面来"，为鼻子所捕捉，而远处的犬吠声也"悠悠扬扬的传到他耳膜上来"。于是，读者似乎也调动起自身的感官体验，随着小说人物的眼、鼻、耳之所感而展开想象，最大限度再现了实地的风景，同时又将诗意的想象倾注到风景感受中。而近现代的文言写景与其说是在写作者的直观感受，不如说是在仿制古人的感官体验，因为所使用的词句、技巧都是承袭古人而来，难以体现作者的个性。

其三，主体意识凸显。这一点尤为重要。如前所述，王韬等晚清学人笔下的日本风景，看似纷繁多姿，实际上却是死去的风景，是停滞、僵死于文字表面的风景。而"五四"前后的写景文字，却尝试着让风景"活起来"，使作为名词的风景具有动词的意义。

在古代写景诗文中，往往努力追求情景交融的境界，使人与自然浑然一体。例如李白有诗："相看两不厌，惟有敬亭山"（《独坐敬亭山》），"我"与"山"的关系是"相看两不厌"的关系，是和谐互融在一起的，并不存在孰高孰低、谁统摄谁的问题；《文心雕龙·神思》中也有"登山则情满于山，观海则意溢于海"的说法，"山""海"等自然景物和人的情志是合二为一的，景物总是在与人的互相观照中才成为景物，而人的情志也必须放置在情景交融的整体中才能凸显其意义。

而在郁达夫的这段文字中，不管景物如何变幻，人的主体意识始终是清醒的。无论是带着香气、阵阵拂面的微风，悠悠扬扬的犬吠声，还是梦境般的蜃气楼，都带有强烈的主观感觉色彩。人与景物的整体性、交互性开始打破，取而代之的是主体意识的觉醒。这样一来，空旷的平原、依稀可闻的犬吠声，以及如梦般飘荡的蜃气楼，都成为小说主人公孤独、哀伤、颓废心境的写照，奠定了整篇小说的基调。简而言之，景物是服务于人的，所有细致入微的风景描写都是为了表现人物的内心世界，暗示故事的发展方向。

这是一个再发现的过程。本来并无新奇之处的风景对象，经过新的描写方法的处理，被倾注了诗意与情感，变得鲜活起来。在这之中，"书写"起到了至关重要的作用。对于晚清至"五四"时期的作家来说，思想的变异、文化的转型，首先是从书写的革命开始的——黄遵宪、胡适即为先后两大代表人物——而书写的革命不仅仅反映了思想变革的要求，更是一种政治诉求。例如黄遵宪著名的"我手写我口，古岂能拘牵！"（《杂感》）正是在甲午战争后，维新、立宪等政治要求中提出的。黄遵宪作为政治家和诗人的双重身份，在"诗界革命"的呼求声中是合二为一的。因此，经由书写方式的变革，对日本风景的"再发现"过程，实则暗含了旅日作家深刻的政治理想。

"风景的再现并非与政治没有关联，而是深度植于权力与知识的关系之中。"[①] 在郁达夫等人留日小说的风景描写中，体现出弃古尚新的文体意识，这种语言的转向正是在晚清至"五四"以来中国知识界对"学西"的普遍要求中发生的。上文所述《沉沦》中的语言特色，如描写对象的生动细致、感官体验的丰富多彩、主体意识的凸显等，都是在西方文学、思想的影响下形成的。

然而，如果说来自西方文学的文体意识和书写语言主宰了郁达夫乃至更多旅日作家的创作，则过于简单化。实际上，郁达夫本人并非钟情于"全盘西化"，反而对中国古典文学多有依恋之情，这一点，从他留下的大量旧体诗词歌赋中，即可窥见一斑。而在他用日文夹杂了汉文写成的游记散文《盐原十日记》（1921）中，也主要表现了怀古的幽情。在这篇短文中，作者精要地记录了自己于 1921 年 8 月中旬，游历日本栃木县盐原温泉的所见所闻，他多次因景而赋诗，并引用白居易和孙子潇的诗句，此时的景物在郁达夫笔下成为怀古的媒介，汉诗与日本风光融合在一起，却并不显得生硬、别扭，如：

愈々都會の炎熱に堪へかねて、鹽原へ逃げて行かうと思ひ立ったのは、八月の十日であった。翌十一日の午後、蟬時雨を潜っ

---

① 〔美〕温迪·J. 达比：《风景与认同》，张箭飞、赵红英译，译林出版社，2011，第 9 页。

て，予は山陰道上にでも來たかと郊野の風光に神を奪なれつつ，鹽谷の高原を自働車で駈け上かったの。

　　緑樹叄差墜影长　野田初放稲花香　何人解得山居楽　六月清齋午夢凉……①

在这些段落中，日文的汉字、假名，混合了半文半白的汉文，以"杂烩"式的书写语言，组成一篇东方式的风景美文。这恰好与郁达夫那些西洋色彩浓厚的风景描写形成对照，反映了作家进行"多重书写"的语言尝试。

这一点不仅反映在郁达夫的创作之中，在郭沫若、周作人乃至鲁迅那里，"多重书写"的语言特征都颇为明显，甚至形成"五四文学"整体性的语言特色。例如郭沫若惯于在诗中嵌入大量英文、德文和日语词，使其诗作读来不土不洋，殊为怪异。

对于旅日作家来说，这种"多重书写"的语言追求，是作者立足于日本，在日本文化的渗透之中，面对日本的风景，"挪移"西方文学思想而形成的。在这一过程中，汉语仍然是作为基底的第一重书写，因为母语是作家的创作之本；作为描写对象的日本风景参与到写作中来，成为第二重书写，加之日语词汇和表达方式的影响，使旅日作家的创作具有"跨域书写"的特色；使这种"跨域书写"变得更加复杂的是西方文化的介入。由于日本在很大程度上只是旅日学人的"学西中介"，而日本文化本身也已经在明治维新之后经历了西方文化的多重洗礼，这导致旅日作家的书写语言必然带有强烈的西方色彩，构成了风景描写的

---

① 郁达夫：《盐原十日记》，《郁达夫文集》第三卷，花城出版社，1982，第1~2页。

第三重书写。

从王韬等晚清学人的日本游记、清末民初时期苏曼殊等人的旧体小说，到"五四"时期创造社作家的白话文小说、散文，风景描写的语言发生了某种断裂，这种断裂与作家独特的日本体验是密切相关的。一方面，旅日作家在努力割断自身与旧书写体的联系，在对西方文化的渴慕中求新求变；另一方面，正是由于作为学西中介的恰恰是东方文化圈内的日本，旅日作家的书写语言具有"多重书写"的特征。

第二节 从"诗意的风景"到"图像的风景"：风景描写的视觉转向

在上一节论述所引的《沉沦》的写景文中，有两条景物观测的线索在交替进行：首先是作者的视角。作者仿佛作为一名旁观者，其目光由远处逐渐移向近处——先是遥望晴天皎日，继而将视线转移到稻田中间、官道上面，于是主人公以核心景物的姿态出现。随着视线的进一步拉近，我们得以看清他手中捧着诗集。这时，小说主人公的视角悄然出现，他为大平原上的犬吠声所吸引，"眼睛离开了书"，向声音的来源处看去，跟随着他的目力所及，我们看到一幅图画似的美景。

可以发现，油画、摄影和电影的感受方式已经渗入了这段文字。所有的景物带给读者清晰的方位感，这似乎暗合了油画的透视法则；而随着人物视角的转移，一个接一个的场景也仿佛被照相机所定格；电影拉镜头、推镜头和特写的手法也隐约可见，甚至可以说，这段写景文字已经在运用"电影语言"，可以直接作为剧本使用。

这在郁达夫乃至"五四"文学家们的作品中并不鲜见。在郁达夫小说《银灰色的死》（1921）的开头，油画、摄影乃至电影镜头语言的色彩更为浓厚：

> 雪后的东京，比平时更添了几分生气。从富士山顶上吹下来的微风，总凉不了满都男女的白热的心肠。一千九百二十年前，在伯利恒的天空游动的那颗明星出现的日期又快到了。街街巷巷的店铺，都装饰得同新郎新妇一样，竭力的想多吸收几个顾客，好添些年终的利泽……
>
> 在上野不忍池的近边，在一群乱杂的住屋的中间，有一间楼房，立在澄明的冬天的空气里。这一家人家，在这年终忙碌的时候，好象也没有什么活气似地，楼上的门窗，还紧紧的闭在那里，可是金黄的日球，离开了上野的丛林，已经高挂在海青色的天体中间，悠悠的在那里笑人间的多事了。
>
> 太阳的光线，从那紧闭的门缝中间，斜射到他的枕上的时候，他那一双同胡桃似地眼睛，就睁开了。①

在这段写景文字中，不忍池畔太阳悬空的景象，富于油画和摄影的特征，而观察的视角由远及近、层次分明，则与许多电影开头部分的场景无异：首先是远距离全景扫描东京的街景，交代故事发生的背景，继而将镜头推近到"上野不忍池"这一较小地点，然后是"一群乱杂的住屋"，再到更具体的"一间楼房"。这时，镜头语言对这间楼房紧闭的门窗进行了定格描写，忽然又将视角转移到高空中的太阳。通过太阳光线的轨迹，视线穿透了门缝，小说主人公"他"的形象便呈现了出来。

---

① 郁达夫：《银灰色的死》，《郁达夫小说全编》，浙江文艺出版社，1989，第1～2页。

从旧书写体到新书写体嬗变的过程中，风景的描写从"诗意的风景"转向了"如画风景"（the Picturesque）、"照相风景"乃至"电影风景"，这里统称"图像的风景"。

旧书写体对山水的描写和古代山水画的绘制过程是近似的，如"写意""白描"等重要技法，不仅可以指绘画，也可指称文学，因而"诗"与"画"往往是相通的。这决定了古人在观察、书写风景时，必然受到山水画的影响，造成"风景如画"的文学效果。但是，"风景如画"和"如画风景"的区别在于，前者是诗画合一的后果，诗、画、风景是相辅相成、互为生成的关系（图2-1），而后者则将这种关系打破，画开始从诗中分离开，成为与风景并置乃至凌驾于风景之上的艺术（图2-2）。这缘于近现代以来，以油画、照相术和电影为代表的新艺术、新媒介的导入。

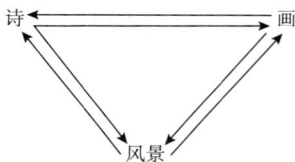

图 2-1　古典的"风景如画"模式　　图 2-2　近现代的"如画风景"模式

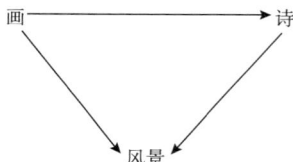

自晚清以来，随着欧洲油画正式进入中国艺术界，随着照相术和电影的传入，更为丰富的视觉艺术作品开始侵占中国人的视网膜。1907年，从欧洲回国的画家周湘在上海创办了中西美术学校和布景画传习所等美术教育机构，教授西洋画技法，刘海粟、徐悲鸿等人皆在此获得早期的油画教育。同时，因为印刷业的蓬勃发展，作为印刷品的油画也开始流行于市，进入中国人的视野。而照相术与电影的传入和流行则更早，照相机在1840年代即由欧洲殖民者带入中国，到了清末民初时期，随着报刊业的兴起，作为新闻报道和杂志文章陪衬品的照相图片大量进入市民阶层的眼球。而电影的传入和中国电影的诞生也在甲午战争后的清末时期迅速发展壮大，一定程度上影响了中国人的视觉经验。

许多旅日学人，正是在这一背景下成长起来的，而更早接受西洋画的影响、更广泛发展了照相术和电影业的日本，无疑延续并强化了旅日学人的这种视觉经验积累。

虽然西洋画进入中国的时间较早，但其影响力却十分有限。丰子恺在《我的苦学经验》（1930）中说，1920 年代的中国，宣传西洋画的机关绝少，"当时社会上人士，大半尚未知道西洋画为何物，或以为美女月份牌就是西洋画的代表，或以为香烟牌子就是西洋画的代表"。[①] 而与此相比，西洋画风对日本艺术界和民间文化的影响，都颇为显著。自江户末期引进西洋绘画以来，西洋画就在与日本画的对抗中逐步发展。1879 年，日本最初的西洋美术团体明治美术会正式成立，而在甲午战争后，1896 年中国留学生首开赴日风潮，西洋画派的代表人物黑田清辉受聘为东京美术学校西洋画科的首席主任教授，西洋画的势头开始占据上风。在这之后，东京、京都等地多次举办西洋画展，吸引了大量日本人甚至中国留学生前往观看。[②] 同时，前往东京美术学校留学或参观访问的中国人也日渐增多。[③]

几乎与西洋画同时，照相术也是在江户末期传入日本。明治维新之后，摄影逐渐成为一门艺术，大众化的照相馆也日渐增多，摄影开始成为替代绘画的视像经验载体。与费时耗工的绘画所不同的是，人们可以借助先进

---

① 丰子恺：《我的苦学经验》，丰陈宝、丰一吟编《丰子恺散文全编》上，浙江文艺出版社，1992，第 78 页。
② 参阅赵德宇等《日本近现代文化史》，世界知识出版社，2010，第 178～185 页。
③ 参阅吉田千鶴子《近代東アジア美術留学生の研究：東京美術学校留学生史料》，ゆまに書房，2009，第 33～35 页。

的照相术，在瞬时之间记录下想要的影像，满足视觉的欲望。而日本报业在甲午战争后迅速发展壮大，更推进了图像的大量生产。资料显示，在甲午战争爆发的 1894 年，东京报纸日发行量最高不过 5 万份，但在战后的 1896 年，这一数据超过了 8 万。当时的报纸普遍将时事、社会新闻报道作为重点，例如发行量最大的《万朝报》，其卖点便是"调查大臣、富豪、上流社会的贵妇或者官僚和政党干部等私生活中的问题在报纸上进行攻击"。[1] 而这一类的报道与小说连载为主的报纸所不同之处在于，为了增加报道的真实性和吸引力，往往在新闻文字中插入图像，与文字形成对照。

电影传入日本几乎与中国同时。自 1896 年从法国引进电影放映机后，次年即在大阪进行了公映，而 1899 年便摄制了首部日本电影；1903 年，浅草电气馆成立，日本的电影放映进入常设化时代；1912 年，日本活动写真株式会社（日活）成立以后，日本电影更是进入了产业化发展阶段，成为文化影响广泛的新媒体。[2]

从大量旅日游记和历史资料中可以看出，旅日作家在日本的生活大多有观西洋画馆、学习西洋画、读报办报、初次照相乃至看电影的经历：李叔同曾经在东京美术学校习油画，其弟子丰子恺以及倪贻德等人也曾在日本画家藤岛武二所办的东京川端美术学校习画；旅日作家大多曾在日本拍摄照片，即便是鲁迅那样的早期留日者，也留下了多张肖像照。1905 年，鲁迅曾与同学前往日本宫城县的海上名胜松岛，拍了许多松林雪景的照片，[3] 由此可知，从相机镜头去发现风景，在当时已非新鲜之

---

① 〔日〕山本文雄：《日本大众传媒史》，诸葛蔚东译，广西师范大学出版社，2007，第 67 页。

② 参阅田中純一郎《日本映画発達史》，中央公論社，1980，第 54～66 页。

③ 参阅许寿裳《西片町住屋》，《亡友鲁迅印象记·许寿裳回忆鲁迅全编》，上海文化出版社，2006，第 31 页。

事；至于看电影一事在留日学生中的流行状况，在郁达夫的《日本的文化生活》（1936）、崔万秋的《留日学生生活之一斑》（1931）等文中，皆有记述。

此外，值得注意的是，早期电影由于技术条件的限制，其内容大多是欧美各地的写实风景或日常生活场景，这一方面为大众开阔视野、直观地认识世界提供了便利的渠道，另一方面，也重新塑造了观影者对风景的感知方式。可以推知，上述生活体验改变了旅日作家们的视觉经验，使他们在观察、描绘风景时，自觉或不自觉地采用了油画、摄影和电影镜头的视角。

不仅如此，作为图像的风景甚至开始了对作为文字的风景的"越界"。如前所述，"风景如画"是中国古典诗文的写景特色，典型者如王维的山水诗，诗与画具有相似的审美趣味和内在联系，因而可谓"诗中有画，画中有诗"（苏轼），是一种"诗意的风景"。而古代文人也多是诗、书、画样样精通的"全才"，故能将书写和绘画的艺术精神融会贯通。彼时的绘画，与文字具有对等的地位。

这种情况自近代以来开始发生改变。首先，当写实主义绘画、高度逼真的摄影图片和电影大量进入人们的日常生活视野，他们观察风景的那双眼睛就不再仅仅完成传统意义上的"看"的功能，而是在这"看"之中对风景对象进行加工改造。闻一多于 1922 年留美前夕曾短暂游日，对日本自然美的印象是"一幅幽绝的图画"，并认为"日本真是一个 picturesque 的小国"。[1] 缪崇群写东京近郊武藏野的景色，"没有一样不是画材，也没有一棵是可以缺少的！假如你已经把窗外当作了一幅整个的

---

[1] 闻一多：《致吴景超、顾毓琇、翟毅夫、梁实秋》，孙党伯、袁謇正主编《闻一多全集·书信》，湖北人民出版社，1993，第 45 页。

图画的时候。"① 在现代旅日作家眼里，"风景如画"已经变成了"如画风景"，从此以后，"什么样的风景可以进入画卷"不再是一个问题，而"什么样的风景能够不从绘画的视角来发现"，才是一个难于解答的问题。而这里所谓的"绘画"，尤指具有写实功能的近现代图画，与中国古代的写意画迥然不同。在穆木天的散文《秋日风景画》（1933）中，反复出现了写实风景画般的描写：

> 又是一幅的秋天的风景画。是在日本京都的吉田山上。
> 是一座神社，在吉田山的东麓上。神社是盖覆在吉田山的绿树浓荫之下。神社前边，是一条长的石头的阶梯，直通到山下边的马路。马路那边就是古刹真如堂。

又如：

> 又是一幅秋景。是在伊豆半岛的伊东町。
> ……日本的少女，点缀在初秋的田园风景中，是如何地优美呀！
> 伊东川上，我游玩遍了吧！我在他的源头读过维尼的诗篇。
> 伊东桥畔，我欣赏够了吧！我在他的苍翠的树丛之中，赏玩了皎洁如练的河中的涟漪。②

在这些文字中，风景是按照写实绘画的观察角度被发现，进而呈现在纸面上的，作为文字的风景开始具有服从于图画风景的倾向。

---

① 缪崇群：《楸之寮》，《缪崇群散文选集》，百花文艺出版社，2004，第17页。
② 蔡清富、穆立立编《穆木天诗文集》，时代文艺出版社，1985，第204～205页。

促成这种变化的重要因素之一，是印刷技术的进步。田汉游长崎的崇圣禅寺，曾在寺内的和尚那里购买"绘片"；蒋光慈游富士湖，购买了富士湖的风景画片作为给房东的礼物；郭沫若游福冈的古迹"护国大堤"，事先购买了相关的"花邮片"，看到了护国大堤的照片，形成了对游览点的初步印象；凌叔华在《登富士山》（1928）一文中也提到，在她看到真正的富士山前，首先接触到的是关于富士山的东洋画和印有富士山图画的明信片。得益于印刷术的进步，将风景对象制作成东洋画、西洋油画乃至照片的"绘片"和"明信片"在明治末期到大正初期的日本已十分普遍。彼时的游客也普遍形成了购买印有当地风景的明信片，邮寄给亲友的习惯。因此，对于作为现代游客的旅日作家来说，风景是在先进的印刷技术支撑下的图像复制的时代语境中被发现的。

其次，相较于文字而言，被印刷机和感光胶片制造出来的图像艺术具有直观、易读的优点，可以直接参与观者的人生经验积累（而文字只能间接唤起阅读者的人生经验）。因此，图像的崛起必然导致图文关系的"失衡"。在古代文学作品中，以小说插图为代表的图像往往只能作为文字的附属物出现，对小说叙事起到补充、点缀的作用。但在近现代文学中，由于图像逐渐取得图文战争的优势地位，有时文字反而开始妥协于图像，带有视觉艺术的色彩。在旅日文学的风景描写中，文字不再对实实在在的风景对象进行客观呈现，转而成为对图像风景的描述。也就是说，作家用写实主义油画、摄影或电影的视角，发现了日本的风景，使之成为图像的风景，而在写作之中，又用文字对图像的风景进行了"再发现"。

在高度逼真的风景油画和照片中，即便出现了文字，也失去了反映现实的效力，只得退居次席，成为图像的补充。而即便是在文字为主的报纸杂志中，照片也经常被放置在整个版面的显要位置，吸引读报者的注意。在早期电影的放映过程中，文字更是只能以声音的方式呈现出来，但也仅仅作为对图像的解释和点缀，① 为图像的快速流动所牵引。因此，现代作家在面对风景时，最大的困难不在于是否能找到确切的文辞来表现风景对象，而在于什么样的文辞能够更好地服务于作为图像的风景。

更进一步的情形是，由于写作活动往往是在游览活动结束之后才进行的，因而被书写的风景必然是被作家以某种方式所回忆起来的风景。在旅日作家的风景回忆中，图像不仅帮助了回忆，甚至替代了人脑的记忆。

张资平的短篇小说《白滨的灯塔》（1923）描写了留日学人 C 君回国后的种种遭遇。由于不善钻营，不懂得拉拢结交名人，C 君只能"自居凡庸"，在愁闷忧郁的情绪中混日子。而日本房州的镜浦湾、湾内的冲岛和鹰岛、八幡宫前的松林等风景的记忆，构成了现实生活的对照物。尤其是白滨的灯塔，"像在向他招手，也在教训他"，② 成为他心灵的寄托和慰藉。但是，这里所书写的风景，却是经由明信片上的风景图像而复现出来的。在小说的开头，正是在房州海岸避暑的友人寄来的明信片，是明信片上印有的白滨的灯塔，勾起了他的回忆和对现实的种种不平情绪，而这一系列的现实遭际的书写，最终又回到文末的白滨的灯塔上，回到明信片上。因此，白滨的灯塔是贯穿始终的关键意象。值得注意的是，这个灯塔在很大程度上并非现实中的房州的灯塔，而是被拍

---

① 跟随世界的潮流，日本的有声电影也是在 1930 年代初出现并普及的。在此之前，无声电影的放映往往需要解说员进行讲解，这也构成了机械图像与真人发声的一种奇怪的组合。

② 张资平：《白滨的灯塔》，《爱之焦点》，上海书店，1989，第 14~15 页。

摄、印刷、复制的作为图像的灯塔。所有的回忆和情感波动，都是由灯塔的图像引起的。由于图像较之人脑的记忆更为真实、准确、全面，因而足以能够替代人脑记忆，成为当下情感的触媒。与其说明信片上的风景唤起了主人公对留学生活的回忆，不如说，正是这张清晰可见的明信片本身，构建了主人公的风景记忆。

　　旅日作家所看到的东瀛风景，很大程度上是"图像的风景"，他们是在西洋绘画、照相和电影等"西洋镜"的框架内发现风景的，也往往是通过这些新媒介重塑自己的风景记忆的。因此可以说，旅日作家风景描写的视觉转向源自西方媒介文化的带动，"图像的风景"产自西方文化的视角。但是，旅日作家所面对的毕竟又是日本的风景，是充满了东方风情的名山大川，① 因此，在西方媒介文化与东方风情的碰撞中，作为东方文化象征物的日本风景，在视觉转向的潮流中被重新塑造，获得了新的审美价值。

第三节　时空的重组："闲暇的风景"与
"轨道的风景"

　　除了图像艺术对观景者的影响，风景游览的速度和轨迹，也是决定被发现的风景形态的重要因素。

　　许多旅日者的风景体验，是通过散步（Stroll）来完成的。巴金写横滨海边的月夜，是因为"吃过晚饭，依旧高兴地穿着高屐子一个人

---

　　①　尽管明治维新后的日本已经出现不少西洋式的风景物（如西洋建筑），但并未成为旅日作家风景描写的重点。旅日者最为青睐的仍然是具有"东方风味"的风景。

在屋前小小的园子里散步"。① 庐隐曾游览东京郊外的庙会，其游兴源自"晚饭后，我们照例要到左近的森林中去散步"。② 在蒋光慈正式发表的日记《异邦与故国》（1929）中，数次写到散步的情形，且多是在"午后四时"这一时间点。因此，散步是旅日作家们的日常行为之一，他们对日本风景的发现过程，与散步的步调是一致的。

那么，这里所谓散步的内涵和古代文人的散步是否一致？早在庄子那里，"逍遥游"的人生理想已经具有散步的特征，不过"散步"一词的正式使用，源自魏晋时期的医药术语，指服下发热药物后通过行走散热的活动。因此，散步从一开始就是和养生联系在一起的，意指某种生命存在的状态。而无论是逍遥游也好，医药方术上的"散步"也好，都有一种非日常化的倾向，逍遥游或散步的行为不必每天重复发生，它们总是在某种特定情况下才会出现。因此，古代文人的散步是以单数形式进行的。

然而近现代意义上的散步，却是与闲暇（Leisure）相关联的，指的是一种复数形式的、时间的余裕状态。《诗经·小雅·采菽》中有"优哉游哉，亦是戾矣"一语，在这里，"优"和"游"联结在一起，形容悠闲自在的样子，因此，"游"与闲暇相关。但是，古人的闲暇指的是一种超脱飘逸的生命状态，在一天中的任何时刻，都可以具有这种状态。也就是说，古人的闲暇偏重于内心的体验，与外在的环境关系不大。而引发了巴金、庐隐、蒋光慈等人进行散步活动的闲暇，却产生于工作、学习时间与休闲时间的分区，以及"日常生活"（Daily Life）的诞生。

① 巴金：《月夜》，《巴金全集》第十二卷，人民文学出版社，1989，第 490 页。
② 庐隐：《东京小品》，钱虹编《庐隐选集》下，福建人民出版社，1985，第 40 页。

在旅日作家的自述式写作中（包括日记和部分散文），时间意识始终是清醒的。他们每一日的安排，大体遵循了在某时晨起、某时进餐、某时写作、某时接待来访等有规律的时间秩序。而将散步安排在晚饭后，也是许多旅日作家的共有特点。在他们的时间序列中，白天大体上是属于工作、学习的时段，而散步则属于闲暇的时间，总是与黄昏、日落相伴。这种将时间作为相对稳定的时刻表，并严格按照时刻的分配来开展不同活动的行为，是从近代以来才开始出现的。

在庄子的《逍遥游》中，时间意识与空间意识是浑然合一的，通过朝菌、蟪蛄和冥灵、大椿的"大年、小年"之辩，以及鲲鹏和斥鴳的"小大之辩"，庄子试图通达无始无终、无边无极的人生境界。此外，"宇宙"也是古人表示时空合一的概念之一。《管子》中有对"宙合"的描述。而汉代的高诱也在《淮南子·原道训》的注中说："四方上下曰宇，古往今来曰宙。"[1] 在古人那里，时间的恒常绵延与空间的覆天载地是一体的，都被纳入"道"的体系中看待，混沌一片，缺乏精确性。

这种情况在近代发生了变化。由于标准化时间制度的广泛推行和交通、通信技术的进步带来的"时空压缩"（Time - Space Compression），时间开始从空间中分离出来，且与空间进行重组。可以看到，旅日作家的时间观念已经遵循了将一天划分为 24 时，每小时划分为 60 分钟，每分钟划分为 60 秒的计时方法。正是有了这种严格的时间分区，劳动、饮食、起居和闲暇才被清晰地区别开来，于是才产生了"工作、学习时间"和"闲暇时间"的对立。而这一系列的活动在被时间制度所规范化、固定化之后，便陷入了日复一日的循环之中，从而使生活变成了

---

① 刘安等著，高诱注《淮南子》，上海古籍出版社，1989，第 5 页。

今天对昨天、明天对今天的模仿、复制，成为日常化的生活。①

决定了这一重大变化的事件，是时钟的发明和推广。安东尼·吉登斯（Anthony Giddens）将时空的分离视为现代性发生的重要标志，而"机械钟的发明和在所有社会成员中的世纪运用推广，对时间从空间中分离出来具有决定性的意义。"② 刘易斯·芒福德（Lewis Mumford）甚至认为，"现代工业时代的关键机器不是蒸汽机，而是时钟"。③

实际上，标准化时间制度的起源最早可以追溯到公元 7 世纪的欧洲教会，当时的教皇曾下令教堂的时钟每 24 小时敲 7 次。而以秒为单位的时间划分方式，早在 14 世纪的欧洲就已经出现。为了满足对精确时间的需要，一个叫作彼特·汉莱因（Peter Henlein）的机械师终于于 16 世纪造出了多齿轮表。后来的工业革命带来了技术的巨大进步，如何高效地利用时间成为摆在资产阶级面前的一个问题。因此，谁拥有一块精美的表，谁的家中摆放一尊华丽的摆钟，谁就仿佛占有了时间，从而占有了更多的财富。钟表甚至成为身份、地位的象征。"时间就是金钱"（富兰克林）等表达了资产阶级理想的名言，也适用于那一时期。

与上课学习、从事各项工作一样，散步也成为旅日作家每日必修的课程之一。许多美景，正是沿着作家散步的路线，逐步显现出来的，而旅日作家对于风景的特殊"趣味"，也是由此而养成的。这样的情形反映在小说之中：

---

① 这里所使用的"日常生活"概念，或可译为"每日生活"，在列斐伏尔的著作中，具有复数性质的"每日生活"与单数性的、一般意义上的"日常生活"有所区别。

② 〔英〕安东尼·吉登斯：《现代性的后果》，田禾译，译林出版社，2011，第 15 页。

③ 〔美〕刘易斯·芒福德：《技术与文明》，陈允明、王克仁、李华山译，中国建筑工业出版社，2009，第 15 页。

他的学校是在 N 市外，刚才说过 N 市的附近是一个大平原，所以四边的地平线，界限广大得很。那时候日本的工业还没有十分发达，人口也还没有增加得同目下一样，所以他的学校的近边，还多是丛林空地，小阜低冈。除了几家与学生做买卖的文房具店及菜馆之外，附近并没有居民。荒野的中间，只有几家为学生而设的旅馆，同晓天的星影似的，散缀在麦田瓜地的中央。晚饭毕后，披了黑呢的缦斗（斗篷），拿了爱读的书，在迟迟不落的夕照中间，散步逍遥，是非常快乐的。他的田园趣味，大约也是在这 Idyllic Wanderings 的中间养成的。①

小说中所谓的"田园趣味"和"晚饭毕后"的"散步逍遥"是联系在一起的，文中的荒野和夕照等风景，是在工作、学习之余，在闲暇的时间段内，在一种时间的余裕状态下，被风景观察者以散步的姿态和节奏发现的，这样的风景是一种"闲暇的风景"。时钟的广泛应用，以及随之带来的时间制度的规范化、人们日常生活意识的标准化，是导致闲暇时间从整体的时间观中独立出来的原因，因而风景的发现过程也有着被规范化的倾向。

郭沫若的著名散文《今津纪游》（1922）记述了作者在日本福冈市西今津地方游览的经历。关于这次游览活动的起因，作者在文中交代得很清楚：

今晨八点钟，早早跑上学校里去，不料第一点钟的内科讲义才是休讲，好象是期待着要搭乘的火车，突然迟延了的一样，我反而

---

① 郁达夫：《沉沦》，《郁达夫小说全编》，浙江文艺出版社，1989，第 20 页。

没法来把这一点钟空时间消遣。……我想起今日的课程，都是不愿意上的，只有午后两点钟以后的检眼实习不能不出席，我何不利用我这半日的光阴，走到个甚么地方去，或者我亲爱的自然，还会赐我以许多的灵感。①

由于"第一点钟"的课休讲，在早晨八点钟到下午两点钟的这一时间段里，出现了时间的空余，学习时间让位于闲暇时间。因此，为了设法"来把这一点钟空时间消遣"，作者产生了利用这段空余时间，外出游玩的想法。在这里，时间仿佛作为一种消费品被制造出来，可以进行分配和消耗。"八点"和下午"两点"是两个被钟表刻度所精确定位的时间点，在这两点之间，似乎出现了一段固定的、可供使用的时间。毋宁说，这其实是一段被时钟所生产出来的时间，是从绵延、恒常的时间意识中脱离出来的"虚化的时间"（Empty Time）。这一时间并不归于传统意义上的"永恒"，而是工业时代的特殊产物，是提供给旅行者予以恰当使用的产品。通过对时间的不同的使用方法，时间被赋予了不同的意义。在郭沫若的时间意识中，"八点"到"午后两点"之间的这段学习时间，被置换为外出游玩的闲暇时间。

在游览今津地方的过程中，由于没有随身携带钟表，郭沫若的时间意识产生了疏忽。在等待去往今津的渡船时，作者从摆渡人家的时钟得知"已经十一点过了"，此后，他游览了蟠龙松，听闻了关于蟠龙松的"无稽的传说"，又看到了护国的大堤元寇防垒，并感叹其徒有虚名，而后坐在乱石堆上观赏了海湾美景，此时"太阳当头，已是正午时

---

① 郭沫若：《今津纪游》，《郭沫若全集》文学编第十二卷，人民文学出版社，1992，第 307 页。

候"，影响了作者时间意识的标志物，从时钟回归自然事物。因此，当作者在堤前不由得忆及元朝史事，沉吟着杜牧的《赤壁》之时，钟表所划定的时间模式暂时性地退场了，作者一时又起了登山的兴致，几乎忘记了"午后两点"的逼近，忘记了计算回程所需耗费的时间。因而当他回到渡头，在渡头近旁的小店"瞥眼看见店内的挂钟，已经是午后二时了"，他感到"完全出乎意外"。① 在这里，闲暇时间和学习时间发生了冲突，风景的发现受到时间分区的制约。

一方面，时钟带来了时间制度的变革，使风景游览的过程被时间制度所规定，产生了"闲暇的风景"；另一方面，时间与空间关系的重组，更带来了轨道化的风景以及"风景区"的形成。在这之中，起决定性作用的是交通业的发展。

在《今津纪游》中，作者从文章一开始便提出"空间上的骛远性"的概念，表明了游览冲动的最初来源。作者认为，除了"时间上的骛远性"以外，人类从本性上普遍存在着"空间上的骛远性"，也就是说，与人隔开一段距离的事物，总是对人有一种特殊的吸引力。例如生长在峨眉山下的郭沫若，却未曾攀登过峨眉山，但当他身居海外，与故乡相隔万里之时，他反而在梦中登上了峨眉山顶。笔者认为，郭沫若在这里谈到了旅行的"反日常空间性"。作为一种远距离移动的人类行为，旅行者总是试图从自己所生活的、熟悉的日常空间中跳离出去，发现、观看、感受那些与自己日常生活经验不一致的事物。旅行开拓了新的生活空间，使得旅行者的生活不至于陷入日常的重复，不至于单调乏味、了无生趣。郭沫若所谓"空间上的骛远性"体现了对日常空间的

---

① 郭沫若：《今津纪游》，《郭沫若全集》文学编第十二卷，人民文学出版社，1992，第311～319页。

厌倦、不满，或有意无意地忽视，表达了人类对于空间开拓的渴求。

旅行是从日常空间跨越到非日常空间的行为。近代以来，随着轨道交通事业的飞速发展，旅行行为的空间转换愈加频繁，转换的方式愈加标准化。

所谓"风景区"（Scenic Spot）的概念，也正是在这一条件下产生的。风景区是被各种各样的主体活动确认出来的，它是在"工业革命时期由时间、空间的社会化的再编而产生的"，① 交通业的发达对此发挥了重要的作用。

选择到今津地方的风景区游玩，参观蟠龙松和"元寇防垒"，是和当时的交通条件、作者的时空意识紧密相关的。作为一名游客，当一段固定的闲暇时间摆在面前，可供计划、使用时，他需要根据自身的知识储备、人生经验，结合当下的时间限制和交通状况，初步在脑中制定出一幅出游的路线图。郭沫若"九年前在东京一高听讲日本历史的时候，早听说福冈市西今津地方，尚有一片防垒残存，为日本历史上有名的史迹"。这一文化经验为他游览今津打下了心理基础。而当闲暇时间出现时，他最先选择的游览地是福冈市外的西公园，所乘的交通工具是电车。电车到达西公园花费了三十分钟，这时，郭沫若发现"西公园离今川桥只有一区的电车，到了今川桥，再坐几站轻便火车，便可以达到今津"。② 他心理上的"骛远性"抬起头来，萌生了游览今津的愿望。他结合路程具体所需的时间，经过简单计算，做出了游览今津的决定。于是他再次乘上电车，在终点站今川桥下车，前往铁道驿站购买车票。

---

① 神田孝治：《観光の空間：視点とアプローチ》，ナカニシヤ出版，2009，第 4 页。
② 郭沫若：《今津纪游》，《郭沫若全集》文学编第十二卷，人民文学出版社，1992，第 305～308 页。

在这里，旅行的地点选择、行程规划是严格受限于交通状况的。电车的开行决定了郭沫若可以在短时间内从学校到达市外的西公园，而电车具体的站点设置、电车与火车换乘的便利性以及火车的轨道线路和运输速度等因素综合在一起，为郭沫若制定行程提供了参考。此外，电车、火车分段零卖的售票制度也影响了郭沫若的计划：从今川桥到今宿共六站路，① 一站四钱，来回共花费四十八钱，而从今宿到今津的渡船还需三钱，因此，郭沫若需要根据手中有限的资金，合理规划行程。

从福冈市内、郭沫若所在的九州帝国大学到今津，大正末期日本电车、火车轨道的线路设计、车速高低决定了风景的发现过程。从空间中分离出的时间，依据交通轨道延伸，对空间进行了重组。在哪一个时间点抵达哪一个地点，在什么时间段处于哪一块空间区域中，都被电车、火车的时刻表所规定。除此而外，资本也介入了时空的重组。每一个时段的空间移动、每一段轨道的使用需要花费多少金钱，都经过了严密的计算。这样一来，空间就在现有的交通运输技术条件下，被时间和资本所划分、重构。相应的，从福冈市内到今津一线的风景，也成为经过科学计算、严格规划的"轨道的风景"。

实际上，文中的确出现了只有火车旅客方能观察到的、动态的、轨道式的风景描写：

　　过了一个停车场，两面的街市已经退尽，玻璃窗外开展出一片田野。田地尚多裸身，有的已抽出麦苗，长达四五寸了。远山在太阳光中燃烧，又好象中了酒的一样。太阳隔窗照到我的颈子上来热

---

① 原文为"八站路"，疑为作者记忆有误或笔误。

腾腾地。车上坐的多是职工中人，指点沿线的各处小小的工场，和着车轮的噪音，高谈阔论，谈吐多不可辨。

又过了两个停车场，车上渐渐稀疏了。到了一个小小的村落，村前竟公然有座电影馆，戏目的招贴立在馆前，怪刺目地挂着种种的广告画。出村，落入松林中。检看票上站名，知是"生之松原"。松原一面沿海，从树干间可以看出青青的海色，点点的明帆，昏昏的岛影。我心中也生出了几分旅行的兴趣。背海一面，树甚深远，除了无数退走的树干外，别无所见。在这种晴和的天气，能偕个燕婉的女友，在那松林中散步谈心，怕更会是件无上的快心乐事罢。

林中车行十多分钟的光景，走出海岸上来了。海水一片青碧，海天中有几只白鸥，作种种峻险的无穷曲线，盘旋飞舞。有的突然飞下海面，掠水而飞，飞不多远，又突然盘旋到空中消去。①

在这几个段落的描写中，每一段的开头都明确了以火车为基点的风景观察方式："过了一个停车场""又过了两个停车场""林中车行十多分钟的光景"。以火车轨道设计、行驶速度为参考坐标的旅客，从火车车窗所给定的视觉范围内发现了风景。相对于以散步方式发现的风景来说，"轨道的风景"更表现出"加速度"的特征。作者对田地、远山、村落和海岸的观察，只能是瞬间的、流动的，忽略了每一景物的细节，留下大致的印象。"两面的街市已经退尽""无数退走的树干"等描写只能发生在近现代以后的文学作品中，这是轨道交通的发达带来的独特

---

① 郭沫若：《今津纪游》，《郭沫若全集》文学编第十二卷，人民文学出版社，1992，第310～311页。

风景线，是前所未有的动态化的风景。

1872 年，在英国的资金注入和技术支持下，日本最早的铁路开通于东京新桥至横滨之间。虽然晚于英国 47 年，但作为后进国的日本，反而在线路设计和车辆技术方面取得了先进地位。从铁道开业之初，就制成并使用精确到以秒为单位的列车时刻表。① 而到了甲午战争以前，日本铁路建设已遍及包括四国、九州在内的全国各地，营业里程超过 1600 公里；1907 年，私铁的国有化完成后，全日本铁路里程更增长到 7153 公里。在郭沫若游今津的大正末期，日本国铁的营业里程已经超过 1 万公里。② 经铁道出行，成为司空见惯之事。而随着火车线路的铺设，时间与空间关系的重组，日本的风景也得到了再生。旅日作家笔下的许多风光描写，在短时间内将远近高低、山林湖泊等不同空间区域组合在一起，做出走马观花却又一网打尽的观察，这样的风景，只有在高速开行的轨道线上，在铁路文化的介入之中，才有被发现的可能。

机械时钟和轨道线的文化，完完全全属于西方文化的范畴。日本所有以分秒为基本单位的 24 小时制时钟，所有的火车机车、铁轨技术，都是明治维新以后自西方国家引进而来的。因此，当旅日作家依据时钟做出旅行行程规划，并经常性地乘坐着火车，从快速流转的车窗观察日本、发现日本的风景时，现代西方人的视角已经悄然渗透进来。可以说，旅日作家笔下的"闲暇的风景"和"轨道的风景"，是在西方文化的制约、引导之下，对日本风景的重组、再生。

---

① 参阅大门正克、安田常雄、天野正子《近代社会を生きる：近现代日本社会の历史》，吉川弘文馆，2003，第 11 页。

② 参阅久保田博《日本の铁道车辆史》，グランプリ出版，2001，第 13、45 页。

第四节 旅日作家与现代"文化风景"的诞生

以上考察了旅日文学风景描写中的语言转向、视觉转向和时空重组的现象。如前所述，这里所讨论的"风景"一词，本身即带有文化的含义，因此，更准确的说法也许是"文化风景"（Culture Landscape）。无论是自然风光或人文景观，当它们被旅行者看到、听到甚或嗅到、体尝到时，通常情况下，旅行者的文化背景、现实处境和心理状态会介入风景之中，使自然风光无法以其原初状态呈现，使人文景观的文化内涵被再次理解和阐释。

从这一意义上来看，被发现和被书写的"风景"绝不仅仅是那些天然地存在于某一地区，只属于某一个文化圈内的事物。对于旅日作家来说，明治维新以后的日本风景，已经与江户时代（1603～1867）的日本风景迥然不同。准确地讲，两种风景之间发生了文化上的"断裂"。

的确，鲁迅所看到的上野的樱花、郭沫若所游历的博多湾、茅盾所观赏的京都郊外的红叶、巴金所面对的横滨港的海岸，自江户时代（或更早的时代）就已存在在那里了。数百上千年来，这些景物自身的形态、原初的面貌并没有本质的变化。但是，由于在中国的清末和日本的明治维新时期，西方文化大举介入了以儒家文化为核心的东亚文化圈，导致了以中华文化和印度文化为主导的东方文化体系的解体，这使得所谓"东方人"在观看、书写"东方的风景"时，不可避免地以西方的视角进行了风景的再发现。因此，现代旅日作家笔下的樱花红叶、港湾大海，都必然带上了西方的色彩，成为西方文化视野中的风景。①

当然，这并不是说"风景"在旅日作家那里已经成为纯粹西方文化的概念。实际上，旅日作家的笔下也经常出现对中国本土风景的回归、向往，并且在这种怀乡的情绪中，中国与日本的风景被整合在一起，产生出一种东方主义的情调。例如郭沫若在小说《残春》（1922）中的描写：

> 博多湾水映在太阳光下，就好象一面极大的分光图，划分出无限层彩色。几只雪白的帆船徐徐地在水上移徙。我对着这种风光，每每想到古人扁舟载酒的遗事，恨不得携酒两瓶，坐在那明帆之下尽量倾饮了。②

在日本的海湾风光中，作者很自然地勾起了怀古的情调，异乡感在这里暂时消退，岛国风光和大陆风景的界线变得模糊不清。博多湾不再是一个异域的风景场，在作者的眼中，博多湾已经与扁舟载酒的古典情调融合在一起，与中华文化融合为一体。无独有偶，巴金也曾望着横滨的大海，想起了厦门鼓浪屿的日光岩（《月夜》）；俞平伯形容长崎的夜景，接连想到了杭州西湖的秀美、绍兴东湖的森肃和香港的遍山灯火（《东游杂志》）；谢冰莹穿过森林返回东京郊外的寓所，不知不觉念出"明月松间照，清泉石上流"的诗句（《樱之家》）。通过日本风景，引发怀乡或怀古之情，回忆起故乡的风景，并与日本的风景形成对照，这

---

① 而另一方面，西洋风格的建筑、街道出现在日本的土地上时，也被观察者以东方的视角进行了重构，使之成为东方文化场所中的风景。

② 郭沫若：《残春》，《郭沫若全集》文学编第九卷，人民文学出版社，1985，第20页。

样的情形，在旅日作家的叙写中寻常可见。在这之中，作家通过"风景"连带感的表述，对中日文化的亲缘性进行了不自觉的重申，并借此强化了他们对中日两国"同文同种"、同属"东方人"的认识。

不仅如此，许多旅日者在开展参观、游览活动之初，就已经抱定了前往参观"东洋文化"的观念。在他们眼中，西洋文明熏陶下的日本、那个属于"西洋文化"构架内的日本其实并没有太大的游览价值，真正吸引他们的仍然是日本"本土"的风景。闻一多访日期间，对所见所闻的诸多事物都产生了浓厚的兴趣，其注意力集中在日式装束、建筑、日本画等颇具"日本味"的风景，并对这些事物一一评点，大加赞赏。而当他的日本向导特地带他参观了仿自欧洲百货店的三越吴服店后，他感到了不满："要看西洋式商店，我到支加哥纽约还看不见，偏要到这东京来看吗？"因而他认为"日本底地方本好，但日本底人完蛋了！"①

在旅日作家眼中，日本的风景是迷人的，能够引发怀古的幽思、乡恋的愁情，在日本旅行，主要目的就是观赏那些带有文化乡愁感的风景。因而，那种被多重书写的风景、在西方文化的视角中被发现的"图像的风景"、"闲暇的风景"和"轨道的风景"，都不能被简单地归入日本风景、东方风景或西方风景的范畴，而具有更加复杂的结构。

实际上，所谓"西方和东方"二元对立的文化模式，本来就是在19～20世纪的世界文化格局剧变中，通过欧美文化的介入、中华文化体系崩溃的方式所建构出来的观念。在中国的晚清和日本的明治维新以前，日本、朝鲜接受中华文化的影响，在中华文化的辐射范围内生长出

① 孙党伯、袁謇正主编，闻一多著《致吴景超、顾毓琇、翟毅夫、梁实秋》，《闻一多全集·书信》，湖北人民出版社，1993，第45页。

本土的地域文化，是极为自然的过程。自"倭国"与汉朝通好、邪马台国①向魏明帝进贡以来，日本文化一直延续着向中华文化汲取养料的传统，因而成为中华文化的衍生物之一。

尽管在闭关锁国、绝少与外界往来的江户时代，日本出现了从神道文化等本土思想中衍生、发展的"古学派"思想，试图将日本传统文化发扬为具有自我独立性的日本主义，但是，这种后来演变为诸多国粹主义流派的思想，从一开始就面临悖论式的境地：所谓日本神道的"传统"，本身就因为其"无构造"的特征，② 必然成为对外来文化的受容之物。所以，国粹主义者无论怎样对所谓日本传统文化进行挖掘、构建，都难以摆脱外来文化的阴影。江户时代的日本文化，仍然可以被视为中华文化体系中的一分子。

因此，对于以中国为文化中心的东亚文化圈来说，所谓"东方"的观念，并不是政治地理学中的核心概念，"东方"观念的强化，只是在晚清和明治维新以后的欧美文化冲击下才发生的事情。那么，当现代旅日作家在东西方文化观的视角内对日本的风景进行发现与书写时，他们所再生产出的"文化风景"究竟有着怎样的构造呢？

可以说，旅日作家笔下的风景，是在对现代化的追求过程中，交织、融合了东西方文化，从而再生出的具有现代意识的风景，是有着现代性特征的"文化风景"。现代旅日作家笔下的文化风景，已经具有否定、超越东方文化和西方文化这一对二元框架的倾向。而旅日作家正是以日本的风景事物作为方法，通过语言、视觉的转向和时空意识的重组来实现风景体验方式的变革的。

---

① 日本古国名，曾与中国魏朝通好，具体统治范围尚无定论。

② 关于日本思想"无构造的传统"，参阅丸山真男著《日本的思想》，区建英、刘岳兵译，三联书店，2009，第 11～17 页。

　　自古以来，日本被一些中国人想象为有着奇花异草的海外仙源，甚至文人雅士心灵的归隐之地，这一点似乎也为现代旅日作家所继承。例如郁达夫曾将日本的生活经历描述为"一段蓬莱岛上的仙境里的生涯"；① 海派作家崔万秋的小说《樱花时节》（1933）写冯景山谈游日印象，认为"日本第一是风景好……从天津乘长江丸到门司，入港时正是早晨六七点钟，从船上望见门司下关一带的苍松盖顶的群山，以及附近海内的小岛，岛上的小巧玲珑的亭台楼阁，而这些景色，半掩朝霞，隐隐约约，真好看极了。古人所理想的蓬莱仙岛，大概就在此地罢……"②。这些对"蓬莱仙岛"的美好想象，仿佛寄托了文人士大夫脱尘绝俗、飘摇自在的出世精神。

　　但是在现代旅日作家笔下，所谓日本"本土"的风景却未必有着很鲜明的日本特色，其"日本味"并不浓厚，"蓬莱仙岛"的特色不甚突出，反倒带有强烈的欧美文化色彩。这与旅日作家乐于体验东瀛风情、观赏岛国风光、书写日本美景的初衷是相矛盾的。这表明，在 19世纪后半期到 20 世纪初的文化变局中，由于不同文化形态的相互渗透，旅日作家不再有可能进行古代文人式的、唐诗宋词或水墨画般的风景描写，他们在日本风景中所发现的中日文化的亲缘性，必然被放置到东西方文化大冲撞的背景下来加以看待。他们心目中的"蓬莱仙岛"，已不再是古代出世文人的情感归宿，而必然在书写中变幻为现代人心灵的流放地，作为革命失败的痛苦、对民族国家前景的担忧、恋爱的失意等现代情感的疗伤地。

　　乐于在日本风景中发现中日文化亲缘性的旅日作家，往往是在西方

---

① 郁达夫：《日本的文化生活》，《郁达夫文集》第四卷，花城出版社，1982，第156～157 页。

② 崔万秋：《樱花时节》，《新路》，四社出版部，1933，第 73 页。

文化的阴影中完成这种发现的。如果将这一情形，放置到清末至"五四"时期历次东西方文化论战的背景中来看待，可以发现，作为对西方文化的对抗物而出现的"东方"，从一开始就含有某种自我否定的因素。由于"东方"正是在对"西方"的想象、建构中得以强化的概念，因而中日文化也是在西方文化的背景中，被整合到"东方文化"中去的。于是，当旅日作家在西方文化主导下，以图像的视角和新的时空意识去发现风景，以多重的书写对风景进行再生产，从而建立日本"风景"的机制之时，所谓"东方文化"已经被判定为不可能存在之物。

郭沫若《女神》组诗中的诸多风景描写体现了这种奇怪的文化形态。例如《笔立山头展望》（1920）：

大都会的脉搏呀！

生的鼓动呀！

打着在，吹着在，叫着在，……

喷着在，飞着在，跳着在，……

四面的天郊烟幕蒙笼了！

我的心脏呀，快要跳出口来了！

哦哦，山岳的波涛，瓦屋的波涛，

涌着在，涌着在，涌着在，涌着在呀！

万籁共鸣的 Symphony，

自然与人生的婚礼呀！

弯弯的海岸好像 Cupid 的弓弩呀！

人的生命便是箭，正在海上放射呀！

黑沉沉的海湾，停泊着的轮船，进行着的轮船，数不尽的轮船，一枝枝的烟筒都开着了朵黑色的牡丹呀！

哦哦，二十世纪的名花！

近代文明的严母呀！①

作者在这里描写了日本门司市西笔立山边的海景。但是，如果将诗题去掉，读者几乎无法看出这首诗所绘风景为日本西海岸。全诗不仅毫无日本味，反而带有浓厚的欧化色彩。

粗粝的语言、近乎癫狂的表达，体现出一种表意的困难和焦虑感。这不仅是郭沫若的语言特色，也是"五四"前后作家们在语言追求上的普遍特点。在语言革新的过程中，由于"五四"作家作为现代人的意识已经形成，但现代汉语却仍处于初创期，这导致他们在表情达意时出现"寻找语言"的焦灼状态。西文字母被硬生生地嵌入诗句中，刻意不翻译为汉语，体现了"五四"诗人初尝西方语言的新鲜感。

作者运用了一系列的动词："鼓动""打着""吹着""叫着""喷着""飞着""跳着""涌着""放射"，使整个画面快速流动起来，犹如梵高的油画，透着生机勃发的气息，而又亦真亦幻、奇异壮观。如此个人化的视觉经验，只有在印象派油画为主流的西方美术影响下，才可能产生。作者将轮船烟囱吐出的黑烟比作"黑牡丹"，并赞颂为"二十世纪的名花""近代文明的严母"，旗帜鲜明地表达了自己崇尚新事物的立场，对轮船所象征的西方文明表示了敬意。速度和激情成为诗人膜拜的对象，这与同时代的未来主义诗歌的追求不谋而合，开启着工业时代的人类新梦想。

郭沫若的日本生活可分为前后两期，即 1914～1924 年的留学时期

---

① 郭沫若：《郭沫若全集》文学编第一卷，人民文学出版社，1982，第 63 页。

和 1928～1937 年的流亡时期。在《自然底追怀》（1933）一文中，郭沫若认为自己在前期的日本经历中，"对于自然的感念，纯然是以东方的情调为基音的，以她作为友人，作为爱人，作为母亲。但是这一种情调至今完全消逝了，特别是在这所谓非常时的日本国土上，我们要憧憬自然，我们只好驾着幻梦的翅膀飞入别一个星球"。① 这是一种矛盾丛生的文化经历。面对岛国日本的自然美景，"纯然以东方的情调为基音"的郭沫若，却写出大量西洋味十足的诗歌。随着体验的加深和创作的成熟，"东方的情调"更是消逝在了日本国土上。这一点绝非个案，许多带着"发现东方"的观念来到日本的中国作家，都不约而同地看到了别样的风景，写出欧式的文章，从而不自觉地否定了所谓"东方的情调"。

闻一多批评郭沫若的《女神》"过于欧化"，认为"《女神》产生的时候，作者是在一个盲从欧化的日本，他的环境当然差不多是西洋的环境，而且他读的书又是西洋的书：无怪他所见闻，所想念的都是西洋的东西"。因而强调东方文化的重要性，认为"东方的文化是绝对地美的，是韵雅的。东方的文化而且又是人类所有的最彻底的文化"。② 但实际上，在西方文化背景中发现、书写日本风景，已经成为现代旅日作家不自觉的行为。当风景必然被新的视觉感受方式和时空意识所发现时，当风景总是在新的语言表达中得到再生时，究竟什么样的诗是"西洋的"，什么样的文字是尊崇了"东方"的，已经无法辨识清楚。

现代"文化风景"，诞生于东西方文化的互动之中。由于日本文化

---

① 郭沫若：《自然底追怀》，《中国现代文艺资料丛刊》第 4 辑，新文艺出版社，1979，第 227 页。

② 闻一多：《〈女神〉之地方色彩》，王训昭编《郭沫若研究资料》，中国社会科学出版社，1986，第 195～196、199 页。

自来被中国人视为中华文化的旁系，旅日作家习惯性地将日本想象为"蓬莱仙岛""东方的公园"（庐隐《扶桑印影》）之类的儒道文化衍生物，这使得他们在旅行中有意识地去发现富于"东方情调"的风景。但是，近代化以来的日本更是亚洲地区最为西化的一方土地，"脱亚入欧"的主流文化方略使日本逐渐成为西方文化的附属领地，因此，取道日本而问学于西方的留日学人和游日作家们，不仅未能在风景的书写中体现出所谓的"东方的情调"，反而以强烈的西方色彩瓦解了"东方观"主导下的风景意识。于是，在旅日作家笔下被发现和被书写的日本风景，为现代"文化风景"的自觉提供了可能性，这样的"文化风景"，不再从属于"东方－西方"文化观的简单模式，不再被限制于某个固定的地域，它体现了文化的多元取向，憧憬着现代性的到来。

第五节　樱花与富士山：在东方风情与
日本主义之间

中日两国的近现代化过程，都伴随着欧化派与国粹主义的争斗，因此，个体差异巨大的旅日作家群体，在面对西化与日本主义相对立、"脱亚"与"兴亚"相交织的日本时，必然做出各式各样复杂的反应。那么，东方主义的意识形态在当时的日本意味着什么？它是如何通过风景事物体现出来的？旅日作家在面对具有多重含义的现代"文化风景"时，将做出怎样的反应？在这方面，最具代表性的风景是樱花和富士山。

一　樱花与"文化民族主义"

樱花是旅日作家笔下最为常见的风景对象之一。早在晚清时期，黄遵宪即作有《樱花歌》，描绘了日本举国看花的盛况。民国时期，对看樱花的经历进行了详细描写的作家有郭沫若、茅盾、冰心、庐隐、谢冰莹、倪贻德、思慕、陆晶清等。而最为人熟知的是，鲁迅在《藤野先生》（1926）的开篇即写到了樱花，反映了清末留日学人对日本风景的初步印象：

> 东京也无非是这样。上野的樱花烂漫的时节，望去确也像绯红的轻云，但花下也缺不了成群结队的"清国留学生"的速成班，头顶上盘着大辫子，顶得学生制帽的顶上高高耸起，形成一座富士山。也有解散辫子，盘得平的，除下帽来，油光可鉴，宛如小姑娘的发髻一般，还要将脖子扭几扭。实在标致极了。①

这是一段有些令人费解的描写。"东京也无非是这样"是全文首句，却用了"也无非"这样语意模糊的言辞，不免引起后人的猜测：用"也"这样的措辞，是否暗示了鲁迅在留学东京之前还有类似的经历？或许，正是因为在来到东京之前就有了"无非是这样"的失望经历，于是便对东京下了"也无非是这样"的判语？② 这样的说法，看似是合情合理的，不过，如果没有可靠的历史资料作为证据，这样的论断也可能出自后人想当然的推测。参考鲁迅年谱可知，东京是鲁迅留日生涯的第一站，即 1902 年 2 月入东京弘文学院学习日语，之前的 1898 ~

---

① 鲁迅：《藤野先生》，《鲁迅全集》第二卷，人民文学出版社，2005，第 313 页。

② 例如邵毅平认为，由于在国内失望于国人，鲁迅来到了东京，但在东京所见所闻仍与国内无异，留学生的表现仍然令人失望，所以有了"东京也无非是这样"的感叹。参阅邵毅平《东洋的幻象：中日法文学中的中国与日本》，上海锦绣文章出版社，2010，第 96 页。

1901 年，鲁迅在江南水师学堂和南京路矿学堂就学。在这段时间里，鲁迅是否"失望于国人"，或者忧心于民族命运呢？

《朝花夕拾》收录的十篇回忆散文，基本上是按照所回忆事件的时间顺序来进行写作的。《藤野先生》写于 1926 年 10 月 12 日，在此之前则是写于 10 月 8 日的《琐记》，如果从《朝花夕拾》整体的角度来看，两篇文章所反映的思想情感应该有一定的承续性。在《琐记》中，鲁迅记述了南京求学期间的学习、生活情况。从这些琐碎的记忆中，似乎并不能看出当时的鲁迅有什么"失望于国人"的情绪，反倒是在这期间，鲁迅学习了英语、德语，对格致之学、地学、金石学感到"非常新鲜"，能读《时务报》和《译学汇编》等宣传新思想的报刊，并且"一有闲空，就照例地吃侉饼，花生米，辣椒，看《天演论》"。[1] 此外，还有爬桅杆、下矿洞等趣事点缀其间，学堂生活并不枯燥乏味。因此，结合维新变法失败后、八国联军入侵的危亡局势，想当然地推断出鲁迅在留日之前就对国人感到"失望"，这样的观点是缺乏根据的。将忧国忧民、为民族前途命运而思考等宏大的主题，硬生生地加到二十岁左右的年轻学生周树人身上，是较为牵强的。

"也无非是这样"到底表达了初到日本的鲁迅怎样的心情呢？在鲁迅的其他文字中，"也无非"一语多次出现，例如，"我于是立即锁了房门，出街向那酒楼去。其实也无非想姑且逃避客中的无聊，并不专为买醉"。(《在酒楼上》)"现在也无非就是这茶馆里的空气有些紧张。"(《长明灯》)在这些文句中，"也无非"都表达的是"也不过"的意思。因此，将"东京也无非是这样"等同于"东京也不过如此"一语，应该是更为合理的解释。

---

① 鲁迅：《琐记》，《鲁迅全集》第二卷，人民文学出版社，2005，第 306 页。

在《琐记》的文末，鲁迅回忆起留学之前对日本的认识："日本是同中国很两样的。"① 而在鲁迅晚年的杂文《在现代中国的孔夫子》（1935）中，谈到义和团事件之后，清政府认为外国的政治法律和学问技术颇有可取之处，"我的渴望到日本去留学，也就在那时候"。② 由此可见，留学之前的鲁迅对日本是充满了美好想象和期盼之情的。然而当鲁迅真正置身于东京时，想象中美好的东京却让他失望，因而发出"东京也无非是这样"的感叹。

鲁迅的失望并非针对国人，而是因为想象中的东京与现实中东京的存在差距而感到失望，这也就是鲁迅对其在东京的经历着墨不多的原因。在此认识基础上，再来看鲁迅对樱花的印象，就多了一重耐人寻味的含义：鲁迅是在怎样的境遇中观看樱花，并得出"东京也无非是这样"的论断的呢？年轻的周树人，是怀着对新事物的渴望之情来到日本的，他希望在"同中国很两样"的日本看到文明开化的新气象，学到欧洲的先进思想和科学技术。但是，鲁迅在东京弘文学院所过的生活，仍然是为"清国留学生"所围绕的生活，面对的是"学跳舞""炖牛肉"等一派游乐而颓废的生活场景。因此，在对留学生活备感失望的情绪中，以樱花为代表的日本美景也无法提起鲁迅的兴致。

实际上，鲁迅未必是反感樱花的。在东京"伍舍"居住期间，③ 鲁迅还曾和许寿裳等人重游上野；在《出了象牙之塔·后记》（1925）

① 鲁迅：《琐记》，《鲁迅全集》第二卷，人民文学出版社，2005，第 307 页。
② 鲁迅：《在现代中国的孔夫子》，《鲁迅全集》第六卷，人民文学出版社，2005，第 326 页。
③ 1908 年春，为减轻房租负担，许寿裳邀鲁迅等人在东京合租一处住宅，因合租者共五人，故称"伍舍"。

中，鲁迅回忆起春天到上野看樱花的经历，也发出"最幸福的事实在是莫过于做旅人"①的感慨。然而，当樱花为成群结队的"清国留学生"所围绕的时候，当作为日本民族文化象征的樱花和清政府主导下的留学生文化结合在一起时，鲁迅眼中所见的樱花之美便有些黯然失色了。

赏樱，即日语里的"花見"，是从日本的平安时代（794～1192）开始的审美活动，最初只是贵族阶层的娱乐风尚。到了江户时代，由于市民阶层的崛起，赏樱逐渐成为大众化的活动。随着赏樱活动的流行，赏樱的地点、礼俗、娱乐项目等，也都逐渐被发明并流传开来，成为日本文化传统的一部分，樱花这一自然事物也就随之被寄予了更多的民族文化内涵。例如在江户中期，国学家本居宣长便在著述中将绽开的山樱花确立为"大和魂"的象征，作和歌以颂扬之。

汉语里原来的"樱"主要指"樱桃"，随着甲午战败、留日学潮带来的巨大影响，"樱花"的含义相对于"樱桃"占据了上风，"这个过程与日本在明治维新以后的崛起相伴随，'樱花'成了'强国''大日本帝国''国威'的象征"。② 19世纪下半叶到20世纪初，从政治宣传到民间文化风俗，日本人对樱花的观赏、歌咏、文学书写等行为，是伴随着日本国家主义（Statism）意识的膨胀而展开的。郁达夫初到日本时，在夜校学习日语，当时的日语入门课文即有"上野的樱花已经开了"之类的句子。③ 到了"二战"时期，这种从官方到民间自上而下的

①　鲁迅：《出了象牙之塔·后记》，《鲁迅全集》第十卷，人民文学出版社，2005，第271页。

②　邵毅平：《东洋的幻象：中日法文学中的中国与日本》，上海锦绣文章出版社，2010，第97页。

③　参阅郁达夫《郁达夫自传》，江苏文艺出版社，1996，第41页。

樱花崇拜，自然而然地发展成军国主义的精神支柱。由于樱花花期极短的特点，樱花的审美与日本人的生死观联结在一起，樱花被尊为日本武士道精神的象征，灌输到日本军人的头脑中，同时也在民间强化了其参与民族认同感建构的作用。

从这一意义上讲，头顶上盘着大辫子的"清国留学生"兴致勃勃参与赏樱活动的情景，是对日本国力日盛、国家主义意识形态抬头的事实毫无警觉的反映，是面对日渐衰亡的中国而缺乏历史使命感的表现。实际上，日本的樱花最早是从中国引进的，但在闭关锁国的江户时代，当樱花逐渐被赋予了大和民族的精神内涵时，它与中华文化之间开始产生了某种对抗性。在一些日本人的心目中，只有如樱花这样的美好事物，可以体现大和民族的文化独特性，可以摆脱千百年来外来文化的巨大阴影。他们愿意相信，樱花文化是从日本民族内部生长出来的东西，是日本人"国民性"的象征。① 因而在 19～20 世纪全球范围内的文化交碰中，樱花必然被寄予了保存民族文化记忆、建构民族认同感的期望。

如前所述，许多旅日作家正是带着观赏"东方风景"或"岛国风光"的初衷，兴致勃勃来到日本的游览地的，樱花自然也是他们的东方情调体验之一的部分。例如在倪贻德的散文《樱花》（1928）中，作者记述去飞鸟山赏樱前的心情，表示自己赏樱的目的正是为了领略"所谓幽雅静穆的东方古代的风味"。② 但是，呈现在樱花树下的狂乱景象、那咄咄逼人的民族文化气息，却使得很多旅日作家难以认同这样的

---

① 例如明治初期的著名哲学家西周，就曾引用本居宣长赞美樱花的短歌，将樱花作为日本国民性中"忠良易直"的象征。
② 倪贻德著，丁言昭编选《倪贻德艺术随笔》，上海文艺出版社，1999，第175 页。

审美活动。同样是赏樱，旅日作家内心的滋味与日本人别有不同，可以说，日本主义通过对樱花文化的强化，与潜藏在旅日作家心中的东方情调发生了冲突。

茅盾在流亡日本期间曾往京都岚山赏樱，之后写下散文《樱花》（1929），讲述了自己赏樱前后的心态起伏，并穿插记述了暖春时节日本国内对赏樱活动的关注情况：

> 终于暖的春又来了。报纸上已有"岚山观花"的广告，马路上电车站旁每见有市外电车的彩绘广告牌，也是以观花为号召。自然这花便是所谓樱花了。天皇定于某日在某宫开"赏樱会"，赐宴多少外宾，多少贵族，多少实业界巨子，多少国会议员，这样的新闻，也接连着登载了几天了。①

在每年的春季，通过不断重复"赏樱"这一形式化、仪式化的活动，作为民族精神象征的樱花在近代日本被发明出来，由此而形成了固定的赏樱地点和习俗，也即"樱花节"。茅盾流亡日本的 1928 ~ 1930 年，正是日本民族士气高昂、国家主义意识逐渐走向极端化的时候。通过报纸的引导、电车上的彩绘广告等媒介宣传，通过天皇亲自主持"赏樱会"的新闻渲染，"赏樱"作为一个民族主义文化话语和政治符号的意味得以强调和再创造。

可以发现，尽管对岚山赏樱期待已久，但茅盾对樱花的观后感却是不佳的。未见樱花之前，作者常听人"艳说樱花"，却想象不出"樱花

---

① 茅盾：《樱花》，《茅盾全集》第十一卷，人民文学出版社，1986，第 74 ~ 75 页。

的色相"。见过住所附近的樱花树后，作者"似乎有些失望"，认为樱花"原来不是怎样出奇的东西，只不过闹烘烘地惹眼罢了"。但作者想到樱花成片的景象或许仍不失为奇观，加之友人对岚山风景的夸说，故又对岚山观花充满了期待。而到了景区，游客的拥挤和吵嚷、杂乱的丢弃物、强阳下尘土飞扬的空气，都让他的兴奋劲迅速冷却了下去，因而感慨道："岚山毕竟还不差，只是何必樱花节呵！"看花的归途中，他得出这样的结论："这秾艳的云霞一片的樱花只宜远观，不堪谛视，很特性地表示着不过是一种东洋货罢了。"①

茅盾为何在此强调樱花"不过是一种东洋货"呢？在茅盾对樱花节的失望情绪中（这种失望情绪同样见于其他一些旅日作家的赏樱经历中，例如陆晶清），在对樱花"只宜远观，不堪谛视"的结论中，中国人与日本人的民族文化隔阂感油然而生。作为"东洋货"的樱花，作为大和民族文化象征的樱花，也更是作为日本国家主义意识形态建构符号的樱花，是不足以引起流日中国人茅盾的喜爱之情的。在日本过着颠沛流离的流亡生活的茅盾，难以融入富国强民的赏樱盛会中，无法在樱花之美中找到东方文化体系中的亲缘性、连带感，因而语带不屑地将樱花归为一种"东洋货"。

类似的情绪表达在巴金那里更为直接。根据巴金本人的回忆，1935年，巴金在上野公园有了初次赏樱的经历。面对日本人全家老小在树下喝酒谈笑、载歌载舞的情景，巴金羡慕不已。但是由于前几天无缘无故被日本的便衣侦探从宿舍带到警察署，从半夜关到翌日下午四点，所以他对于赏樱一事"无论如何提不起兴致"。②

---

① 茅盾：《樱花》，《茅盾全集》第十一卷，人民文学出版社，1986，第74~76页。
② 巴金：《富士山和樱花》，《巴金全集》第十五卷，人民文学出版社，1990，第317页。

不过，茅盾、巴金等人毕竟没有因为难以融入樱花节的氛围，而生出太多对日本人的反感之情，但是在另一些作家眼中，樱花节成为日本民族陋性的表演场，中国人自古以来对日本人的蔑视之意通过赏樱再次生发出来。例如在谢冰莹笔下，赏樱的日本人被描绘得下流而猥琐：

　　好几天以前，朋友们就谈起看樱花的事情，如果要了解日本人的性格和习惯，最好去参加他们的樱花节。有位朋友还说了一句这样有趣的话：

　　"要描写日本人的丑态，非在樱花节去寻找材料不可！"

　　这是句实话，在狂热的樱花节里，不但可以看出日本人的浪漫，疯狂，淫荡，而且由这些男女两方面极端的放肆，彼此调情，接吻，拥抱里，你可细细地研究他们完全为了平时受封建制度的束缚太严，男女很少有公开交际的机会，加之日本是一个新兴资本帝国主义的国家，女人已经商品化了，一般穷苦的青年学生和劳动者，自然没有机会得到性的满足，而女的方面呢，娼妓或者艺妓是为了招揽生意，所以打扮得花枝招展一般去看樱花，至于整天关在闺房里的那些怨女，自然只要一旦有了机会从笼子里解放出来，怎叫她不像饿狼似的去寻找野味呢？因此，凡在日本住过的，谁都知道看樱花的目的，不止于樱花，主要的是看那些在樱花之下狂歌乱舞的疯子。①

这其中或许隐藏着一种愤恨之情。实际上，在决定去看樱花的前一

---

① 谢冰莹：《樱花开的时候》，范桥、王才路、夏小飞编《谢冰莹散文》下，中国广播电视出版社，1993，第381页。

天晚上，谢冰莹就遭到了逮捕，被关入东京目黑区警察署。因此，谢冰莹看樱花的计划从始至终并没有成行，她对樱花节的描写，基本上出于想象，而这种想象和她在日本遭受欺凌的经历不无关系。面对日本警察的不逊与蛮横，面对普遍可见的日本人对中国留学生的歧视，来自"衰落的大国"的中国留学生很容易产生对日本民族的蔑视心理。

与谢冰莹类似的看法还见于郭沫若笔下：

　　近日此邦樱花盛开，下流侪辈率涂面插花或带面具醉倒花丛中，傲傲起舞，牟牟作牛鸣而歌，遗钗堕珥，男女不分也。倭奴开化年代仅自唐而还，故至今而夷风犹在。

　　樱花为物，有如吾国垂丝海棠，五出而花蕾丛集，色微紫，无香也；所见特异处，仅多而已！倭域盖至入春来，街头巷陌，连山被野，着花几遍，令倭奴乃至醉倒若是。①

到日本问学于先进文明的郭沫若，在家书中仍然十分自然地称日本人为"倭奴"，称涂面插花、带面具醉倒花丛的日本人是"下流侪辈"，认为日本"夷风犹在"。而樱花似乎也没什么特别之处，不过是数量较多而已。面对日本人赏樱的盛大场景，郭沫若在羡慕日本国富民安的同时，对于日本传统习俗的鄙薄之情也溢于言表。由此可见，虽然近代日本已经在很大程度上实现了"脱亚入欧"的梦想，虽然日本人从思想观念到日常生活都已经严重西化、文明化，但在许多中国人眼中，日本人仍然保留了岛国夷民的鄙陋风俗，这一点不仅无法与其"亚洲的优

---

① 郭沫若著，唐明中、黄高斌编注《樱花书简》，四川人民出版社，1981，第60页。

等生"的身份相称，也无法作为中日两国亲善的契合物。那些体现了所谓民族性的日本风景，仍然是不过尔尔的。对于来自文明古国的旅者们来说，樱花节无法引起他们由衷的赞叹或深切的共鸣。

日本学者铃木贞美认为，从甲午战争到"二战"期间，多数日本人处在"失常的精神倾向"中。① 日本人这种精神的"失常"，肇因于日本加入世界资本主义体系后"大国梦想"的膨胀，可以说，这恰恰是日本近代化的后果。樱花节里日本人癫狂的精神状态，正是在这一背景下产生的。然而在许多中国人眼里，尽管经历了文明开化的洗礼，日本人粗野、淫荡的一面仍然作为其民族的劣根性保存了下来，樱花节中的各个赏樱胜地正是这种丑陋的民族性集中展现的场所，这就对近代日本"文化民族主义"（Cultural Nationalism）的实质进行了误读。

实际上，近代日本的文化民族主义，更多地属于一种"重构型"的民族主义。② 自日本开国以来，各式各样的"日本论"，不断对所谓日本人的民族特性进行重新建构，其中既有带文化民族主义倾向的所谓"日本人优秀说"，同时也有欧化派的"日本人劣等说"，但无论哪一

---

① 参阅〔日〕铃木贞美著《日本的文化民族主义》，魏大海译，武汉大学出版社，2008，第7~8页。

② 日本社会学家吉野耕作将近代社会中的民族主义分为两种，一是"创造型"民族主义，它以民族自我认同意识和"民族"的发明为目标，以探索民族起源、发掘祖先文化为方法，因而历史学家是民族建构过程中的活跃分子。例如土耳其和印度的文化民族主义，即属于这一类。另外一种则是"重构型"民族主义，它以"境界主义"（或译"边界主义"更为准确）为手法，旨在对已经形成的、相对稳定的民族群体进行自我认同意识的重构和强化，因而社会学家和文化人类学家是这种思潮的主推者。在吉野耕作看来，各种各样的"日本论"和"日本人论"，构成了"重构型"民族主义的主要内容，它们意图强调日本人与外国人在思维方式、行为特征方面的差异，并依据这种差异学术化、体系化，划清日本与"他者"的"边界"。参阅〔日〕吉野耕作著《文化民族主义的社会学——现代日本自我认同意识的走向》，刘克申译，商务印书馆，2004，第47~62页。

种，都建立于本质论的思维模式之上，难免片面、偏狭。在这一背景下，旅日中国人对于日本"国民性"的嘲笑，与"日本人劣等说"的内在逻辑暗相投合。因此，无论是日本国粹学者对民族优越性的强调，还是谢冰莹、郭沫若这样的外来者对日本民族"劣性"的想象，都从正、反两个方向进行了所谓"日本文化"的建构。那种对日本人性格、习惯的"特殊性"的描写，无论其笔调是赞誉还是轻蔑，都是一相情愿的"日本想象"。

二　旅日作家与"富士山精神"

除了对樱花的风景体验，相似的情形还可见于旅日作家们对富士山的描写。

蒋光慈在 1929 年 11 月 6 日的日记中写到了游览富士山和富士湖的经历。久闻富士山大名的蒋光慈，在真正见到富士山景色时，却感到其徒有虚名：

> 久负盛名的富士山及富士湖，今天算是被我一睹面目了……湖差不多即位于富士山麓下，富士山的山巅已积了深厚的雪了。久仰大名的富士山，今日一见，觉得亦不过如是，我嫌它太单调了，太平庸了，而不能与人以伟大壮巍之感。其周围的蜿蜒俯伏的群山，我觉得倒比它清秀幽丽得多了。①

长期以来，"太单调""太平庸"的富士山，就被"伟大壮巍"等

① 蒋光慈：《蒋光慈文集》第二卷，上海文艺出版社，1983，第 491 页。

形容词所围绕，因而游览者在亲历富士山之前，已经从友人口中、书籍报刊的描绘和宣传中了解到了富士山崇高壮丽的审美特色，有了想象中的、初步的印象。所以，当实际上有些单调、平庸的富士山真实呈现在眼前之时，那座被日本人审美需求和意识形态需要所建构起来的富士山形象，就和富士山实景发生了冲突。

不过，在凌叔华的《登富士山》中，作者对于富士山的审美接受过程恰好与蒋光慈相反。对于外来者失望于富士山的心情，作者进行了更加细致而复杂的描写：

> 我向来没想过富士山是怎样巍大，怎样宏丽，值得我们崇拜的，因为一向所看见的富士山影子，多是一些用彩色渲染得十分匀整可是毫无笔韵的纯东洋画与不见精彩的明信片，或是在各种漆盘漆碗上涂的色彩或金银色的花样。这些东西本来是一些只能暂视不能久赏的容易讨巧的工艺品，所以富士山在我脑子里只是一座平凡无奇的山。有时因为藐视它的缘故，看见了漆画上涂的富士山头堆着皑白的雪，拥着重重的云彩，心里便笑日本人连一国最崇拜的山都要制造出来！①

和蒋光慈不同，凌叔华在登富士山前就对富士山景表示了不屑。东洋画、明信片、漆盘漆碗等对于富士山的描绘，不但未能投合凌叔华的审美趣味，反而让她降低了对富士山的期望值。在京都至东京的火车上，听说可以望见富士山，几个日本人探头向车窗外望了许多次，但因为阴天而没有望见，于是面露失望之色，但凌叔华却认为这样的山

---

① 凌叔华：《登富士山》，《凌叔华散文选集》，百花文艺出版社，2004，第 1 页。

"看不看都没关系"。

在日本国家主义意识的上升期，自然风光也参与到民族性重申的运动中。"为了培育国民精神，有必要树立一个所有国民都能够拥有相同情感的对象。富士山就是这样一个对象。"① 正如凌叔华所嘲笑的那样，被日本国民所崇拜的富士山，那白雪皑皑、巍峨壮丽的富士山景，其实是在近代以来日本国家主义意识形态的主导下，依附东洋画、明信片、漆盘漆碗等工艺品而被制造出来的。

19 世纪末到 20 世纪初的日本小学国语课本中，对富士山的描绘频频出现。富士山是"日本第一名山"的观念，借由颇具权威性的国语教科书得以确立。通过对登山者游记、赞美富士山风景的散文的阅读，即便未必亲眼看见过富士山的儿童，也被潜移默化地灌输了这样的观念：雄伟壮丽的富士山，因为其独有的风景，成为日本国民特殊性乃至优越性的象征。攀登富士山的行为、赞美富士山的言辞，都被纳入"国民精神塑造"的体系中。于是，原本并不具有任何文化含义的富士山景色，却与明治时代中期"国体"理念的形成过程，巧妙地联系在一起。并且，国语教科书在建构富士山形象的同时，又借助富士山的壮美形象强化了教科书自身的合法性，"教科书的内容构成了一个封闭的关系——建构形象的同时又为这个形象所支配。在这种关系下，国体只是通过富士山的形象加以暗示而已"。

问世于 1894 年的《日本风景论》，是日本近代国粹主义思想家志贺重昂的代表著作，在这本被再版了十余次的书中，作者试图将日本国土之美与国民精神联系起来，从而对日本民族的独特性予以升华。作为

---

① 青弓社编辑部编《富士山与日本人》，周以量译，社会科学文献出版社，2010，第 46 页。

名山中的"名山"，富士山被选中成为培养审美情趣、提高精神境界的场地，"登山"的重要性因此而被强调。彼时的旅日中国人，正是在这一文化氛围中开展登山活动的。

实际上，当凌叔华亲身登临富士山时，她反倒有些陶醉于山川景色的美妙，并发出由衷的赞叹。但是，在这种愉快的游览过程中也发生了令人不快的插曲。在山道上的茶棚中休息饮茶时，有两个青年女侍者看到凌叔华的着装，误以为她是朝鲜人。当得到是"中国人"的回答时，女侍者用假装聪明的神气笑说"支那妆束好看，朝鲜的有些怪样"，说完后"作那挤一挤眼的怪样给我看得清清楚楚了"。作者感到了女侍者语气中的嘲讽和蔑视，于是在接下来的一段旅途中，"山中的神秘性完全消失，只余了不成形的怅惘，及赶路常有的疲倦，徘徊于我的胸膈间"。①

即便是日本国民中最底层的茶棚女侍者，也不自觉地流露出歧视中国人的意识，那一声"支那人"的称呼和富士山风景所传达出的民族优越感融合在一起，搅坏了中国旅者的心情。

当然，并非所有的旅日中国人都对富士山感到失望。与蒋光慈、凌叔华不同的是，向往东方情调的诗人徐志摩，虽然仅仅在火车和轮船上远远望见过两眼富士山，却写下了满是赞美之词的《富士》（1928）一文，表达了对富士山的向往。诗人用饱含崇敬之情的笔墨，通过对山景之美的赞颂，称扬了富士山所折射出的日本民族文化的独特魅力。

尽管徐志摩对富士山的解读有些过度，对日本民族主义缺乏警惕之心，但在中日民族文化的比较中，却也十分精准地道出了所谓"富士山精神"的秘密。在徐志摩看来，中国的壮美之物太多，不仅有昆仑、

---

① 凌叔华：《登富士山》，《凌叔华散文选集》，百花文艺出版社，2004，第8页。

五岳，还有匡庐、黄山、罗浮和雁荡等，所以使得民族意识无法集中。而富士山则似乎是唯一的、独尊的，它高昂地站立在日本东海之滨，同时，"它也在日本人的想像中站着。武士们就义的俄顷，他们迸血泪壮呼一声'富士'。皇太子登基的时候，他也望得见富士终古的睥睨"。无论是月夜中捕鱼的渔夫、水田里采豆的小女娃，还是急行列车上的火夫、穿洋袜子和洋靴子的绅士文人们，"他们猛一眼都瞅见了富士"。因此，"富士永远瞅着他们"①，使他们不胆寒、不害怕，努力地做事，追求他们的幸福。

在徐志摩的描述中，富士山真正成为全体日本人的神山，而富士山的神奇性，正是在"武士们就义的呼喊中"、在"皇太子登基的睥睨中"得以凸显的。在幕府体制崩溃、"大政奉还"、明治维新之后的日本，天皇被视为所谓"现人神"来加以尊崇，日本政府"通过大肆宣扬天皇这个绝对权威来应对内外交迫的各种危机，在维持一种权威性秩序的同时，实现近代化＝文明化这一课题"。② 而支撑天皇制统治的基石正是"国家神道"信仰的确立。因此，通过武士就义和天皇登基的神圣仪式，富士山被赋予了"国家神道"信仰下的神性；同时，被视为神山的富士山，又在全体日本人的仰慕中，反过来强化了天皇制度的精神基石。

由于对中华文化衰落的不甘心、弱国的自卑感以及"排满"的意识，更由于日本国家主义意识的显露和其自诩文明国家子民的倨傲，让旅日作家笔下的樱花和富士山或多或少地褪去了光彩。然而有意思的

---

① 徐志摩：《富士》，韩石山编《徐志摩全集》第三卷，天津人民出版社，2005，第285页。

② 〔日〕安丸良夫著《近代天皇观的形成》，刘金才、徐滔等译，北京大学出版社，2010，第210页。

是，尽管在 19 世纪末至 "二战" 前，包括冈仓天心、德富苏峰等在内的文人名士都积极参与到了对民族文化的挖掘、强调和再创造运动中，但日本民族的崛起却并非是在独立自主的背景中发生的，它恰恰是明治维新以后西洋文明大举输入的后果，因而可以说，日本近代的民族主义意识其实是通过外来文化的介入带动起来的。如此一来，当作为日本民族文化象征的风景——樱花和富士山呈现在旅日作家面前时，他们对樱花节的不屑甚至刻意丑化、对富士山景色的反应平淡，都体现了逸出于"东方 - 西方"文化框架的、多重的文化价值取向①。

一方面，明治维新以后，日本国家主义意识逐渐渗透到日本人的赏樱和登山活动中，因而无法引起旅日作家的共鸣，甚至招致他们的反感，这便打破了旅日作家试图从日本风景中找寻中华文化的影子，从而在审美意识层面构建东方文化的意图；另一方面，由于这种日本主义意识形态的基底恰恰是西方文化的延伸物，因而旅日作家通过风景书写所表达的对于日本人的反感，在成因上又巧妙地和反西方殖民主义的意识趋于一致。因此，面对樱花和富士山及其背后所隐藏的文化内涵，现代旅日作家们所做出的种种反应呈现多元、复杂的价值取向，这种取向既表达了对于日本崛起的艳羡，从而引申为对"学西"的诉求、对现代化的渴望，但同时又失望于崛起日本所表露出的扩张主义、殖民主义架势，从而使旅日作家的风景体验充满了矛盾与暧昧性。

---

① 与之相反的是，徐志摩等人对所谓富士山精神的无条件赞颂，从当时的历史背景来看，则有着"回归东方"的危险倾向。

| 第三章 |

"杂交的空间"：旅日作家的都市文化体验

　　尽管从旅日的动机和后果来看，旅日作家群体存在着明显的个体差异，但总体来说，"学西"是他们旅日活动的一大主题，这一点似乎无可置疑。对于渴求国富民强之策的留日、访日之士来说，士、农、工、商、医等学科是他们主要的取经之处，而那些在"五四"时期扬名于中国文坛的旅日作家们，也大多有着非文史哲学科的出身。①因此，他们很少阅读日本本土的经典著作，日本传统思想对他们的影响微乎其微，即便是为周作人所喜好的日本古典文学，也只对整个作家群体构成了有限的影响，远远无法与欧美文学带来的冲击力相比。

　　但是，这并不意味着日本仅仅是"西学的中介"。如果简单地将日本置于中西文化之间，作为桥梁式的连接物来看待，那么就将忽视以下的问题：一是日本对欧美文化究竟以怎样的方式受容，它是否只是一个单一的模仿、翻译、照搬的过程？二是如果日本并非纯粹的欧美文化的中转站，而是一个多元文化交错互动的场所，那么身处其间的旅日作家

---

① 例如鲁迅、郭沫若、陶晶孙皆出自医科，郁达夫学经济，周作人学海军，夏衍学电机，田汉习教育学，张资平习地质学，郑伯奇习心理学，成仿吾专攻兵器等。不过，从留学生总体来看，还是以文科学生数量居多。

是如何体验这种文化的交错状况的？

由于身在日本，读书、生活也都以日本的文化教育水平、生活设施为依托，因而无论旅日作家怎样崇欧崇美，都无法摆脱日本这一异文化场所的影响。所以，从旅日作家赖以生存的"场所"入手，考察西方文化、东方文化在这之中的冲击、融合状态，探究欧美文化到底以何种方式与日本相遇并发生变异，或许能够为"旅日作家的文化观念如何形成"的问题，给出更为合理的解答。

不过，直接将整个日本作为这一可供观察的文化"场所"，似乎过于宽泛而笼统。实际上，自明治维新以来，在日本的不同地域，所谓"文明开化"的推行存在极大的差别，真正称得上文明开化的地域，其实也只是以东京、大阪、京都、横滨为代表的少数城市，而在广大的农村地区，自江户时代延续下来的生活方式几乎未受影响。[①] 张资平1912年初到日本，从横滨乘火车去东京，一路上的见闻颇令其失望。以木造房屋为主的乡间建筑，配以矮山和神社，这样的景色让他"看不出一点伟大的东西来"，于是不禁怀疑："自明治维新以来，近五十年了，他们的建设，只是如是如是么？"[②]

然而，类似于张资平这样的对日本乡村的浅表印象，很快就被都市的繁华所淡化。一方面，由于大多数高等教育机构设在城市，导致城市成为留学生的聚集地，而访日的政治人物、报刊出版人、学界名人等，也都以城市为文化交流、政治宣传或政治避难的首选地，所以，对日本都市的体验，构成了他们旅日体验的主要内容；另一方面，近现代交通线的设置也是以城市为基点的。尤其是清末民国时期，海上航线几乎是

---

① 参阅赵德宇等《日本近现代文化史》，世界知识出版社，2010，第109～110页。
② 朱寿桐编《张资平自传》，江苏文艺出版社，1998，第189页。

旅日中国人的必经之途，这使得港口城市成为他们的异域初体验之地。从"中国"到"日本"的跨域经验，在很大程度上是从"上海"到"长崎"，或从"广州"到"横滨"的跨海经验。这样一来，旅日者对日本城市的体验，就很容易被推而广之，成为对整个日本的想象。而作为多元文化集中地的东京都，更具有"世界文化窗口"的意义，于是，对东京的体验，又在更大的范围内构成了对欧美国家的文化想象。正如周作人所说："我的东京的怀念差不多即是对于日本的一切观察的基本，因为除了东京之外我不知道日本的生活。"① 因此，以东京为代表的日本都市，才是旅日作家们感受日本、想象西方、想象世界的主要场所。

从社会学意义上来说，资本主义世界的现代化过程，可谓一段人口暴增、城市扩张的历史。有更多的人涌入城市，有更多的人将人生理想寄托于城市，是19～20世纪社会生活变迁的主调之一。1800年，世界城市人口比例不过3%，而到了1900年，这一比例已经上升到14%，并且以越来越高的速率逐年递增。作为欧美人精神生活象征的巴黎、伦敦，都在19世纪得到了空前的发展和变革。而与欧美同时，以别样的方式快速崛起的城市，还有日本的东京。

如果说，巴黎是19世纪资本主义世界的"首都"（本雅明），那么在20世纪之初，东京可算得上是东亚地区的"首都"。清末民国时期，大批中国人带着各种各样的目的到东京等日本城市"朝圣"，数量有十万余之多，他们是怎样体验东京、感受日本都市文化的？在日本都市这一特殊的文化场所中，所谓日本文化、东方文化和西方文化，分别居于

① 周作人：《怀东京》，钟叔河编订《周作人散文全集》第七卷，广西师范大学出版社，2009，第324页。

何种位置？

在本章中，需要讨论以下几个方面的问题：一是都市景观与民族情绪之间的关系，二是都市娱乐场和交通线对旅日者情感体验、人际交往方式的影响，三是旅日作家"憧憬都市"和"反都市"的情结，通过这几个方面的探究，或许能够在第四节中，较为清晰地描绘出日本都市作为"杂交文化"场所的图景，并讨论这一场所中存在的"地方－国家－世界"的多重文化结构。

第一节　东京新景观：民族情绪的触媒

在第一章中，笔者将"风景"的发现与书写看作一种文化表征方式，不过，考察的重点仍然是以山林湖海为代表的自然风光。从更为日常的角度来看，大多数旅日作家居住在城市，他们的各种人生体验、爱恨情仇，也多发生在城市生活中，因而对于现代旅日作家来说，"都市风景"也是风景体验的重要组成部分。

一　动物园的文化意蕴

署名"履冰"的清末小说《东京梦》（1909），主要描写了游日官僚和留日学生的"东京体验"，在这些文字中，动物园成为引发民族情绪的触媒。

《东京梦》写清廷官员吴意施到东京游历，在东京动物园参观珍禽走兽，走到鹦鹉架前，一只鹦鹉竟对他叫了几声"豚尾奴"（即"猪尾奴"），吴意施不懂日语，仍站在那里批评谈论，引得一旁的日本人偷笑。于是，翻译龚伟自觉羞愧，赶紧将吴意施拉开。由于语言的缺失，被鹦鹉嘲笑的吴意施俨然成为动物园中又一只被观览的"动物"，一个脑后拖着猪尾巴的奴隶。这一情节虽极可能纯为小说家杜撰，但反映了当时中国人在日本被视为低等人群，从而被嘲笑、观瞻的不堪经历。而该经历通过动物园这一特殊场所呈现出来，颇为耐人寻味。

"动物园"一词最早由福泽谕吉发明。1860 年代日本学人访欧之后，开始酝酿修建东京动物园。1882 年，动物园作为上野帝室博物馆的一部分正式成立，开园之后，吸引了大批游客来此参观猎奇，[①] 因此，日本的动物园从一开始就是博物馆文化的一部分，承袭欧洲的做法。由于被限制了自由活动，动物园中的动物已经部分丧失了作为"动物"的特质，它们与"野生动物"相区别，是作为博物馆展示品的变相而出现的，是仅仅具有展示价值的活的标本。中国人参观动物园，日本人却参观中国人，在鹦鹉架前被嘲笑的吴意施，象征了如困兽一般的晚清学人，他们被囚禁于旧文化的藩篱之中，无法与世界平等对话，也无法向世界表达自己。当脑后拖着"猪尾巴"的他们来到文明开化的异域，来到动物园的兽栏鸟笼前时，他们和动物一样，作为一种文化标本，沦为他人的观瞻物。而对于旁人的嘲笑，吴意施竟毫无察觉，这恰相似于晚清时期保守官僚浑然不知天外有天的处境，以及一味抱残守缺的心态。

其实，许多动物本身并不具有多少文化的含义，在人类眼中，它们和山川湖泊之类的自然风物无异。但是，当动物被放置到动物园中，作为万国风光的代表性、集中性展示物时，当游客不得不通过骆驼来想象

---

① 参阅佐々木時雄《動物園の歴史：日本における動物園の成立》，講談社，1987，第 139 页。

西亚，通过狮子来想象非洲时，活的动物就成为死的标本，成为异域文化影像的一个片段。因此，动物园既是一种现代都市的新景观，也是世界性的文化展示场，吴意施等清末中国人，通过东京动物园，向世界窥望一二，同时在这种猎奇性的窥望中，又暴露了自身民族文化的陈旧与落伍。

动物园起源于古罗马时期的斗兽场，象征着罗马人对外族的战争胜利，以及人类对自然的征服。现代动物园的雏形则来自 16～17 世纪的地理大发现，当时的欧洲贵族热衷于囚禁各种稀奇古怪的动物以供观瞻，这种癖好是随着殖民者的军事输出和贸易扩张形成的。可以说，动物园浓缩了欧洲人数百年来的对外殖民史，是"西方"征服"东方"的产物，体现了欧洲人对世界的文化想象方式。"观览动物园的兽笼就是对催生这些兽笼的人类社会的理解过程"，① 而旅日中国人参观动物园，则从被殖民者的视角，对欧美文化进行了一番理解和想象。鹦鹉架上的鹦鹉嘲笑吴意施为"豚尾奴"，既反映了旅日者所感受到的日本人作为学西"优等生"的傲慢，也通过这种傲慢，折射出西方文化给中国人带来的自卑感和压迫感。

在"五四"作家那里，参观动物园的经历，不仅为他们打开了步出封闭的生活圈、认识世界之丰富性的一扇门，还更为他们提供了思考文化问题的原材料。巴金在上野动物园参观了河马，买回了河马的照片，面对这张照片，巴金想起了日本文艺家鹤见祐辅在一次演讲中讲到的关于河马的小故事。鹤见氏在东京中华留日青年会的演讲中，以"必须到动物园看见了河马才对河马发生感觉"来提示中国留学生：必

---

① 〔法〕埃里克·巴拉泰、伊丽莎白·阿杜安·菲吉耶：《动物园的历史》，乔江涛译，中信出版社，2006，第 4 页。

须要了解日本文学才能够了解日本人的思想，"将来好带了成绩回去创造东方文化"。① 巴金对这样的观点很不以为然，甚至感到愤慨，认为中国学生会不应该请这样的人来做演讲。② 对于河马的小故事，巴金进行了自己的解读。在法西斯势力疯狂上升的 1935 年前后，巴金在报上读到一篇恭维希特勒的文章，于是想到，文章的作者就像没有到动物园见过河马的人一样，并不知晓希特勒的真面目。在他看来，只有实地看到了河马，方能知道它的真面目，同样道理，部分青年对欧洲正在兴起的势力的认识，对希特勒的认识，就像没有去过动物园的人对河马的认识一样，是片面、扭曲的。

二 博物馆与美术馆的民族记忆

19 世纪末 20 世纪初的东京，正处于都市近代化进程的中间阶段，许多中国未有或稀见的现代事物，如商业街、电影院、百货公司、图书馆等，都可在此寻见。除了动物园以外，博物馆是更为典型的"开眼看世界"的重要场所，为旅日作家的写作提供了灵感。例如，参观了动物园便写下《河马》（1935）一文的巴金，同时也有着参观上野科学博物馆的经历，他在那里看到了来自墨西哥的木乃伊，回来以后便做了关于木乃伊的梦，从而写下奇幻小品文《木乃伊》（1935）。

① 巴金：《河马》，《巴金全集》第十二卷，人民文学出版社，1989，第 503 页。
② 巴金有些愤慨地认为，鹤见氏所言的"了解日本人，从而参与到东方文化创造中去"的观点，是带有大亚细亚主义思想色彩的危险论断，需要加以警惕。虽然鹤见氏演讲的本意或许未必如巴金所想的那样，但在当时日本步步蚕食中国的历史背景下，提倡所谓"东方文化"的论调，的确难以摆脱扩张主义意识形态的阴影。如果联想到 1937 年后周作人、钱稻孙等日本文学研究专家的附逆，再来看巴金对鹤见氏的激烈态度，就十分可以理解了。

对于旅日作家来说，在短暂的人生中，在有限的旅行条件下，通过对博物馆等都市景观的游访来认识世界、增加阅历、积累素材，不失为一种高效、便捷的方法。但同时，博物馆却也抹杀了异域文化整体的丰富性，忽视了文化内涵的流动性，它从某种意识形态眼光出发，从庞杂的异域文化现象中抽取一些碎片式的东西，将"活"的文化事物作为"死"的标本陈列起来，这样一来，博物馆又往往造成了参观者对异域文化的误读。

和动物园一样，博物馆也是触发民族自卑感、愤恨感的都市景点之一，给旅日中国人留下了不少痛苦的记忆，这固然缘于中华帝国衰落、民族文化式微的事实，同时也和当时日本博物馆的取材视角密切相关。署名"学生某"，发表于《新小说》第一号的《东京新感情》（1902）中，有"博物院中见中国皇宫物难过……见中国人吸鸦片之照片难过"① 等句；署名"太公"，发表于《浙江潮》第二期的《东京杂事诗》（1903）中也写道："东京博物馆规模甚宏丽，初入其中者，璀璨离奇，心目眩惑。内有历史部，中贮各国风俗等物……谛视数四，有支那妇人木制小脚一双，供万人观览，诧为奇事。又有鸦片具赌具等种种下流社会所用之物，触目伤心，泪涔涔下，惜不能令我四万万同胞共见之也。"②

当时的东京已拥有不止一处博物馆，从具体描写来看，这里应该指的是上野公园内的帝室博物馆，其中展出了大量异域风俗器物，包括非洲、印度、朝鲜、琉球和台湾等地事物。而原来被视为中华上国的清国的展品，则与上述同列。可以看出，上野博物馆的创立者在选择清国的

---

① 　学生某：《东京新感情》，《新小说》1902 年 1 号。
② 　太公：《东京杂事诗》，《浙江潮》1903 年第 2 期。

奇趣事物时，倾向于展示其鄙陋、保守的一面，这与日本人自江户时代起对中国的蔑视，[①] 以及明治维新、文明开化之后逐步上升的民族优越感不无相关。而当时的日本人对清帝国的认识，也大多局限在一些零碎的经验上，吸鸦片、裹小脚，就是其中的典型事物。

中国传统文化善于将器物藏之于内，而以博物馆为代表的欧洲文化则力图发掘物品的展示价值。当中国皇宫之物、中国人吸鸦片的照片、妇人木制小脚、鸦片烟具赌具等物集中于博物馆内"供万人观览"时，从鸦片战争、甲午战争到庚子事变间割地赔款、饱受欺凌的历史，以及国人的陈规陋习，种种记忆，都在一刹那被唤起。一方面，这种创伤性记忆是通过"证物"来加以确认的，也就是说，博物馆中的这些器物在观者眼中成为创伤记忆的证物；另一方面，对于游览者来说，最刻骨铭心的创伤记忆，除了被侵略的历史和贫弱的文化，还有这一历史和文化的"被展示"。可以想见，"供万人观览"给中国游览者带来了怎样的伤害，而在万人的目光中，中国游览者几乎也成为展示物的一部分，不得不面对日本人带刺的目光。

俞平伯也于1922年7月短暂游日的途中，记录下了参观东京博览会的经历。给作家留下深刻印象的，是其中所谓的"满蒙馆"。"满蒙馆"和朝鲜、台湾、北海道等并列，其命名富于大日本主义的意味，因而在中国人的抗议声中，"满蒙馆"临时改名为"聚芳园"，

---

① 江户中后期，日本商人通过长崎这一唯一开放的商埠，与中国商人进行着断断续续的海上贸易，一些历史资料详细记载了这些文化对话的内容。从中可以看出，钦服于明代中国，又自认为承袭了中华文化正统的日本商人，对于中国人"不着汉服""辫发腥膻之俗已极"的形象流露出轻蔑乃至敌视之意。而所谓"华夷变态"的思想，也正产生于这些文化交流经验之中。参阅葛兆光《宅兹中国——重建有关"中国"的历史论述》，中华书局，2011，第157～165页。

俞平伯批之为掩耳盗铃之举；"满蒙馆"有赠书《满蒙之现况》《满铁事业概况》《满蒙馆出品物解说书》等，渲染"满蒙"地区的富饶资源和日本国力的强大，颇具扩张主义的宣传色彩，而最直接引起作者愤慨之情的，是附赠的两张彩画明信片，一张是"满蒙馆"的外景，另一张是大连舟车联络图，将中国人绘制为拖着辫子的愚昧形象。对此，俞平伯禁不住大发议论，认为"此等侮辱固可恨，但其心思更可畏惧。日本之窥伺中国，已可谓无微不至"，进而情绪激动地呼喊道："在现今的状况下，我不相信消极的无抵抗，有实现的可能。起来哟！我们反对一切的侵略，所以也反对人家来侵略我们！"①

日本借甲午一战割据了台湾，占领了朝鲜，进而又对"满蒙"地区虎视眈眈。俞平伯游日的大正时期，日本政界和学界正努力从知识层面上瓦解中华帝国，为分裂主义、对外扩张主义寻求合法性。在这一背景下，东京博览会的命名、格局设置和附属宣传品，都体现了强烈的意识形态色彩。

博物馆所留存的记忆是一种人工记忆，所展示的物品是微缩的景观，因此，它不可避免地被注入了博物馆建造者和管理者的意识。"博物馆的存在这一事实本身就证明，我们处在一个对自身而言不再有意义因而只能梦想将来对他者有意义的文化中。"② 日本人通过博物馆的异域文化展品，以充满误读的方式，看到了外部世界的宽广与丰富；旅日中国人则通过博物馆，通过"日本人看中国"的独特视角，反观到自

---

① 俞平伯：《东游杂志》，《俞平伯散文选集》，百花文艺出版社，2004，第17页。

② 〔法〕让·波德里亚：《象征交换与死亡》，车槿山译，译林出版社，2006，第288页。

己家国的贫弱和日本帝国的威胁。

除了动物园和博物馆之外，美术馆也是作为欧洲文化的一角，于明治维新以后传入日本的。《东京梦》里，龚伟带吴意施参观油画馆，有这样一段描写：

> （油画）描写那年庚子联军破天津的景象，俨如真的一般：城楼火起，人民奔逃的光景；聂士成的兵苦战不退、血肉横飞的光景；联军分进、炮火炸裂、马兵冲阵的光景，写得十分入情，真如身临其境。那一种风云惨淡之气，令人惊心动魄，把吴意施看得呆了……走出油画馆，吴意施向天吸了几口新鲜空气，叹道："好了，好了，这才见着青天白日了。谁说是看油画，恍如做梦一般。那种描写的技能是不消说的，今天可又长了一番见识……"①

早在江户时代中期，日本绘画界已经通过"兰学"受到西洋画风的影响。明治维新后，时值写实主义画风（即现实主义绘画）在欧洲盛行，日本画界也自觉地将写实主义作为艺术创新的原动力，因此，油画一时成为日本美术的主流。② 较之博物馆中的器物，油画对中国游览者形成了更为强烈的视觉冲击力。其实，由于照相术在晚清中国尚不十分发达，许多中国人对八国联军破天津的记忆是通过报纸介绍和口耳相闻建立起来的，因而也就缺乏直观的感性经验。中国美术自来没有油画那种高度写真的表现手法，于是，当国破民亡的惨烈景象被油画逼真地

---

① 履冰：《东京梦》，作新社，1909，第29页。
② 参阅山梨絵美子等《日本の近代絵画》，ブレーン出版，1996，第8页。

再现出来时，吴意施一时间"看得呆了"，"恍如做梦一般"。在这里，三维空间在平面画布中展开，光与影投射到画面的深处，使画面具有纵深感。虽然置身东京的油画馆中，吴意施却被带回1900年的天津城，重新获得了更为直接的历史经验。因而他感叹："不见这种油画，真不会晓得什么叫作国耻，什么叫作城下之盟。"① 油画带给观者的创伤经验，比历史事件本身还要真实，更加惨痛。

可以推而想见，如动物园、博物馆、油画馆之类的都市景观，带给旅日中国人的震撼，激发起奋起反抗的民族情绪，很容易成为不久之后的辛亥革命，乃至一系列中国革命的促进力量。都市景观唤起了中华衰微、民族受辱的创伤经验，但这种经验却是通过欧洲文化的视角，通过明治日本的映衬，以一种多重文化相混杂的方式再生产出来的。动物园的文化隐喻、博物馆的意识形态色彩、美术馆的直观体验，都参与到这种再生产活动中，潜在地影响了中国革命思想的形成。

旅日学人与中国革命的重要关系，前人已多有谈及，不过，既有研究的着重点仍在于考察旅日学人的学习经历与其思想成型的关联，而于日常生活中的文化际遇关注较少。实际上，无论是常驻日本的留学生，还是短暂地游日、访日者，他们对动物园、博物馆、油画馆等景观的游览都是走马观花式的，谈不上多少深度的体验。但是，正是这样一种浮浅的、感性的体验，所带来的民族情感的触动却往往影响至深，成为他们日后回到中国，参与革命运动的原初动力之一。

在"五四"前后，中国的革命运动往往与"反日"情绪相伴随，而"反日"运动的主将，多为清末民初的留日学生，这便是所谓"留日反日"的现象，它与"留欧亲欧""留美亲美"形成对照，耐人寻

① 履冰：《东京梦》，作新社，1909，第29页。

味。从旅日学人的生活经历来看，"留日反日"现象的产生，在很大程度上恐怕源于他们在日时期的不平遭遇，而都市景观所引发的民族情感波动，即是其中的重要一维。①

史学家常言日本是中国近现代革命的重要根据地，其实更准确地说，这个根据地的中心是东京。东京不仅聚集了众多留学生，也吸引了大批革命家来此游历或流亡。清末时期，中国人在东京创办了大量宣传革命思想的报纸杂志（鲁迅等人计划创办的《新生》也是应此潮流而动的产物），各种集会、演讲也是频频登台（例如 1903 年，有苏曼殊等人参与的"拒俄事件"，声势十分浩大）。从辛亥革命前夕到"五四"时期，最重要的革命人物如康有为、梁启超、章太炎、陈天华、邹容、秋瑾、孙中山、黄兴、宋教仁、陈独秀、李大钊、张闻天、周恩来、蒋介石、汪精卫等，他们的革命思想和行动都与日本尤其是东京关系密切。因此，东京新景观带给旅日国人的屈辱与愤恨，以及随之而来的民族文化反省和反日情绪，都构成了中国革命运动的原发经验。

东京脱胎于德川时代的江户，它在欧洲景观文化的影响下蜕变，一方面，它创造了新的都市风景线，成为旅日学人感受东京、激发民族情绪的触媒。另一方面，东京也提供了一种新的人际交往、情感体验方式，它同样塑造了旅日作家们的人格与认知。

---

① 对于"留日反日"现象的解释，历来观点各异，周作人曾在一个东京的集会上与一名日本中将交流，中将对于留日学生回国后多有排日倾向的现象表示不解，认为他们或许是在日本受了欺侮。周作人却认为未必如此，"以我自己的经验来说不曾受过什么欺侮"，在他看来，留日学生的排日情绪，更多来自中国的日本侨民和本国日本人所表现出的巨大差异："中国老百姓见了他们以为日本人本来是这样的，无可奈何也就算了，留学生知道在本国的并不如此而来中国的特别无理，其抱反感正是当然的了。"这应当是另一种较为独特的解读法。

第二节 "东京新感情"：都市里的男男女女

如果说博物馆、动物园和油画馆等景观代表了作为游览地的东京，那么与旅日作家日常活动更加紧密相关的娱乐场所和都市交通，则体现了作为交际场的东京。

电影院是旅日文学中表现男女之情的重要场所之一。《留东外史》写李锦鸡在锦辉馆看"活动写真"（即早期电影），邂逅少女春子，欲行勾引。在这一过程中，活动写真的放映起到了至关重要的作用。李锦鸡先是"用脚将蒲团故意踢开了些，盘着腿坐下去。右脚的膝盖，恰好挨着那女子的大腿"，而后又"看女子目不转睛的望着电影，便轻轻将膝盖搁在他腿上……左手拿着雪茄烟吸，脸也正面望着电影。将右手靠近大腿，试弹了一下，不动，便靠紧些儿"。还将女子的手接了，"借着电光端详了一会"。[1] 这一系列轻佻、下流的动作，都是在活动写真的掩护下进行的。

几乎与中国同时，日本最早的电影放映（以早期的维太放映机为准）是在 1897 年 2 月 22 日的大阪。12 天以后的 3 月 6 日，东京神田的锦辉馆亦开始放映，并成为电影放映的常设馆，一直持续至 1918 年烧毁为止。当时称为"看活动写真"。[2] 因此，旅日作家的笔下经常出现对锦辉馆观影经历的回忆。

早期电影片的内容其实十分贫乏，影像效果也较差，放映的不过是自然风光或欧洲人家庭生活的场景之类。真正吸引青年男女前往锦辉馆

---

① 不肖生：《留东外史》上，岳麓书社，1988，第 234 页。
② 参阅田中純一郎《日本映画発達史》，中央公論社，1980，第 54～59 页。

观影的，恐怕是电影放映带来的新奇感。看电影是一种时尚的行为，在幻影的映照下，观影者仿佛置身于异度空间，从而获得全新的生命经验。锦辉馆电影院（见图3-1）中昏暗而暧昧的光线，以及混坐在一起的观看方式，为都市男女们的亲密接触创造了条件。在神奇的荧幕前，男女之情悄然滋长。影院取代了旧时代的媒人，成为都市姻缘的中介者。因此可以发现，旅日小说中常有男子邀约女性去看"活动写真"的情节，彼时的年轻中国人，已经学会以看电影的方式增进情感交流、建立恋爱关系。

图3-1 锦辉馆电影院

不过，在明治后期到大正初期，日本电影业还处于缓步兴起的阶段，毕竟没有占据都市娱乐生活的主流，像《留东外史》这样专写留日学生颓废放荡生活的小说，对看电影的描写也着墨不多。实际上，不少官费留学生经济条件甚为拮据，也没有太多余钱参与娱乐活动。对于广大的旅日者群体来说，都市交通也许是更为常见的事物，因而也成为更重要的情感经历场所。

现代都市的特征之一，是都市功能区划分的细化。经由轨道交通，东京都被分割为数十个不同的地块，各自承担着行政、工业、商业、教育、居住、娱乐等不同功能。日本建筑史学家初田亨在《东京：从繁华街看都市的近代》中提出，从明治末期到昭和初期（即 20 世纪初至 1920 年代末），浅草映画街、日本桥和银座商业街的常设化，以及夜市对庙会的替代，使得具有"时间都市"性格的东京，逐渐向"空间都市"转变。① 这一时期大批来到东京的中国留学生，在新的交通工具的辅助下，从常设化的都市板块中获得了崭新的空间感。

《东京梦》《留东外史》等小说中的"日本通"，例如龚伟、黄文汉等人，往往对东京的各个区位十分熟悉，有着强烈的方位意识。鸿篇巨制的《留东外史》几乎就是对东京都的全景扫描，其中的每一个小故事，都是凭借人物乘着电车、火车、马车等交通工具，在不同街区间往来穿梭而铺陈开的。他们在浅草游玩享乐，在银座购物，在上野看樱花，在荒川吃日本料理，去远郊热海度假，都市生活的丰富多彩，离不开现代交通工具的贡献。② 而有时候，以电车、火车为代表的交通工具

---

① 参阅初田亨《繁華街にみる都市の近代——東京》，中央公論美術出版社，2001，第 370 ~ 371 页。

② 不过，需要特别指出的是，将《留东外史》等清末民初留日文学归入"现代都市小说"的行列，是不恰当的。鲁迅批评取名为《梦》《魂》《痕》《影》《泪》《外史》《黑幕》等民初小说的滥俗无聊，《留东外史》自然也在此之列。而清末小说《东京梦》的艺术品位更难称上乘。在清末民初文学中，很难寻见对留日生活的深度描写，这种情况直到"五四"之后的鲁迅、创造社那里，才有所改观。这反映了新文化运动之前，作家的创作能力仍然受限于固定的、传统的视角，例如《东京梦》和《留东外史》仍然采用章回体写作的方式，语言多有模仿《红楼梦》之处，带有浓厚的旧小说色彩。因此，虽然现代都市的雏形已在清末民初留日文学中隐约可见，但小说中的人物尚不完全具有"现代人"的特征。无论是民族、家国的情绪也好，还是男女之间新的交往方式也罢，都需要被放置到"五四"以后的现代视角中去看待，这样才具有作为"新感情"的历史意义。参阅鲁迅《有无相通》，《新青年》1919 年 6 卷 6 号。

本身，或许就能成为增进情感交流和人际交往的绝佳场所。

市内电车是旅日小说中最常见的交通工具（见图 3 - 2：明治 44 年，即 1911 年，东京银座尾张町的市内电车）。1895 年，日本最早的路面电车（即有轨市内电车）出现于京都，而东京则是在 1903 年才开通了路面电车，但在这之后，东京的路面电车发展迅速，到了 1910 年，轨道总长度已达 95 公里。《留东外史》所铺叙的故事大多发生在 1911 年前后，此时的东京已拥有 1076 辆电车、定员 47018 人，电车已成为市内最主要的交通工具。① 因而可以看到，小说中频繁出现的浅草、上野、饭田町、银座、神保町等地名，同时也是市内电车的站名。小说中各类人物的活动，大多是在电车路线和站点上进行的。可以说，电车路线和站点的设置规定了旅日中国人观察东京、体验都市生活的方式。他们在这座城市里演绎的种种爱恨情仇的故事，通过电车轨道的指引、电车车站的分布铺陈开来。

图 3 - 2　东方银座尾张町的市内电车

① 参阅和久田康雄《日本の市内電車：1895 ~ 1945》，成山堂书店，2009，第 29、32 页。

《留东外史》第二十一章，通过留学生张全的叙述，描绘了"电车男女"的情景：一对恋爱中的青年男女，因为出众的容貌和亲密的举止，引得四周的人都来观望。在神保町车站等车的人，为了看他俩，竟忘记了上车；电车里有人见了他俩的情形，主动让出座位；"当时满车的人，都鸦雀无声，莫不恨电车开行的声响太大，阻了二人说话的声浪"。①

这里所述的，是一种典型的"都市爱情"。恋爱者无视旁人的观望，只顾窃窃私语，沉浸在二人的世界中，但是，他们所处的地点又是完全开放的公共场所。在车站上、电车中，他们成为别人眼中的一道风景，成为都市这一大剧场中的演员。

在某些欧洲人眼中，爱情其实是不可展示的，因为"爱情一旦公开展示，就被扼杀或变得黯然失色了"。② 然而"电车男女"却偏偏发挥了爱情的展示价值，体现出一种现代都市生活的特殊情调。由于观者并不认识这对男女，不了解他们的来历，也几乎听不见他们私语的内容，因而人们只能通过猜测和想象来构建二人的关系。电车在此处起到了连接点的作用。正是借由车站和电车，才有那么多互不相识的人聚拢来，相互成为风景。他们来自不同的地点，为了不同的目的登上电车，观望"电车男女"只是他们庸常生活中的一小段插曲，使他们获得看戏一般的满足感。

从这一意义上说，爱情没有被公共空间的光亮照得晦暗，恰恰相反，当爱情作为一种生活情调出现在电车中时，反而为公共场所增添了色彩。如果没有电车，爱情将回归花前月下的、纯粹私密的模式，而电车则为

① 不肖生：《留东外史》上，岳麓书社，1988，第135页。
② 〔美〕汉娜·阿伦特：《人的境况》，王寅丽译，上海人民出版社，2009，第33页。

爱情提供了成为展示物的场所，虽然被展示的仅仅是爱情的外壳。

电车的噪音掩饰了"私语"，电车人员来往的即时性和偶然性保障了恋爱者始终作为"陌生人"出现在公众面前，因此，即便在人员聚集的公共场所，爱情依然保有私密性。《留东外史》中多次描写中国留学生在电车上勾搭日本女子，其方式或为"乘着车浪"与女人乱碰，或借口"坐过站"了邀约女性同吃晚餐。电车成为邂逅、恋爱、调情的重要场地。电车提供给都市人以新的感情生活方式，使植根于乡村和家族关系的男女之情逐渐消失，向着即时性的、既开放又保有一定私密性的现代都市爱情转变。①

类似的情形，在"五四"作家的笔下得到了更加淋漓的展现。创造社作家偏好描写留日时期的"性苦闷"，善于发现日本女性的特殊美，郭沫若、郁达夫、张资平等，莫不如此。那么，这些留学青年的性意识是如何被塑造出来的呢？他们对女性的认识，与都市的空间结构有着怎样的关系？

可以说，都市电车的发达，为旅日青年的异性交往提供了新的方式，而所谓"东方女性的美"，也多产生于电车这样的公共空间。郭沫若的小说《喀尔美萝姑娘》（1924）的主人公因为恋慕一位日本少女的

---

① 不过，在日本，这种"爱情观"的转变过程实际上还更为复杂。《留东外史》记录了留日学生颓废放荡的生活景象，他们不思学业，整日钻研如何嫖妓或"吊膀子"，在男女关系方面混乱而无耻，这其实和日本自江户时代建立的女性观、爱情观有着微妙的联系。哲学家九鬼周造对日本文化中特有的"粹"（粋、意気、いき）的审美意识进行了分析。在他看来，"粹"的构造中包括了"媚态"、"傲气"和"达观"三要素，其中的"媚态"是指对于异性美的认识。"媚态"和现代意义上的爱情不同，它建立了一种日本特有的男女关系，表现为更为自由不羁的男女交往。"媚态"的要点是尽量缩小男女之间的距离，增强对异性美的观感。因此，《留东外史》所表现的乱象纷呈的男女情事，可谓中国留学生"入乡随俗"的表现，而"影院男女"和"电车男女"的所谓爱情，恰是传统男女关系与现代都市空间相融合的产物。

美貌，追随她的身影乘上电车，过了一站又一站；张资平对"日本女性美"的认识，来源于每天所乘的电车中所见的日本女学生，他通过对女学生的观察，认为中国女性已经失掉了"淑"的条件，而日本女子则保持着有节制的自然美。

在滕固的小说《鹅蛋脸》（1929）中，主人公法桢痴迷于女人的"鹅蛋脸"。在乘电车去上野看樱花的途中，法桢通过为女性"让座"的行为，获得了这样的奇妙体验：

> 他抬头一望，是一个女人站在他的前面。他忙地站起来让她坐下，他和她对调了一下，他站在女人的前面了。女人仰起头向他道谢时，他的心儿又直荡下去。什么又是一个下颌包得光整整地印着一朵红的嘴唇，一颗端正的鼻子，一双流转得巧妙的眼，两撇修长的眉——这种种所凑合的一个鹅蛋脸！他不敢对她多望了。电车笨重地驶过去，他插在人丛里，脸上像在发烧，莽莽然有点进退失据的样子。[1]

电车为留日学生法桢提供了近距离接触异性、观察日本女性美的机会。电车空间强制性地将人们聚集在一起，尽可能减少了个人的私密空间，因而法桢能够"抬头一望"，便见到近在眼前的女人。而"让座"的惯常行为更促进了人际交往，所以当女人仰起头向他道谢时，他能将这位陌生女子的下颌、嘴唇、鼻子、眼和眉看得一清二楚、细致入微。而当他不敢与这位女士对望的时候，拥挤的人群又让他无处躲藏，因此他"脸上像在发烧，莽莽然有点进退失据的样子"。这样近距离的两性接触，

---

[1] 滕固：《滕固小说全编》，学林出版社，1997，第308页。

在明治以前的日本城市里是难以想见的，正是电车车厢所划定的公共空间，打破了传统社会人与人的交际方式，重构了都市生活的男女关系。

不过，有趣的是，尽管在电车这样十分西化、现代化的场所里，旅日者所发现的女性美，却仍然被习惯性地归结为"日本女性"或"东方女性"的传统美。这固然反映出旅日作家群体中普遍存在的对日本女性的东方主义想象，[①] 但同时，这种想象又是在西洋化的场所中展开的，是影剧院或电车这样的现代公共交往空间，提供了异性认识、发现"东方美人"的机会。

电车不仅影响了旅日作家的异性认识，也为他们观察纷繁复杂的人与社会提供了方便。电车密闭、狭小的空间，更利于近距离的相互打量、认识，也只有在电车这样人员流动性极强的场所，作家方能与各色人物照面，经历更多的事件。冯乃超在《Demonstration》（《示威》，1928）一文中反复写道："在车中，我有观察同车乘客的习惯。"[①] 通过

---

① 想象日本女人的"东方美"，似乎成为旅日作家的普遍喜好。例如，茅盾旅居京都时，偶然看见刚搬来的日本女邻居在门前扫地，于是便暗自赞叹她是一位"十足的东方式美人"。虽然彼此言语不通，几乎没有什么交道，但茅盾依然对这位女士展开了诗意的想象："从她的幽媚的眼波，她的常像是微笑的嘴唇，她的娴静的举止，她的多愁善感的表情，我们仿佛了解她的生平，无端替她起了感伤。啊，寂寞！幽闺自怜的寂寞！旧时诗词里所咏东方式的女子的寂寞，这不是一个实例么？"参阅茅盾《邻一》，《茅盾全集》第十一卷，人民文学出版社，1986，第78页。

辜鸿铭认为，由于宋代以后的理学家将孔教精神狭隘化、僵化了，所以中国女性的传统美已经逐渐丧失，因此，如果想要在中国人理想的女性形象中看到所谓优雅与妩媚，就只能到日本去，那里至今保存着唐朝时期"纯粹的中国文明"。参阅辜鸿铭《中国妇女》，黄兴涛等译，《辜鸿铭文集》下，海南出版社，1996，第85页。许多旅日中国人对日本女人"东方美"的发现，正是在这样的思想背景下产生的。

① 冯乃超：《Demonstration》，《冯乃超文集》上，中山大学出版社，1986，第157～168页。

电车，他了解到不同身份、阶层的人们的表情和装束，看到了浓妆艳抹的贵妇人、美国式的绅士、不关心社会问题的大学生、清新的职业新女性等。通过对形形色色人物的观察，作者加深了对社会"阶级性"的认识，燃起了参与示威运动的汹涌情感。因此可以说，电车空间将人与人的距离拉近，使都市人总是生活在他人的目光之中，又总是能够用目光介入他人的生活，丰富了自身的感性经验。

除了电车，火车也是培育现代情感、创造现代交际方式之地。在张资平的小说《她怅望着祖国的天野》（1921）中，出现了男子登上火车远行，恋人在月台上奔跑送别的情节，这一"恋人分别"的叙事模式，在近一个世纪的小说、电影中，成为司空见惯的段落，使得火车站成为文学作品中最富于情感意蕴的场所之一。创造社的张定璜（张凤举）在抒情短篇小说《路上》（1924）中，反复书写了对京都、东京的眷恋之情。文中主人公感伤的回忆，正是在火车站、轮船等场景中展开的：

> 火车里男男女女的客，开初都有谈有笑，不是指点车窗外面的地方，便是商量年岁或天气，或是探问彼此的去路。后来汽笛发放两三回呜呜的声音，车里的空气慢慢儿沉静起来。一个半老的婆婆口边微微泄露出一段欠呻的声调。这个马上传染。没几刻工夫，一个，两个，三个的头，或东倒着，或西歪着，或向前垂着，或张开嘴朝后仰着，发鼾。①

短暂的火车之旅，将来自四面八方、去往不同目的地的陌生人聚集在一起，使他们获得了"火车乘客"这一临时身份。一般来说，旅行

---

① 张定璜：《路上》，《创造季刊》1924 年第一卷第 4 期。

本身并不是他们开展旅行活动的目的，因而乘火车的这段时间便成为空余的时间。为了消除空余时间的寂寞无聊，或避免相对而坐、目光交接的尴尬，乘客们需要通过交谈来充实旅行时间，同时也便营造出一种"车厢交往"的氛围。他们或共赏车窗外的风景，或讨论年岁和天气，或彼此探问去路，他们的话题和他们的乘客身份一样，也具有临时性，是一种对空余时间的消遣性交谈。而当交谈告一段落，疲乏忽而降临，消遣时间的方式由交谈变为了睡眠。睡眠就像传染病一样，由"一个半老婆婆"的"一段欠呻的声调"开始，迅速传播至整个车厢。

"在许多城市情境中，我们不断地与之不同程度互动的，是那些我们或者知之甚少或者从未见过的人，而这种互动所采取的是转瞬即逝的交往形式。"① 从东京到京都，从大阪到神户，火车线往往以城市作为始末点，城市之间借由火车开辟了交流的通道，创造出"车厢交往"的城市情境。

在乡村铁道上奔驰着的火车，其车厢内和车厢外，空间的属性截然不同，车厢外的自然村落仍然保有传统的熟人社会、宗族社会的交往秩序，而在车厢内，乘客们遵循的却是即时性、偶然性的都市交往法则，这使得驶离站台的火车依旧是都市空间的延伸。因此，即便车厢内的气氛是"有谈有笑"的，这里相聚的仍然只是一批过客，只是因为火车这一特殊的都市空间，使他们获得了一种需要共享的时间经验。一旦交谈的资源被耗尽，疲乏便群体性降临车厢之内，人们各自沉沉睡去，恢复陌生人的状态。

---

① 〔英〕安东尼·吉登斯：《现代性的后果》，田禾译，译林出版社，2011，第70页。

越是在人群聚集的地方，都市人的内心就越感到寂寞孤独。可以发现，旅日文学中不乏像《路上》这样以火车场景为故事开头，引出主人公感伤回忆的情节，这缘于火车空间所创造的一种"短期交往"的都市交往模式，在这种模式中，旅者更能感受到人事的无常、人类情感的捉摸不定。

以"五四"为标志的启蒙时期，有过旅日经历的中国学人是呼求思想解放的重要力量之一，而恋爱观的改新，从始至终都与社会变革的主张相伴随。因此，旅日作家在东京都的感情经历，尤其是电影院中、轨道线上的情感体验，是和他们归国后的社会作为暗暗联系在一起的。借助这些城市新生事物所提供的交际场，旅日者加深了对"人"的认识、对人生的体会，也感受到了与他人的接触方式的变化，这都使得他们逐步具有"现代都市人"的特征。

郁达夫小说《空虚》（1922）中的主人公质夫，从东京郊区乘电车到市内繁华的有乐町逛街，当他坐在一家冰果店内，朝窗外望去的时候，在这热闹的场景中，他却油然而生出一种空虚感，"他觉得这乱杂的热闹，人和人的纠葛、繁华、堕落、男女、物品、和其它的一切东西，都与他完全没有关系的样子"。[1] 这种特异的情感体验，是现代都市居民所独有的。

可以看到，在旅日作家文本和都市生活经验的互动中，呈现某种整体性的情感取向，也即雷蒙·威廉斯所谓一代人、一个群体的"感觉结构"（Structures of Feeling）。这种旅居都市的"感觉结构"，创生于现代娱乐场和交通线，它逐渐瓦解了植根于农耕文明的情感结构和人际关系，再造出与19～20世纪巴黎、伦敦趋同的都市"新感情"。

---

① 郁达夫：《空虚》，《郁达夫小说全编》，浙江文艺出版社，1989，第147页。

第三节　都市的向心力与离心力：旅日作家的 "都市梦" 与 "反都市"

清末民初旅日活动之兴盛，多出于对国富民强的渴求，对人生抱负的践行。青年时代的周氏兄弟、创造社同仁相约赴日，停留海外的时间少则五六年，多则长达十几年、二十年，可以说，"日本梦"构成了他们青春回忆的主要内容。而从旅日作家的活动范围来看，"日本梦"往往又是"都市梦""东京梦"。

现代都市象征了权力、财富和知识，现代人的人生理想往往与对大都市的憧憬联系在一起。因此，"都市梦"是 19～20 世纪欧美文学的一个常见主题，写城市的作家和作品数量较之过去也在不断增多。与此相应的是，20 世纪的中国人也普遍对北京、上海、南京等大城市心怀向往，形成了一种"都市的向心力"。当年轻的中国人漂游海外时，保守而平庸的日本乡下是难以对其形成吸引力的，他们更愿意将东京这样的现代化都市作为人生理想的实践场。

近代新兴的制造业、商业和教育文化机构普遍集中在都市中，相应的，农村成为人才流失之地。有资料显示，从甲午战争到日俄战争的所谓"黄金十年"间，日本乡村人口占总人口的比例从 1894 年的84.36%，下降到 1903 年的 79.06%，而城市人口的增长率却达到了61.74%。① 在这一背景下来到日本的中国人，自然也被裹挟到"从乡村转向城市"的时代潮流中。

---

① 参阅〔美〕富兰克林·H. 金《四千年农夫：中国、朝鲜和日本的永续农业》，程存旺、石嫣译，东方出版社，2011，第 274 页。

陶晶孙的小说《木犀》（1919）曾备受郭沫若的称赞。小说主人公素威生活在九州的乡间，心里却充满对大都市的向往：

> 到底是乡间，一座古庙虽然宽敞，但只呆呆地立着；庙前已通电车，过往的行人也颇不少。
>
> 乡间也应有乡间的风味，而此处又多少兼带了些都会的要素，究竟乡不乡，市不市——乡则大俗，市可冷落了。
>
> ……他难忘的少年时代是在东京过活了的，他是无论如何想留在东京的了。即使不能的时候，也想往京都去，那儿是他所爱慕的一位先生的乡梓。连这一层希望也没有达到，凄凄凉凉地流到九州来，过着漫无目的的生活，这是何等悲惨的呢！①

从东京到京都，又从京都到九州，素威对人生前途的心理期待逐级降低。他对东京的态度是"无论如何想留下"，而京都则等而次之，但最终，他"凄凄凉凉地流到九州"，过的是"何等悲惨"的生活。他人生理想的实现程度，是随着所居城市的大小而改变的，在他心目中，东京是最佳的去处，是全国的中心，其他城市则根据发达程度的高低，按照"中心"到"边缘"的心理区位逐级排列。

尽管身在乡村，乡村人的心仍然朝向城市。这样一种从乡村到中小城市，再到大都市的精神向度，无形中放大了城市与乡村的落差，使人口和各种资源纷纷涌向城市。但在这同时，都市愈加成为空间再生产的场所，成为向乡村进行文化辐射的核心区。从这一角度来看，乡村又逐渐演变为城市，从而缩小了与城市的差距。素威认为"乡间也应有乡

---

① 姜诗元编选《陶晶孙文集》，华夏出版社，2000，第 11 页。

间的风味"，所以"兼带了些都会的要素，究竟乡不乡，市不市"的九州，让他感到厌烦。然而，这种"乡不乡，市不市"的状况，正是在现代都市崛起过程中，必然伴随着的乡村的改变所造成的结果。

从城市规划学、建筑学出发，现代都市征用了传统城市的基本构架，同时赋予其新的内涵和秩序。从这一层面上考量，城市和乡村都还只是被设计、命名的"地点"（Place），而非空间。只有当这些"地点"被注入了人的活动，例如对街道的行走、对街景的观赏，"地点"才被激活为空间。因此，"空间就是一个被实践的地点"。① 当人们怀揣着"都市梦"，为都市的向心力所驱动，行走在乡村与城市之间的"地点"时，所有的乡村都成为都市的辐射物，都面向都市而生长，具有都市空间的属性；而城市也随着乡村的蜕变而消失，转换为都市空间。最终，"乡村与城市"截然二分的模式将不复存在，没有任何的乡村不是都市，所有的"地点"都成为都市空间的一部分。这便是"都市化"一种较为夸张的后果。

但是，如果说"都市梦"是旅日作家群体普遍存在的心理现象，未免有些以点概面。实际上，不少旅日作家恰恰存在着一种"反都市"的情结。

久居城市的作家们，时常向往郊外的风光，因而才有了郭沫若、郁达夫等人关于日本风景的散文名篇。一些文学造诣颇高的作家也并非大都市的熟客，他们获得日本体验的重要场所也包括小城市或乡镇。即便因为学业，他们不得不居留东京，但内心里却日渐生出逃离都市、放逐乡野的愿景。

---

① 〔法〕米歇尔·德·塞托：《日常生活实践 1. 实践的艺术》，方琳琳、黄春柳译，南京大学出版社，2009，第 200 页。

在这方面，鲁迅的都市观可谓典型。官派留学政策为鲁迅选定了落脚点——东京，但鲁迅对此并不满意，都市的嘈杂纷扰、人满为患让他无心学习，他希望逃离都市，避开东京，自我放逐到一个清静、偏僻之地。在他眼里，"东京也无非是这样"，并不能引起太多的兴奋和期待。不仅上野公园为清国留学生所占领的景象令他失望，就连"有几本书买，有时还值得去一转"的中国留学生会馆，也不免有"学跳舞"的杂音干扰。在鲁迅对东京寥寥数笔的描绘中，满是不屑与反感，东京的种种乱象，迫使他考虑"到别的地方去看看"，于是有了去仙台求学的经历。

他详细打听了日本各地招收中国留学生的情况，经过一番比较，最终选择了仙台医学高等专科学校。实际上，在距东京更近一些的千叶、金泽等地，也都设有医学专门学校，但鲁迅偏偏选择了位于本州岛东北地区、位置相对偏僻、人口不过十万的小城仙台，原因何在？根据周作人的回忆，他认为鲁迅这样的选择是因为看厌了东京那些头顶着"富士山"的清国留学生，不愿与之为伍，而仙台尚无中国留学生，[①] 这也是鲁迅看中仙台的唯一理由。[②]

可以说，早年的鲁迅在留学地点的选择上，就和大多数旅日作家区别开来，显示了他内心里"反都市"的情结。他不愿与居住在东京的留学生群体为伍，选择了自我边缘化的求学之路，这一特立独行的做法，为鲁迅一生甘于孤独寂寞、绝不随俗的创作品格埋下了伏笔。

从东京到仙台的途中，鲁迅经过一处叫作"水户"的地方，并特

---

① 不过，当时前往仙台的中国留学生并非只有鲁迅一人，和鲁迅同行的尚有一名叫作"施霖"的学生。

② 参阅周作人《东京与仙台》，张明高、范桥编《周作人散文》第三集，中国广播电视出版社，1992，第513页。

意指出"这是明的遗民朱舜水先生客死的地方"。① 虽然鲁迅对此并未加以带感情色彩的描写或评论，而是几句话带过，但是，如果结合上文对"清国留学生"的讽刺、对"学跳舞"者的反感，再结合下文的"匿名信事件"和"幻灯片事件"来看，就会发现其中暗含的思想上的连贯性。鲁迅和以"灭满兴汉"为口号的光复会关系密切，② 而朱舜水是明末清初时期著名的"反清复明"的思想家，鲁迅在此处提及这一人物，和《藤野先生》中整体上透露出的"排满"意识是一致的。

日本学者驹田信二认为，鲁迅在此特意提到"日暮里"，是别有用意的。实际上，名为"日暮里"的车站是在鲁迅首赴仙台之后才设立的，鲁迅应该是在之后的往返东京和仙台的途中才知晓了这一地名，但鲁迅却将这一记忆提前到首次赶赴仙台的经历中，并称"不知怎地，我到现在还记得这名目"，③ 之所以这样写，是"旨在把他从虽是同胞，却觉疏远的'清国留学生'团体中独自离去，前往陌生的仙台去的那种孤独感、寂寞感通过'日暮里'这一地名流露"。④

一到日本立即剪辫以明志的鲁迅，或许根本不认为自己是"清国留学生"的一员，他主动离开东京，是为了跳出这个保守落后的文化圈，于求学之路上另辟蹊径，他因此成为留日学生群体中的一个异类。而在逃离东京的途中，鲁迅仍然通过途中的见闻强化其"排满"意识，后又在仙台医专遭遇了日本同学的歧视和"幻灯片事件"，最终激化了

---

① 鲁迅：《藤野先生》，《鲁迅全集》第二卷，人民文学出版社，2005，第 313页。

② 鲁迅是否加入过光复会的问题虽有争议，但他与光复会及其成员的关系密切，这是不争的事实。

③ 鲁迅：《藤野先生》，《鲁迅全集》第二卷，人民文学出版社，2005，第 313页。

④ 〔日〕驹田信二：《日暮里和 Nippori》，奚必安、顾长浩译，《国外社会科学》1981 年第 9 期。

这种意识，促成了他的人生转折。在鲁迅眼里，聚集了大批清国留学生的东京，成为"满清"旧势力、旧文化的象征，从东京到水户，再到仙台的旅程，既是一个远离大都市的过程，也是步步投向孤独、远离本民族文化圈的过程。在这里，"排满"和"反都市"的情绪，十分微妙地结合在一起了。

对大都市生活的反感，同样体现在其他一些旅日文学作品中。成仿吾唯一的留日小说《一个流浪人的新年》（1921）书写了异国流浪者的都市体验。旅者的孤独感、对都市生活的厌倦感，构成了小说的主调：

> 市内的空气，浓得差不多连呼吸都很困难。他只任那人的潮流把他流去。那一家一家的装饰，和那陈列台上的物品，对他好象没有什么引力的一般。这不是因为他的感受力不灵敏，他觉得去年的冬天，好象就是昨天的事情一样，他们也曾把这些市街，红红绿绿的装饰了一遍，没有几天，又把他都撤了。他到如今还不知道为的什么缘故。所以这些装饰，都好象前几天见过的东西；也唤不起他的好奇心，也没有什么奇怪。
>
> 他不解他们为的过一个年，何以就忙到这般田地。那街上走路的人，睁着两只小眼，都好象到那里去抢饭吃的饥民一样。无数的汽车，野兽一般的，狂号怒吼，跑去跑来，光景惊心得很。电车的声响，管理汽车的怪声，脚踏车的铃子，和人的呼号。喧扰得更不可耐。但是他只低着头往前走，倒象聋子一般；好象这些声音，在地球上互相消杀，他反听不见什么声音。①

---

① 成仿吾：《一个流浪人的新年》，《成仿吾文集》，山东大学出版社，1985，第316～317页。

城市中的空气，如何会比乡村更浓，浓得"连呼吸都很困难"？实际上，浓得逼人的空气，是一种生存空间被压缩的经验。"他"被大街上涌动的人潮推来挤去，几乎透不过气来。尽管周围有那么多的人，有纷繁芜杂、一家又一家的装饰品和陈列物，但他仍然是一位孤独的异乡人，在都市里找寻不到属于自己的位置，都市的种种繁华景象似乎也与他无关。"他"理解不了周围人们的行为，"不解他们为的过一个年，何以就忙到这般田地"，"他"与都市新年的喜庆氛围格格不入，虽然身在都市，内心却已缺席，飞离到都市之外。

因为生存空间的挤压和城市景观的重复性，旅者的时间感也被压缩了，变得无聊而乏味。去年的冬天，在"他"看来就好像昨天一样，街边商店里红红绿绿的新陈列品，就像前几天才见过的东西，唤不起他的好奇心。因此，"他"在都市中迷失了属于自己的时间，被迫卷入年复一年的复制性生活模式，这使他厌倦了都市的时间法则，产生了逃离都市的冲动。

在郁达夫等创造社作家笔下，这种"零余者"的人物形象屡见不鲜。作为漂泊异乡的弱国子民，旅日者在受到冷落、歧视，或对异域生活感到不适之时，很容易产生思乡之情。可以说，是异域文化的隔阂促进了旅者思乡之情的产生，但同时，旅者又以"思乡"来夸大了文化隔阂感，不断确认着自己作为"异乡人""流浪者"的身份。在这之中，现代都市生活的标准化、单调化、私人化，都促进了旅者作为"多余人"的心理暗示，而就连一些代表了现代文明的事物，也都那么面目可憎。于是，汽车变成了狂号怒吼的野兽，电车和脚踏车等发出的城市噪音让"他"难以忍受，"他"只得装作聋子，行尸走肉一般在大街上迈步，就好像整座城市都在与"他"作对，试图将"他"从都市的人流中排挤出去。

青年时代，在日本度过长达 11 年留学生涯的成仿吾，一生中却极少谈及自己的这段经历。关东大地震后，他写有一篇满怀幸灾乐祸之意的散文《东京》（1923），除此以外，涉及日本的作品就只有这一篇短篇小说而已。就是这样一篇孤品，虽以东京为故事场景，却也几乎没有什么日本味，倘若将文中的都市置换为巴黎或纽约，似乎也不影响行文。作者仿佛有意在写作中回避日本，这固然和他在日本的不堪经历有关，但同时也书写出他在东京获得的一种现代早期的"全球化"（Globalization）[1] 体验。也就是说，小说既可视为一篇留日文学作品，也可被看作没有具体的描写地点、旨在书写超越了地域文化局限的现代都市小说。因而可以说，成仿吾在小说中抒发着个人内心的苦闷，展示了海外生活的无聊单调，从而对东京都的一切进行了彻底否定，但这种否定又不仅仅针对东京，而更是对包括欧美都市在内的所有现代都市的否定。

从明治到大正时代的经济发展过程中，随着农业立国思想的进一步瓦解，[2] 日本的工业体系愈加完善，城市化水平也随之大幅度提高。成仿吾所描写的 1921 年前后的东京，正处于经济状况空前活跃、人口数量快速增长的时期。当时东京市区的人口，已经从明治初期的 50 万人左右，增长到 200 余万人，堪称世界级的大城市，[3] 也是东亚地区除上

---

[1] "全球化"是 1980 年代以后时兴的理论术语。对于"全球化"的定义虽未达成共识，但将 1870～1914 年间的全球贸易、文化流动视为近现代"第一次全球化"过程，是较为通行的提法。

[2] 在 1868～1912 年的明治时代，尽管日本是日俄战争的战胜国，但因战争消耗了大量的国力资源，工业生产进一步衰退，社会危机日趋严重。因此，虽然西方科技和思想大量输入日本，但其工业生产值仍长期落后于农业生产值，这种状况到了"一战"以后方才发生了扭转，而大正时代的日本政府也将政策关注点从农村转向城市。

[3] 人口增长史资料显示，1920 年东京都包括郊区在内的人口有 360 万人左右，超过巴黎，位列纽约、伦敦、柏林和芝加哥之后。到 1930 年代，战前东京的人口数上升为世界第二，仅次于纽约。

海以外，最称得上是"大都会"（Metropolis）的城市。大都会的出现，不仅象征着日本国整体的经济、文化水平进入一个崭新的阶段，也意味着日本城市与欧美现代城市的发展有着步调上的一致性。因而旅日文学中对东京都的描写，就与欧美文学中对巴黎、伦敦的描写具有共通性。

通过东京这样的大都会的建立，日本城市与欧美现代城市取得了极为相似的品格，这种品格有积极的一面，如社会资源的有效利用、劳动生产率的提高、商品文化的繁荣等，但也存在着现代都市的通病，如交通事故频繁、噪音污染和城市卫生、犯罪等问题。因此，无论是"都市梦"还是"反都市"，无论是都市迷恋还是都市批判，旅日作家都以外来者的身份对日本都市进行了客观观察，他们在作品中流露出的对于东京的各种不同态度，也都可被视为跨越了东方与西方、针对现代都市的文化态度。

第四节 日本都市：作为"杂交文化"和"第三空间"的场所

现代都市的新景观触发了旅日中国人的民族情绪，这种情绪是经过"西洋景"的挪移后，在日本风土的背景下、家国历史记忆的复现中产生的；新的娱乐地和交通线塑造了旅日者的情感表达和人际交往方式，这源于西洋技术与东洋"人情"的结合；而旅日作家心理层面的对都市的"向心力"和"离心力"，使得"都市梦"和"都市病"的现象同时发生，这种截然不同的都市文化观，反映了全球范围内现代都市的共同特征，从而将东京等日本城市带入了"世界城市"的谱系之中。

综上所述，旅日作家眼中的日本都市，可谓混合了"西洋景"与

"东洋风"的"杂交文化"（日文为"杂种文化"，加藤周一语）场所，它不断生成具有多重文化特征的城市空间，塑造出"都市人"的性格和情感，并与异国的现代都市取得相似的品格。

现代都市其实是广义的博物馆，各种异质文化都交错、杂陈于此。旅日作家对于民族、国家的复杂认识，对于区域文化和世界潮流的多重感受，很大程度上建立于对现代都市的体验。明治末期到大正初期的东京，在存续日本文化、中国文化的同时，也正大量引进欧美文化的方方面面，表现为和式木屋与欧式建筑相邻、人力车与电气机车同行、私塾教育与西式学校并存、日式礼仪与"鹿鸣馆"式的世俗人情融合等，呈现"杂交文化"的特征。且看刘思慕对抗战前夕东京的描绘：

> 一踏到日本，一个现代的 Mammon（财神）灿烂的黄金像和武士道的朽腐的土偶，便同时呈现在我的面前：地下驰着高速度的电车，街上还响着清脆的"下驮"（木屐）声；"庆大""早大"野球赛与野牛似的双叶山的"相扑"，同样地卖座和颠倒众生，"桃色事件"与"切腹"（武士的剖腹自杀）和"心中"（情死）一样的流行；到了黄昏电灯才亮的时候，街上收音机的流行曲和白衣冠的日莲宗僧侣的鼓声，同时响着，法兰西风的"洋料理"（西餐）与原始日本的食品"刺身"（生鱼片），都是上流的日本人的嗜好品。这是矛盾！这些矛盾，构成了日本——真正的日本。①

这种"矛盾"的文化状态，正是由东西方文化的多元杂交而形成

---

① 思慕：《野菊集》，上海文艺出版社，1984，第 79 页。

的。因此，"杂交文化论"试图描述出"东方"与"西方"相交碰、融合的复杂情形，它对日本文化特征的归纳是确切的，呈现了日本近代都市的文化状况。不过，问题在于，"杂交文化论"是否能全面、透彻地解释日本都市的近代化呢？在 19 世纪下半叶至 20 世纪初的东亚地区，所谓"杂交文化"的特征，是否仅仅出现在日本？

实际上，较之日本，中国城市的现代化进程虽稍嫌缓慢，但并不意味着晚清时期的北京、上海等城市鲜有外来文化的踪迹。日俄战争结束后不久的 1906 年，德富苏峰①曾游历中国，历时两个月零十天。在他眼中，当时的北京其实是十分西洋化的地方："那道路整修的情景就是东京也比不上，地上铺满了碎石子，然后用蒸汽式压路机把上面压平，并且一直延伸到宽阔的大路上。……如果去拜访中国的大官们，在他们那里几乎看不到纯粹中国式的客厅。因为他们用的都是西洋式的椅子、桌子或者沙发等。喝的酒是三鞭酒，吃的点心是饼干，行礼也是握手礼。而且中国商店里的东西，也在义和团事件以后一下子变了，里面摆的都是由中国人制造的西洋杂货类的东西，而且在不断地增加。"②

德富苏峰在中国拜访的多为权势阶层的家庭，其见闻或许不能反映完整的北京面貌，但从 1920 年代谷崎润一郎、芥川龙之介等人的中国游记中，也可见到类似的记载。

而相较于北京，更常被拿来与东京作对比的中国城市是上海。旅日期间，蒋光慈曾计划创作短篇小说《东京与上海》（未完成），为此所

①　德富苏峰（1863～1957），原名德富猪一郎，号菅正敬、顽苏等。明治至昭和时期著名历史学家、评论家和新闻记者。
②　〔日〕德富苏峰：《中国漫游记 七十八日游记》，刘红译，中华书局，2008，第 401～402 页。

拟的开头是："为上海的生活所苦恼了的人们，总是渴慕着东京，而为东京的生活所困迫了的人们，又总是想念着上海……两个同为东方的大城，同是一样地庞大，一样地繁华……但是，谁个知道两个同是一样地黑暗呢？……"① 蒋光慈将东京与上海并列起来，认为它们"同为东方的大城，同是一样地庞大，一样地繁华"，这表明，至少在部分中国人眼里，1930 年代初上海的城市规模和发达程度，已经足以与东京相匹敌。而蒋光慈认为二者"同是一样地黑暗"，一语道出两座城市共有的现代都市的病症。闻一多曾将上海与日本都市并列，斥之为"受了西方的毒"，而日本都市较之上海"受毒受的更彻底一点"，② 也表达了类似的看法。

因此可以知道，所谓"杂交文化"的现象，未必不曾出现于中国城市。在近代东亚地区，不仅东京被"西洋化"，北京、上海也常被视为西化的城市。于是可以推知，近现代，北京、上海与东京最为相似之处，并不在于其传统的城市构造或市井风俗。在中日之间交互游访的旅行者们眼中，那些将北京、上海与东京联结起来的纽带，那些在东亚文化圈内支撑起都市文化想象的共同之物，并非是以儒家文化为底蕴的古代建筑和土石路，而是移植了"西洋景"的街道和区域，是以西洋技术和城市规划法为建设基础的现代事物。

正是这些现代的街道和事物，构成了旅日作家都市生活的主要内容。也正是在这些异文化场所中，东京的一切景观、人物都带上了"世界"的色彩。旅日作家眼中的东京不再仅仅是岛国日本之一隅，而是"地方"、"国家"与"世界"的叠合物。中国人在东京的情感体验，就有着超越

---

① 蒋光慈：《蒋光慈文集》第二卷，上海文艺出版社，1983，第457页。
② 闻一多：《〈女神〉之地方色彩》，王训昭编《郭沫若研究资料》，中国社会科学出版社，1986，第197页。

"东洋"与"西洋"，将地方、国家和世界整合在一起的潜在可能性。

且看一位留日者对东京生活的回忆：

> 夏夜里微风摇着软绿的洋槐树，树底下浮动着银座街头万千点的灯火；不忍池畔秋来成群结队的美术展览会；深更里明月照着的从丸之内音乐会场出来的归路；学校内两三知己随时随地见面时肆无忌惮的倾心布腹的辩论，辩论后大家凑起钱来放量的拼命的吃喝……①

岁月经久，旅者对昔日生活的回忆终将化为一些零碎的片段。在这段文字中，东京留给旅日者的印象，由银座街的万千灯火、成群结队参观美术展览会、丸之内音乐会的散场曲和大学里自由辩论的场景组成。这样的生活情景，已经与巴黎的香榭丽舍大街、纽约的曼哈顿甚或上海的十里洋场无异。在这里，商品（银座街）、艺术（美术展览会和音乐会）和教育（自由辩论）等各方面的生活片段都失去了"地方"色彩，甚至超越了国界，带有全球化的特征。

近代化以来的东京，逐步超越了日本国家文化的局限，主动与世界尤其是欧美文化相亲，而到了大正末期至昭和初期，因为大规模的城市改造，东京已经称得上是一座"世界之都"。与此同时，以上海为代表的中国城市也正朝着"西洋化"的方向迈进，在这一背景下，怀着"学西"的目的，由上海等地出发来到东京的旅日学人们，就获得了一种幻象式的都市体验。首先，他们所居住的现代都市空间是在日本传统城市的原生地点上被生产出来的，可谓日本文化再生产的结

---

① 张定璜：《路上》，《创造季刊》1924年第一卷第四期。

果；其次，这一都市空间在很大程度上源于对欧美都市文化的复制、挪移，因而又可谓西方文化再创造的结果；最后，最为奇妙的是，由于许多中国人在赴日之前，已经经历过"上海经验"之类的现代都市经验，故而能够见怪不怪地面对东京的繁华发达，并迅速融入由商业街和展览会组成的都市生活。也正是因为这一点，他们对东京的都市空间感，就与日本人、欧美人区别开来，具有"第三空间"（the Thirdspace）① 的特征。

作为"第三空间"的日本都市的建立，来自近代以来的城市改造活动。日本城市曾深受中国城市文化影响。例如平安京（京都）的建立，最初起源于公元 8 世纪的桓武天皇迁都，出于对汉唐文化的推崇，平安京的城市建设是以长安、洛阳为摹本的，其后不断接受唐、宋、元、明历代建筑文化的影响。但是，到了漫长的江户时代，闭关锁国的政策却在一定程度上阻断了汉文化的继续输入，因此，在 17～19 世纪的两三百年间，虽然北京与江户（东京）同为东亚地区的核心城市，② 是权力和社会资源集中之地，但江户的城市形态却和北京有着较为明显的差异。③ 在江户时代，以"城下町"④ 为特色的江户城，是围绕领主城这一密闭的中心，无规则地向外部发展的城市。如果说，有着高大城墙的

---

① 这里所说的"第三空间"，借用了爱德华·索亚和霍米·巴巴所创的概念，但并不具有与之相同的内涵。

② 江户时代的日本都城仍然是天皇所居的京都，但由于行政权力掌控在德川将军手中，使得京都只是一座象征性的首府。

③ 自元代起，北京城就确立了以宫城为中心，以拥有 9～11 个出入口的高大城墙为"内外"边界的城市布局（元大都时期城门数量为 11 个，明代北京城整体南移，内城城门缩减为 9 个），历代的城市建设都是在这一基础框架上开展的。因此，北京是一座拥有"边界"意识的城市，这和中世纪欧洲的"围郭城市"有着相似之处。

④ 城下町，是起源于中世日本、兴盛于江户时代的建城方式，以诸侯领主居住的城楼为中心，武士与工商业者围绕居住其城下，形成集市。

中国、欧洲古城，都是"意识到'边界'而从边界向内建立向心秩序的城市"，那么江户城则是一座典型的"没有意识到'边界'而向外离心地不规则扩展"① 的城市。因此，由于"城下町"模式的存在，使得近世日本的城市空间秩序与中国、欧洲截然不同，体现出"无秩序的秩序"特征（见图 3－3、图 3－4：欧洲、日本古代城市模式比较②）。

图 3－3 欧洲中世纪围郭城市　　　图 3－4 日本的城下町

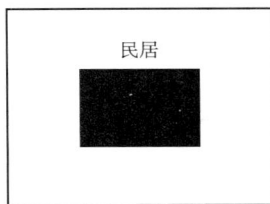

然而有意思的是，也正是由于江户城没有城墙、缺乏"边界"意识的特点，明治维新以后的东京更利于吸纳欧洲近现代城市的发展经验，尤其是细节规划的经验，因此获得了新的城市文化生长点，顺利地从传统意义上的"城邑"逐步转生为现代"都市"，使"城下町"模式几无阻拦地向"社区"模式发展。

列斐伏尔（Lefebvre）对"城邑"（Ville）和"都市"（Urbain）的概念进行了区分，在他看来，城邑是农业时代的人类创造物，而都市则为工业时代的产物。有趣的是，列斐伏尔并不认为都市的构造脱胎于城邑，恰恰相反，都市是在城邑分化、瓦解的过程中，通过"非城邑"（Non－ville）的扩张，逐步表现出来的。工业的建立和增长使得城邑的

---

① 〔日〕芦原义信：《街道的美学》，尹培桐译，百花文艺出版社，2006，第23页。

② 参阅〔日〕芦原义信《街道的美学》，尹培桐译，百花文艺出版社，2006，第27页。

传统特征分化、消失，"城邑－农村"二元对立的模式被都市的普遍化所取代。于是，"整个社会都变成了都市"，① 都市所建立的崭新的生产关系，辐射到乡村乃至全国各地。

列斐伏尔的城市理论更多来自欧洲经验，因此，"城邑"的概念未必完全适用于德川时代的日本城市。但是，由于日本城市的近代化是在欧洲经验的催动中完成的，因而日本的近代都市，尤其是东京都的建立，就与欧洲都市的建立获得了极大的同质性。和欧洲都市的建立一样，日本都市的近代化也是一个分化、瓦解的过程。那些在明治以前的数百年间，基于传统理念和风俗习惯而逐渐形成的街道和建筑，在"西洋化"的观念引导下，借助大火灾和大地震的作用，于短短的数十年时间内迅速重生，使近世城市向近代都市转变。

都市改造的过程，也是都市人精神结构重组的过程，是都市文学书写对象更新的过程。对于旅日文学来说，都市改造带来了都市新景观的描写、对街道和家庭的再认识以及时间意识的改变等。

首先，都市景观描写的对象和方式出现了明显的变化。例如，关东大地震对东京都的毁灭性打击，导致在 1923 年前后的文学作品中，关于东京的描写出现了较为明显的分野：地震带来了数十万人的伤亡，却给都市的重生提供了契机，由于大地震之后东京城区的大规模改造，使其"都市化"的特征更为显著，近代东京的正式成立也借此迈出最为重要的一步。② 于是在旅日文学作品中可以看到，1923 年以

---

① 〔法〕亨利·勒菲弗：《空间与政治》（第二版），李春译，上海人民出版社，2008，第 68 页。

② 在 20 世纪东京的发展史上，有两次大规模破坏，给东京带来了毁灭性灾难，但同时又对东京的现代化起到了脱胎换骨的作用，一是 1923 年的关东大地震，二是 1945 年的东京大轰炸。

前的东京形象，尽管已经初现"大都会"的气象，但仍然不乏旧式木质结构建筑、[①] "一下雨就泥泞不堪"的道路和电车、人力车相混杂的街景。而在地震数年之后，东京则商业勃兴、人流涌动，呈现一派繁华景象。

近现代东亚地区城市的改造，影响深远的主要有开放城门、修直街道和"桥"改"路"等几种方式。而对于日本城市来说，"桥"改"路"对城市结构、运转方式的改变或许更大。近世日本城市中水网密布、船运发达，为了便于商船的通过，当时的桥多修建为拱形。然而，近代以来的桥的改造和新建，开始向着有利于电车等陆上交通的方向发展，许多拱形桥的桥面被改造为平坦的道路，以便电车通行。这说明，在江户时代的运输方式中占据了重要地位的水运，在明治时代逐渐让位于陆运（见图 3-5、图 3-6：日本近代都市的桥梁改造）。

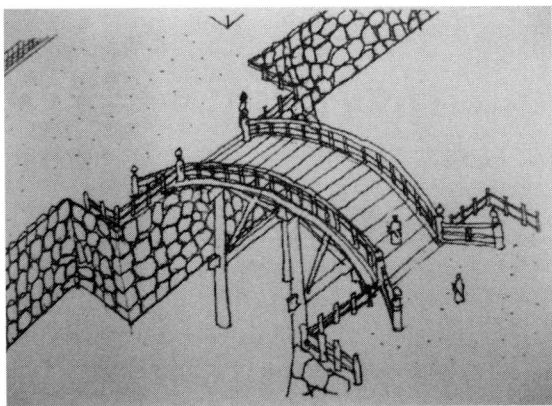

图 3-5　日本的城下町

---

① 由于当时的民居以木结构建筑为主，所以经常发生火灾。根据史料记载，近代以来的东京火灾频仍，银座、吉原等地都发生过毁灭性大火，而 1923 年关东大地震死亡的 7.1 万人中，就有约 5.6 万人死于地震引起的火灾。这在《留东外史》等旅日文学中，可见零星的记述。

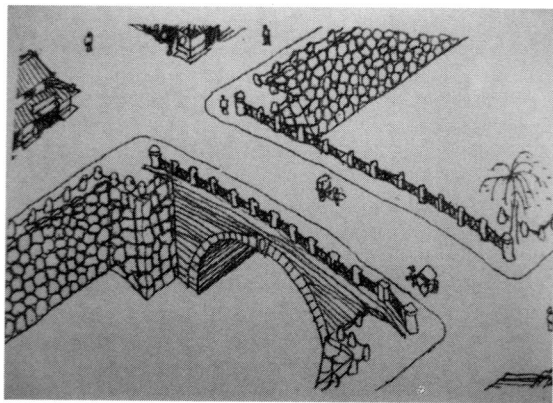

图 3 - 6　日本的城下町

这一改造过程，直接反映在日本文学的变化中。例如在江户文学家井原西鹤、曲亭马琴等人的俗世小说中，多出现"船"和"桥"的场景，描写歌船中的卖笑妇，或桥上恋人的相会等。但在明治末期，唯美派作家永井荷风的"花柳文学"中，更多的是对东京错综复杂的花街柳巷的描写。相似的，在旅日作家笔下，原本河网密布的东京却俨然是一座典型的陆路城市：《留东外史》几乎没有发生在河船或木桥上的场景，而电车通勤、街边散步的情形则寻常可见；周作人的《怀东京》（1936）和郁达夫的《日本的文化生活》等篇，提到了公共交通、学校、图书馆、观光区、澡堂、商业街等五花八门的都市生活场景，却独独没有对船运或日本木桥的介绍。对比同时代的中国游记可以发现，在1912 年至"二战"前夕，东京、南京虽同为政治首府，又都属建城数百年以上的文化古都，但南京显然保留了更多的河道风景，这反映在佐藤春夫的《秦淮画舫纳凉记》（1927），或朱自清、俞平伯的《桨声灯影里的秦淮河》（1923）等游记散文中。

其次，街道的改造对传统的"社交"和"家庭"观念形成了冲击。明治末期到大正前期，在仍然以"町"为城市区域单位的东京，留日中国人大多聚居于神田、牛込、本乡、麹町、赤坂、四谷、小石川等处，形成特殊的城市区域，神田甚至被认为是"在外国的中国"。① 这种居住状况使得留日中国人的人际交往对象仍然以本国人为主，和日本人的接触机会相对较少。而由于合租"下宿屋"的留学生多共同雇用日本佣人做饭洗衣，这些教育程度低下、言语举止粗鄙的佣人就成为他们认识日本人的主要对象，使他们获得了极为片面的日本观。

于是可以看到，在《留东外史》这样的"知日"小说中，尽管对当时东京的街道、商铺、公园等具体事物的描写颇为精确详尽，对明治天皇驾崩、孙中山访日等历史事件的记录也十分真实可信，但在对日本人形象的塑造上，《留东外史》却可谓失败之作。小说中出现的众多日本人，女子个个卑贱淫荡，男子则粗俗无礼，没能全面而真实地反映出日本人的形象，这种明显的文化误读，与作者不肖生留日时期所居环境不无相关。随着城市街道的改造、城市功能区的重新划分，东京大地震之后的留日中国人更多散居于都市的各个区域，获得了近距离接触各色日本人的机会，因而在1930年前后，巴金、庐隐、凌叔华等人的旅日小说和游记散文中，日本人的形象显得更为丰满真切，突破了清末民初旅日文学的局限。

从"町"到"社区"的改变，重塑了旅日中国人的社交方式，也冲击着传统意义上的"家庭"观念。丰子恺散文《东京某晚的事》（1925），写作者与四五个中国人相约到神保町散步，偶遇一名日本老太婆。老人因搬运一块沉重物品感到吃力，于是向他们请求帮助。但作

---

① 参阅黄福庆《清末留日学生》，中央研究院近代史研究所专刊（34），1975，第113～114页。

者的朋友是带着轻快的心情出门散步的，不情愿帮她搬运重物，故回报了她两个"不高兴"。作者称，每次回忆起这件事情，总觉得很有些意味可寻："我从来不曾从素不相识的路人受到这样唐突的要求。那老太婆的话，似乎应该用在家庭里或学校里，决不是在路上可以听到的。这是关系深切而亲爱的小团体中的人们之间所有的话，不适用于'社会'或'世界'的大团体中的所谓'陌路人'之间。这老太婆误把陌路当作家庭了。"① 在这之中，已经出现了传统的家庭观念与现代街道之间的冲突。

欧洲城市街道、广场的历史最早可上溯至古希腊城邦，从一开始就与私人生活相分离，具有公共性特征，欧洲城市的街道往往同时也是广场，是供人们自由往来、交际言谈的场所。而欧洲的"家庭"则与城邦相对，它以命令乃至暴力的方式，依靠家长专制来维持运转，这和整个城邦对待外邦人的方式是一致的。因此，欧洲城市的城墙和家庭内部的房门门锁，显示了欧洲人的边界意识之所在，他们以个人主义和有距离的社交共同组成了公共交往方式。②

与之不同的是，在传统的"城下町"模式中，日本城市的街道是缺乏公共价值的，不具有"广场"的特征。对于日本人来说，取代了欧洲城市的城墙和门锁的，或许是日式房屋的大门、围墙和篱笆。欧洲城市中的"家庭"，似乎更适用于整个日本城市，这也就是阿伦特所说的"亚洲的野蛮人国家的生活方式"。③ 一方面，不仅日本城市缺乏边

---

① 丰子恺：《东京某晚的事》，丰陈宝、丰一吟编《丰子恺散文全编》上，浙江文艺出版社，1992，第 128 页。

② 有关"门锁"与"城墙"的分析，参阅〔日〕和辻哲郎《风土》，陈力卫译，商务印书馆，2006，第 127～128 页。

③ 〔美〕汉娜·阿伦特：《人的境况》，王寅丽译，上海人民出版社，2009，第 16 页。

界意识，由于岛国四面环海的地理特征，整个日本都是缺乏边界意识的地域。另一方面，较之欧洲家庭，日本家庭的"内"与"外"之分更为明晰：家庭是以血缘或婚姻关系组成的，在家庭之内，不需要欧洲房间那样的门锁相隔，取而代之的是可以随意拉开的隔扇和拉门；而在家庭之外，街道上行走的陌路人将很难与己建立起亲密的关系。当进入日式房屋时，"外人"总是需要通过脱鞋、进入玄关等仪式性行动来获得"内"与"外"的连接的。①

因此，"内"的家庭观念，使丰子恺感到老太婆的请求过于唐突，认为她的话"是关系深切而亲爱的小团体中的人们之间"的话，而"决不是在路上可以听到的"，他根据家庭内部关系和外部关系的对比，认为"这老太婆误把陌路当作家庭了"。

但实际上，老太婆因负重吃力而不得不向陌路人发出请求，这一情形完全符合现代都市生活对人际交往方式的想象和要求。与乡村生活中的熟人社会相比，理想中的都市生活意味着有更多的陌生人相聚在一起，在街道、广场、公园等公共场所不期而遇，通过言谈相互了解，通过无功利的互助共建"好生活"的社区环境。可以看到，在进行了街道改造之后的东京，不少曲折隐晦的泥泞小巷变为视野开阔的大道和广场，更加有利于散步和集会。在欧洲城市理念中发展起来的现代街道，为陌路人的公共交往提供了绝佳的场所，为"社区"取代"町"建立了基础。从这一意义上讲，老太婆的请求并不唐突，她和丰子恺等人的冲突，反映了现代都市设计、街道规划与传统人际交往观念之间的矛盾。

最后，都市区域的改造设计也使城居者的时间感发生了改变。在崔

① 甚至在日语中，"家"和"内"共用相同的假名发音，而日语也称妻子为"家内"（语感近似于汉语的"内人"），这些都反映了日本人内外分明的家庭认识。

万秋的小说《情杀》（1933）中，东京都都市生活的时间感已经呈现某些现代特征：

> 从大井到品川时，只见两边的月台上黑压压的挤满了人。不错，现在正是早上七点多钟，到写字间去办公的，到学校去上课的，都要在这时乘车。女学生里面穿洋装的，剪头发的，显然是增多了，他觉得东京的事事物物，都是一天一天的摩登化。[1]

"早上七点多"是一个被时钟、被标准化时间制度规定出来的刻度。这个时间点如同下了一道召集令，将黑压压的人群聚集到电车车站里，等待同一辆电车的到来，以同样的步态乘车入城。而所谓"摩登化"，其实也包括这种整齐划一的集体行为成为一种常态，这样，都市人对时间的感受也将因此而日趋精细。

现代日本人对时间精细度的敏感，来自电车等日常事物的时间要求和日复一日的规训。但追究入里，电车对时间精度的追求，源自近代城市的区域规划。在成仿吾小说的结尾处，出现了对"电车往返"生活的描写：

> 他仍和从前一个样，清早坐电车到市内去，晚上又从那电车的终点，一步一步的走回他住的地方；休息了一晚又到市内去，晚上又跑回来。一天去了，两天去了，一个月去了，两个月去了，这样的生活还要过几多时，那只有上帝知道。[2]

---

[1] 崔万秋：《新路》，四社出版部，1933，第 326 页。

[2] 成仿吾：《一个流浪人的新年》，《成仿吾文集》，山东大学出版社，1985，第 320 页。

如前文所述，以电车为代表的现代都市交通，塑造了一种新的时空组合模式，即工作区、商业区与居住区的分离，因此而创造出新的城市生活模式，即"郊外生活"。在近代城市的改造过程中，大量农田被侵占，逐步改造为居住用地，为"郊区"的形成预留了空间。由于电车线路的四通八达、价格便宜，以及偏僻地区环境的幽静、房屋租金的低廉，大量工薪阶层（也包括一些留学生）开始考虑离开城市中心，到相对更远的地区居住。当一定数量的居住者长期逗留在城市边缘，逐渐形成不同于工商业中心的"居住文化"时，所谓"郊区"这一新的空间概念就正式诞生了，"郊外生活"也随之出现。

"郊外生活"的内容并不仅仅是"居住于郊区"，最重要的是，它必须凭借发达的交通线将郊区和市内、"居住"与"工作"连接起来，并对电车通勤的时间制度提出了要求。这样，可以精确到分秒的电车扮演了这样的角色，它使得"郊外生活"真正成为可能，它的出站和到站班次与一个个精准的时间点相对应，仿佛与乘客形成了不成文的约定，从而也就深刻影响了乘客们的时间意识。

无论是都市新景观的建立、对街道和家庭的再认识，还是时间意识的标准化、精细化，近代日本城市改造所带来的上述种种效应，都为旅日作家的东西方文化观提供了新的可能性。在以东京都为代表的"杂交文化"场所中，旅日作家对都市的观感来自东西方文化的多重视角，这使得他们所身居的都市空间不仅超越了日本这个"第一重空间"，也对欧洲这个"第二重空间"进行了想象性的再创造，从而形成了一种"第三空间"的都市体验。也正是因为如此，旅日作家的都市文化经历才获得了在东方与西方"之间"的内涵。

在东方与西方之间的"第三空间"，意味着对东方城市与西方城市的双重超越。在"第三空间"中生活着的人们，开始从带有"全球化"

特征的、崭新的视角去观察都市风景，他们的公共交往方式和家庭伦理观都在一定程度上摆脱了传统的价值体系，他们也遵从更适宜于现代生活节奏的时间制度。因此，作为"第三空间"的日本都市为旅日作家打开了一扇窥望世界之门，开辟了一条迈向现代社会的通途。

| 第四章 |

旅日作家日常生活的现代性经验

近代以来，中国人与异文化的交碰大体可分两种情况。第一种情况是被动的受容——这一点自鸦片战争始，一直持续至今，成为近代中国文化交流史的一条主线。如欲了解在这一过程中，异文化是如何进入中国、影响中国的，则相对便利，因为有大量的文献和史料可供研究者考察。而第二种情况则是主动摄取，即通过留学、翻译、游访等方式来体验、吸纳异文化。由于海外资料的流散状况和对研究者素质的较高要求，这方面的研究则相对困难。就旅日作家群体来说，因为他们中的大多数是在尚未成名的青年时代赴日的，他们的海外经历并不为人所关注；"二战"导致了中日文化交流的隔绝，一定程度上损伤了历史资料的存留；再加上许多旅日作家出于各种原因，不愿过多回忆自己的在日经历，① 以上种种，都加剧了史料与研究者问题意识之间的矛盾。

于是可以看到，一些著述着力挖掘可资利用的史料，或对旅日作

---

① 许多作家虽然有过长期旅日的经历，且这段经历对其整个人生有着重要影响，但奇怪的是，他们在回忆录或自传中却较少或刻意回避谈及这段经历，如郭沫若、成仿吾等。这一现象的原因是多方面的，或因抗战带来的对日本的否定，或因从未消失过的对日本文化的蔑视心理，或因旅日时期的不堪遭遇导致拒绝回忆等。

家的外文书籍阅读史详加调查（例如对郭沫若留日时期的欧美诗歌的阅读研究），或对旅日学人译介的外文经典做一番系统的收集和整理（例如鲁迅留日时期的翻译作品研究），已颇有成果，但行文中难免多有主观推测之处，也很容易导致研究视角的狭隘。实际上，无论是对于旅日还是旅欧中国人来说，那些让他们能够先于其他国人而"开眼看世界"，并激发了现代情感的东西，绝不仅仅是以高校教育、经典书籍为依托的"知识"。在有限的史料中可以看到，旅日者的海外日常生活同样支撑了他们的思想、情感的构建，成为其文化观的重要组成部分。

"文化"（Culture）一词，源于"Cultivate"，含有"耕作""对自然的照料"之义。雷蒙·威廉斯（Raymond Williams）考察了 18～19世纪一些重要的英语词语所发生的语义变化，并将"文化"视为其中最引人注目的词语。在他看来，19 世纪的"文化"，已经从过去的"对自然成长的关照"之义，更新为前所未有的三重含义，[①] 而在 19世纪末，则产生出第四种新的含义，即"一种整体性的生活方式，它包括物质、智性、精神等各个层面"。[②] 从中可以看出，在近现代，"生活"（Life）得到了空前的关注，尤其是包含了物质内容的"俗世生活"（Secular Life），逐渐被纳入文化史和社会学的考察范围。并且，与工业时代来临之前的生活状况相比，19 世纪末的"俗世生活"日益呈现标准化、模式化、单调化等现代性特征，这时的"俗世生活"，经常与工厂的劳动环境相联系，表现为一种"日常的生活"（Daily Life）。

---

① 这三重含义分别是："精神的普遍状态或习惯"；"整个社会智性发展的普遍状态"；"艺术的一般状况"。

② Raymond Williams, *Culture and Society：1780－1950*, New York：Columbia University Press, 1960, p. xiv.

　　以清末留日潮为开端的旅日活动，发生于近代工业体系初步建立的明治末期，当时日本的社会生活状态已呈现诸多现代特征，尤其在城市之中，"日常生活"对于旅居者思想、情感和性格的塑造形成了潜移默化的影响。因此，对于旅日作家在日常生活中文化际遇的考察，是与研究思想传播史同样重要的。甚至可以说，"日常生活"也应该作为东亚思想史、文化交流史研究的必要组成部分。

　　周作人回忆自己的留学生涯时认为，总体来看，当时留学者选择日本的动机，大多出于这样的看法，即认为日本是亚洲国家中最先学会了西方文明的国家，最有借鉴意义，但同时，也有不少人对此持不同观点。周作人自己就认为，模拟西方的东西未见得有多么重要，倒是日本特殊的生活习惯更值得考察。因此，他多次在散文、杂文中表达对日本文化的热爱之情，甚至将日本视为"第二故乡"。而所谓"日本文化"的内涵，除了日本的文学艺术以外，最重要的部分，也是最吸引周作人的地方，便是日式的房屋，以生鱼、清汤为代表的饮食，以及传统服饰、器皿等一系列日常事物。并且在他看来，日常事物的重要性，未必低于文学艺术，衣、食、住、行对地域文化的代表性，不见得弱于那些被视为经典的文献。①

　　日常事物是旅居者每日所见、所用之物，较之文学艺术，对旅者的

---

①　梁实秋在《自信力与夸大狂》一文中谈到中西文化的优劣，认为虽然中国文化也有优于西洋之处，但这一部分却少得可怜，至多也就是中国菜、长袍布鞋和宫室园林等，表露出贬低日常事物之意。周作人对此则提出不同看法，强调了衣食住行乃是生活中最重要的组成部分，未必可以轻视。参阅周作人《日本的衣食住》，张明高、范桥编《周作人散文》第三集，中国广播电视出版社，1992，第279~280页。而在另一篇文章中，他提出："学术艺文固然是文化的最高代表，而低的部分在社会上却很有势力，少数人的思想虽是合理，而多数人却也就是实力。所以我们对于文化似乎不能够单以文人学者为对象，更得放大范围来看才是。"参阅周作人《日本管窥之三》，（转下页注）

影响更为广泛。不过，值得注意的是，许多旅日作家对日常事物的关注，还更流露出一种"文化的乡愁"感。

日本保留了汉字文化的精华，承袭了汉唐风格的建筑和服饰，在中国人理想化的想象中，日本是真正继承了中华传统文化的地域。尤其是，在高举"反封建""反传统"旗帜的"五四"时期，对中华文化即将"断裂"的焦虑感，更加重了部分中国人追怀传统、崇尚古风的心理。因此，在这一历史背景下，他们对日本文化的好感油然而生，他们"珍惜日本文化，为感谢它给予我们的愉悦，保存它在中国的光荣……"①

这种文化的乡愁，使得旅日者在东西方文化观上，倾向于突出日本文化与中华文化的亲缘性，强调二者的连带感，从而形成所谓"东亚文化圈"的意识，与"西方"相对照、相抗衡。

肇因于此，中日之间"同文同种"的观念，一度在中国大为流行。孙中山曾赴日发表演讲，提倡"大亚洲主义"，其理论依据便是中日两国在民族和文化方面的所谓亲缘关系，甚至在他眼里，日俄战争意味着作为"东方民族"的日本打败了"西方民族"，是值得赞许的"东方的胜利"。② 相应的，丰子恺也曾提出，中日两国是"同文同种"的关系，日本人比欧美人更为可亲。他给出的理由就是"席地而坐"和"用筷子吃饭"等共有的日常风俗习惯（《我译〈源氏物语〉》）。"同文同种"的先行观念，和旅日作家在日常生活的实际观察，形成了相互印证。

（接上页注①）张明高、范桥编《周作人散文》第三集，中国广播电视出版社，1992，第 286 页。

① 周作人：《日本浪人与〈顺天时报〉》，张明高、范桥编《周作人散文》第一集，中国广播电视出版社，1992，第 230 页。

② 参阅孙中山《对神户商业会议所等团体的演说》，《孙中山全集》第十一卷，中华书局，1986，第 401～409 页。

但是实际上，中日文化的亲缘性、连带感，又常常在与西方文化的对照中，表现出虚假的一面；所谓"同文同种"的观念，也在多元文化的比对中，不时地受到冲击。郭沫若曾通过语言学、人种学方面的考证，作有《同文同种辨》（1919）一文，试图证明中国人和日本人的根本性差异。而即便是周作人这样的对日本文化有特殊爱好者，也并不完全认同"同文同种"的说法："向来有人说支那与日本是同文同种，因此以为一切都是同的，其实思想风俗习惯非常差异。"① 由于对这种"差异"的敏感，一些旅日者又乐于在日常生活中寻找所谓的"日本趣味"，强调日本文化的独立性。

可以发现，在现代旅日作家眼中，无论是以"同文同种"为基调的"东方文化"，还是侧重"日本趣味"的"日本文化"，都是在与西方文化、中华文化相比较的基础之上，通过对日常事物的再认识，逐渐被建构出来的"传统"，可谓一种"被发明的传统"（Invented Tradition）。

"那些表面看来或者声称是古老的'传统'，其起源的时间往往是

---

① 周作人：《雅片祭灶考》，张明高、范桥编《周作人散文》第一集，中国广播电视出版社，1992，第306页。不过，需要指出的是，作家的种种观念也是根据时代的发展、个人境遇的改变而不断变化的，周作人曾明确提出："中国与日本并不是什么同文同种"。参阅周作人《日本与中国》，张明高、范桥编《周作人散文》第三集，中国广播电视出版社，1992，第171页。然而他并未固守这一看法，在写于1935年的《日本管窥之三》等文中，他又提出了中国文化与日本同属一个系统等观点。在抗战前夕，周作人的言论表现出一定程度的对"同文同种"的认同："日本与中国在文化的关系上本犹罗马之与希腊，及今乃成为东方之德法……日本与中国毕竟同是亚细亚人，兴衰祸福目前虽是不同，究竟的命运还是一致，亚细亚人岂终将沦于劣种乎，念之悯然。"参阅周作人《日本的衣食住》，张明高、范桥编《周作人散文》第三集，中国广播电视出版社，1992，第281页。在日本侵占东北地区多年、一步步走向全面侵华的时期，周作人这样的观念自然是和抗战爆发后其人的表现联系在一起的，体现了作家思想的复杂性。

相当晚近的，而且有时是被发明出来的。"① 本章的主旨即为揭示这种"东西方文化""日本文化"被发明的过程，它需要通过对旅日作家日常生活中现代性经验的考察来完成，这包括对"清洁"的体验、服饰的体验、饮食的体验等几个方面，最终呈现旅日作家对待多元文化的复杂、暧昧态度。

第一节　日常生活的文明观：旅日作家的"清洁"体验

一　"洁"与"不洁"的文明观

中国人也好，欧美人也好，近代以来的旅日游记中，日本国民常被描述成讲究环境卫生的民族，日本国以其整洁有序的形象呈现在异国人面前，"清洁"仿佛成为日本文化的标志之一，对"清洁"现象的描写和议论，也常被提升为对"现代文明"的认识问题。甚至可以说，关于所谓"日本文化"的讨论和认识中，存在着"脏感文化"这一重要命题。

日本人心理结构中的"耻感"或"罪感"，都常与"脏感"联系在一起，② 因而日本人对于"清洁"的重视，在亚洲民族中尤为突出。

---

① 〔英〕E. 霍布斯鲍姆、T. 兰格等：《传统的发明》，顾杭、庞冠群译，译林出版社，2004，第 1 页。

② 这里提出的"脏感文化"，内在地包含着有关"洁"与"不洁"的矛盾和争论，而并非对于日本文化特征的又一种描述和总结。战后出现的形形色色的日本文化论，多以带有本质主义色彩的"文化模式"思维为基础，试图用某种归纳性、总结性的理论话语，一针见血地指出日本人和日本文化的根本性特征，这一方面体现了理论对于文化现象的概括能力，同时也反映了理论的片面性。本尼迪克特所谓"耻感文化"论曾流行一时，她将日本人（转下页注）

周作人称赞日本的习俗，列出其"清洁""有礼""洒脱"等特点，其中"清洁"是排在首位的，这样的感受在旅日作家的见闻记述中寻常可见。戴季陶在《日本论》中认为，日本民族是最喜欢清洁整齐的民族，这代表了旅日中国人较为普遍的日本观。首次赴日的中国人，大多惊讶于日本街道之干净、污物处理方式之多样以及国民的爱好清洁达于"洁癖"之极端程度。有关清洁的日常行为和器具，已然成为日本文化的重要组成部分。

相应的，在日本人眼中，中国留学生却是不注重清洁卫生、不知礼仪的群体。在张资平的《绿霉火腿》中，中国留学生邬伯强和下宿屋日本账房之间的冲突，起因便是邬伯强从中国带来的金华火腿所引起的卫生问题。而在张资平的另一篇小说《木马》（1922）中，作者对中国留学生的不良习惯进行了细致的描写，例如随意擤鼻涕、吃公用的饭挑子上的饭粒、不洗澡换衣等。

> 还有许多不情愿洗澡不情愿换衣服的学生，脏得敌不住的时候，便用洗脸盆向厨房要了约一千升的开水拿回自己房里，闭着门，由头到胸，由胸到腹，由腹到脚，把一身的泥垢都擦下来。他们的洗脸帕像饱和着脂肪质黏液，他们的洗脸盆边满贮了黑泥浆，随后他们便把这盆黑泥浆从楼上窗口一泼！坐在楼下窗前用功的日本学生吓了一跳，他的书上和脸上溅了几点墨水，气恼不过跑去叫

（接上页注②）"知耻为德行之本"的伦理意识与基督教的"原罪"意识相比较，从而得出日本为"耻感文化"、西方为"罪感文化"的结论。这种分类方式受到日本学者的广泛质疑，在民俗学家柳田国男看来，"罪感"恰恰是日本人较为普遍的心理现象，并不为西方所独有。因此，"耻感文化"、"罪感文化"或"脏感文化"，都只能成为日本文化研究的"话题"，而非理论概括。

馆主人上楼来干涉。①

其实，中国留学生的这些鄙陋行为，一方面的确源自他们从小养成的不良生活习惯，但另一方面，不爱洗澡、不勤换衣的现象，也与一些留学生的经济状况相关。张资平在小说《一班冗员的生活》（1922）中，以"留学生C"为主人公，描写了留日学生拮据的生活。C是每月仅有几十块钱的官费生，除了缴纳学费和书费以外，在衣食住行各方面的开销都需精打细算。所以，尽管C原本喜欢洗澡，但在买面包的钱尚嫌不够的情况下，他只得半个多月才去一次澡堂。而这也就是当时很多留日学生"不洁"的原因所在。

此外，并非所有的中国留学生都是邋遢不堪的，也有许多留学生十分注重仪表和居住环境的整洁，因而对部分同胞的行为倍感羞愧。但是在清末民初时期，留日学生是日本人能够接触到的中国人中最主要的一个群体，他们的形象成为日本人的中国观的主要来源，因而这一群体中的任何"个人行为"，都很容易被上升为对整个群体，乃至所有中国人的观感。当一名异国来者出现在本地人面前时，他总能成为本地人想象异域文化、建构异国形象的途径，这样，部分留日学生在日常生活中的种种恶劣情状，就很自然地导致了日本人对所有中国人的蔑视。盖因于此，当时的日本学生普遍反感中国留学生，不愿意与之同住，使得许多下宿旅馆主人不得不拒绝"支那人"的入住，而在日本国民中，逐渐形成了"支那人为野蛮、落后之民族"的观念。

不仅是中国留学生给日本人留下了"不洁"的印象，一些清末民国时期游历中国的日本人，也对中国各地的肮脏和混乱记忆深刻。在这

---

① 张资平：《木马》，刘晴编《张资平文集》，华夏出版社，2000，第15页。

方面，作家芥川龙之介、谷崎润一郎的中国游记可谓如实记录了这种感受的代表之作。芥川龙之介曾于 1921 年 3～7 月造访中国，游历上海、南京、汉口、北京、天津等地，旅途之中，虽领略了上海都市的繁华、饱览了江南名胜的风貌，但中国人的随地小便、当众擤鼻涕以及城市街道的泥泞不堪、戏园子的嘈杂邋遢、河水散发出的莫名臭味，这些肮脏的异景，也都给他留下了深刻印象。谷崎润一郎在《懒惰之说》（1930）一文中，毫不客气地将"不洁"和"没有规制"归于中国人从古至今的通病，是一种"东方的懒惰"。在谷崎氏看来，日本人在这一点上更为接近欧美："佩里船队驶来浦贺时，他们对于日本人最敬佩的地方是十分爱清洁，海港街道和家家户户都打扫得非常干净，这一点不同于其他亚洲民族。"从而认为"我们日本人是东方人种中最活跃、最不慵懒的民族"。[①]

不过，尽管日本国民对清洁的注重给许多异国旅者留下了深刻印象，乃至于将"清洁"作为各种日本文化论的论题之一，但是，这种美好的印象却未必可见于所有的旅日作家笔下。陈西滢曾带着报复式心理，描写日本人游览神社时的不文明行为（《日本汤屋》）。而张资平不仅描写了中国留学生的"不洁"，同时对日本人的清洁习惯也多有揶揄和不满。在他的长篇小说《冲积期化石》（1921）中，和日本作家对中国的观感类似，中国人眼里的日本，也是一个"不洁"的国度：日本的洗澡堂是"最肮脏的"，水面上浮着油脂皮垢，水槽里散发着臭味；许多日本人的衬衣许久不换，日本"绅士"的洋服衣领浸着汗渍油污；日式房屋多功能混用，工作、待客、寝食都在一处，因而"也是一种

---

① 〔日〕谷崎润一郎：《阴翳礼赞》，陈德文译，上海译文出版社，2011，第51～52 页。

未进化的不洁习惯"。①

饱受日本人蔑视的郭沫若，对于日本人自认为爱好清洁的观念颇不以为然，故而发出这样的议论：

> 日本人说到我们中国人之不好洁净，说到我们中国街市的不整饬，就好像是世界第一。其实就是日本最有名的都会，除去几条繁华的街面，受了些西洋文明的洗礼外，所有的侧街陋巷，其不洁净不整饬之点也还是不愧为东洋之第一的模范国家。风雨便是日本街道的最大仇人。一下雨，全街都是泥淖淋漓，一刮风，又要成为灰尘世界……街檐下的水沟，水积不流，昏白的浆水中含混着铜绿色的水垢，就好像消化不良的小儿粪便一样。驿旁竟公然有位妇人在水沟上搭一地摊，摊上堆一大堆山楂，妇人跪在地上烧卖。这种风味，恐怕全世界中，只有五大强国之一的日本国民才能领略了。

不过，在说完这段满是嘲讽的话之后，郭沫若似乎已经觉察到自己这话背后所含的某种报复式的心态，所以又自嘲似地感慨道："中日两国互相轻蔑的心理，好像成了慢性的疾患，真是无法医治呢。"②

可以看到，无论是张资平对中国留学生"不洁"状况的自我暴露，还是芥川龙之介、谷崎润一郎对中国人"东方的懒惰"的主动发现，他们都将"清洁"作为一种积极的价值取向，将"洁"与"不洁"作为国民素质高低、文明先进与否的判断标准。在他们眼中，"不洁"便意味着落后、贫弱乃至野蛮、愚昧，而清洁的生活环境和仪容仪表则象

---

① 张资平：《冲积期化石 飞絮 苔莉》，人民文学出版社，1988，第140页。
② 郭沫若：《今津纪游》，《郭沫若全集》文学编第十二卷，人民文学出版社，1992，第331页。

征了高度的文明乃至富强的国力。因此，对于陈西滢、张资平和郭沫若这样的来自衰落的礼仪之邦的旅者来说，如果承认日本的"清洁"，便等同于承认了日本的先进文明，并默许了日本人对弱国子民的歧视，这是他们难以接受的后果。所以，和大多数旅日者不同的是，他们不愿将日本人描述为爱好清洁的优秀民族，反而带着放大镜一般"特意"发现了许多日本人的不洁之处，翔实地记录在作品中。

"那些对别国生活条件掩鼻退避三舍的旅行者，往往对本国社会里大众恶劣的生活浑然不觉。"① 之所以会出现这种"内外有别"的现象，是因为，在洁与不洁的问题上，中日两国作家的互相嘲讽和丑化，暗含了对文明程度、民族文化地位的争夺，这已经超出了作家对自己文字的把控，因而难以做到对异国现实状况的真实、客观再现。郭沫若认为日本的"不洁净不整饬之点也还是不愧为东洋第一的模范国家"。如果结合当时日本自诩为文明之国、蔑视周边国家的状况来看，这种含讥带讽的说法，就未必是从事实出发的客观判断，而是出于对日本民族主义意识的逆反，它曲折地表达了作者对日本自封为"亚洲之盟主"的反抗。而郭沫若的自嘲则意味着，他似乎已经意识到自己的日本观中存在的不实之处，但这种相互蔑视的心理，却"好像成了慢性的疾患，真是无法医治"。

那么，这种将"清洁"与文明程度联系在一起的观念，是从何而生的呢？它是否是日本文化或东方文化中的固有之物？

实际上，在中日作家对"洁"与"不洁"的互嘲中，他们不仅把依从了现代文明的观念作为价值判断的标准，同时也在对"清洁"的

---

① 〔美〕苏珊·B. 韩利：《近世日本的日常生活》，张键译，三联书店，2010，第 107 页。

追崇和对"不洁"的贬斥中强化了这种文明观。"清洁"与"文明"日渐紧密的联结，缘于近代欧美的"卫生"（Sanitary）观念的传入。

美国历史学者罗芙芸（Ruth Rogaski）对比考察了"卫生"一词在晚清时期的中国和明治时期的日本被翻译的情况。1880年，英国人傅兰雅开始在连载文章《化学卫生论》中介绍西方社会中的化学、卫生观念。作为英文 sanitary 的对应词，"卫生"被赋予了新的含义，具有西方知识体系中化学科学的背景。但是，尽管在这些翻译中出现的"卫生"是基于与中国完全不同的、西方人的宇宙观，却仍然保留了承袭古代中国的价值意义，即它仍然基于个人知识和个人的道德行为，而不具有 sanitary 一词所具有的"公共卫生"的含义。

日本的情况则有所不同。明治初期，医生长与专斋从欧美考察归来，开始琢磨如何用日文词确切地翻译出英文 sanitary 的含义。在摒弃了"健康"（kenkô）、"保健"（hoken）等词之后，他最终借用了《庄子·庚桑楚篇》中的"衛生"（eisei）一词，试图表达出"政府对公众健康进行管理"的意思。以长与专斋为代表的医学翻译者发明了"卫生"，并利用这种词语的创新，强调了公共权力对卫生问题的介入，将中央政府、科学家、医生、警察、军队和人民等各个群体联结在一起，形成一个整体，而国民的身体健康则与其中的每一个环节相关。它使得"卫生"具有"卫生的现代性"，为日本脱亚入欧、成为世界列强的必备要素。[①]

其实，在相对封闭的德川时代，日本城市的清洁程度并不亚于欧美。根据美国学者苏珊·B. 韩利的考证认为，从17世纪中期到19世纪中期，在垃圾的处理、供水量和水质等方面，日本的城市卫生要好过

---

① 参阅〔美〕罗芙芸《卫生的现代性：中国通商口岸卫生与疾病的含义》，向磊译，江苏人民出版社，2007，第117~146页。

西方国家。江户城的街道宽敞干净，拥有发达的供水设施、废水处理系统和智慧的垃圾处理方式，这些都让当时的欧洲来客大为惊讶。

但是，与近代欧洲不同的是，近世日本人对清洁的重视与其说是讲究"卫生"，不如说是对宗教意义上的"污秽"的敏感。在日本人的日常习俗中，存在着多种多样有关"污秽"的说法，例如生孩子、月经、接触病人或死人、参加葬礼等，① 这些说法都与日本民间宗教思想中的"净化"（浄める）的观念相关。"净化"集合了神道中的"洁净"和佛教中的"清净"思想，追求一种内心的、精神上的纯洁状态。和近现代医学、公共管理学意义上的"卫生"不同的是，"净化"主要是一个宗教学的概念，体现了日本人对"污秽"的独特理解。

"如果把关于污秽的观念中的病源学和卫生学因素去掉，我们就会得到对于污秽的古老定义，即污秽就是位置不当的东西（matter out of place）。"② 所谓"污秽"，是对人们理想中的生活秩序的"失当"，因而需要通过打扫、洗浴等清洁行为去除那些位置不当之物，以维持良好的生活秩序。在这一点上，不同时代、不同国家地域的人，都根据自己的具体生活条件和对身体健康的理解，对"何为污秽"的问题给出了自己的解答。日本人正是在对"净化"的追求中，建立了本民族的日常生活秩序。

可是，近世日本人的"净化"的观念，到了明治维新以后，却逐渐受到了来自欧美的"卫生"观念的冲击。例如在1883年，名为"大日本私立卫生会"的民间机构在东京成立，各府各县还设立了支部，专事推进大众卫生保健知识的宣传工作。在政府的鼓励提倡和民间力量

---

① 参阅〔美〕苏珊·B. 韩利《近世日本的日常生活》，张键译，三联书店，2010，第129~130页。

② 〔英〕玛丽·道格拉斯：《洁净与危险》，黄剑波、柳博赟、卢忱译，民族出版社，2008，第45页。

的配合下，与现代医学、传染病学相关联的公共卫生思想，迅速普及开来。这样一来，一些传统意义上的"净化"的习俗，开始参照"卫生"的标准，不断被修正或重构（例如对刷牙、洗脸等清洁方式的提倡和指导，对日常消毒法和传染病预防知识的宣传），而一些欧美文化中的"卫生"观，也在日本人的生活实践中转化为本土化的"净化"观念（例如"用肥皂洗澡"这一行为中保留的宗教意涵）。

正是在"净化"与"卫生"的互动中，在"洁"与"不洁"划分标准的不断变化中，日本人逐渐抛弃了"净化"的部分内涵，引入并改造了具有"公共性"含义的"卫生"的思想，从而形成了介乎于欧美文化和日本传统文化之间的现代文明观。而旅日中国人因清洁问题与日本人发生的冲突和争论，则体现了中国人在面对这种文明观的冲击时，表现出或接受，或质疑，或不承认等复杂暧昧的态度。

二 "风吕"中的文明观冲突

日本的"脏感文化"中，最为丰富的或许是有关身体洁净的内容。在 19 世纪以前的欧洲，"洗澡"这件事情还只发生在少数中产阶级家庭中，是一项带有节日性质的活动，然而在同时代的日本民间，洗浴文化却已经十分发达，不仅日式"汤屋"遍布大街小巷，许多富裕人家中也有专设的浴室。[①] 日本人对"风吕"（風呂，即日式洗浴）之喜爱、

---

① 当然，如果仅从洗浴的流行程度来判断日本与欧美对"清洁"的态度，从而认为日本人比欧洲人更加喜洁，这样的认识或许过于简单。实际上，日本人对洗浴的爱好可能源于多种因素。例如大正时代的西洋画家荒井陆男就认为，日本人喜欢洗澡是由于日式服装和日本城市的街道容易沾染尘埃，不得不每日清洁身体。

洗澡次数之频繁，独异于世界之林，甚至在江户时代中期，出现了式亭三马这样的擅写澡堂文化的作家。因此，日式澡堂也成为旅日作家观察日本、理解日本文化的绝佳场所之一。

现代旅日作家对"清洁"的深刻印象，很大一部分来自对"风吕"的体验。郁达夫认为日本国民的注重清洁，是"值得我们钦佩的一件美德"，理由就在于日本人无论上下中等、男女老幼，"大抵总要每天洗一次澡"。① 而要保证每天洗一次，对于大多数日本国民来说，只有价格低廉的公共澡堂能够提供这种便利。

对日式澡堂做过专门描写的作家有周作人、茅盾、丰子恺、张资平、陈西滢、庐隐等。在这些篇章中，旅日作家们对日本人爱好清洁的印象进一步加深，而在这同时，日本人在洗浴时无拘无束的姿态、毫不顾忌的身体展示，也让这些大陆来客感到窘迫难堪。在旅日作家眼中，日式澡堂里赤身裸体，甚至男女混浴的奇异风景，使日本人的"清洁"具有审美的意义。这种对身体的"自然美"的鉴赏，引起了作家对于传统礼教和西洋文明的质疑和反思。

庐隐的《沐浴》（1930）一文，讲述了作者在公共澡堂洗澡时对"人体美"的发现过程。在日式澡堂这个"男人女人对于身体的秘密性简直没有"的地方，作者从脱衣入浴到出浴穿衣，都连遮带掩，颇为尴尬。但是，也正是在这一合法的裸露场所，作者意外地体验到了十分自然的身体美：

　　那些浴罢微带娇慵的女人们，她们是多么自然的，对着亮晶晶

①　郁达夫：《日本的文化生活》，《郁达夫文集》第四卷，花城出版社，1982，第160页。

的壁镜理发擦脸，抹粉涂脂，这时候她们依然是一丝不挂，并且她们忽而起立，忽而坐下，忽而一条腿竖起来半跪着，各式各样的姿势，无不运用自如。我在旁边竟得饱览无余。这时我觉得人体美有时候真值得歌颂，——那细腻的皮肤，丰美的曲线，圆润的足趾，无处不表现着天然的艺术。[①]

在庐隐看来，西洋画模特的人体是"不自然的姿势和被物质压迫的苦相"，是"怪肉麻的丑相"；上流社会的小姐太太们将身体用细纱软绸包裹起来，难以发现其人体美；西洋时可见到的半裸体的舞女，也还带有人工的装点；而中国的传统女性更是束腰扎胸，被弄成"泥塑木雕的偶像"，所以，她"从来也不曾梦想鉴赏各式各样的人体美"。但是，有了日式澡堂的意外经历之后，作者似乎学会了如何鉴赏人体之美。在浴毕回家的路上，她兴奋异常，她"想到人间种种的束缚，种种的虚伪，据说这些是历来的圣人给我们的礼赐——尤其严重的是男女之大防，然而日本人似乎是个例外"。因而她发出疑问："究竟谁是更幸福些呢？"

庐隐通过日式澡堂的经历，体验到了纯然天成的人体之美，而这种美的发现，又启发了她对于传统礼教的反省。有趣的是，在这一过程中，作家是从现代的审美意识出发，去观察日本人的身体姿态的。所谓"天然的艺术"，更多的是出于作家的想象和建构。

虽然日本人对裸体的观念颇为"大胆"，但在日本的古典绘画中，却极少有对肉体美的直接呈现。浮世绘中大量的美人画，多表现身着华

---

① 庐隐：《东京小品》，钱虹编《庐隐选集》下，福建人民出版社，1985，第40页。

丽服饰的贵族女子，与其说是对人体的描绘，不如说是一种将画家的观念倾注到线条中去的艺术。与之相比，文艺复兴之后的欧洲绘画却乐于描绘裸露的人体，并且在现实主义潮流中，出现了追求写实、力图逼真的裸体画。可以发现，庐隐在日式澡堂中对"人体美"的发现，其实潜在地与西洋美术的观念产生了共鸣，却和日本传统的审美意识格格不入。

将暴露身体的行为视为"有伤风化"的近代欧洲，却产生了大量的裸体艺术；而江户日本对于身体的开放，在艺术中却未能得到较多的呈现。这种现实与艺术的反差，在欧洲和日本的状况恰好是相反的，因而也就导致了东西文明观之间令人费解的冲突事件。

丰子恺去拜访一位租住日本人房屋的朋友，在门口连打了几声招呼，里面发出女房东的应答声。他推门看去，女房东的行为举止令他惊奇不已，甚而失笑："原来女主人正在门边小间里洗浴，这时候赤条条地开出浴室门来，用一手按住了小腹而向我行鞠躬礼，口中说着'失礼'，请我自由上楼去看我的朋友。"日本女房东对自己身体的无所拘束，引发了丰子恺对于日本裸体画问题的思考。他谈道："看了这样的民风而推想，近代西洋的裸体美术潮流侵入日本，一定是毫无问题的。其实却不然，问题反比一向严禁女子裸体的中国闹得厉害。"① 在西洋裸体画初次进入日本的明治中期，不仅美术界发生了多次有关裸体画的论战，日本政府也曾出台法令，禁止售卖裸体美人画。对于经历了日式澡堂体验的旅日作家来说，裸体画在明治日本的传播受阻是一件难以理解的事情。

---

① 丰子恺：《日本的裸体画问题》，丰陈宝、丰一吟、丰元草编《丰子恺文集》艺术卷三，浙江文艺出版社，1990，第 393 页。

日本传统艺术中，并无近代意义上的对"身体美"的表现，明治日本美术界对裸体画的强烈反应，体现了在西洋文化介入下，"新"与"旧"的审美意识的矛盾。在这种新旧思想交锋、文化观念嬗变的过程中，旅日作家对日式澡堂的观察，难免引入了西洋的视角。

在庐隐的描述和思考中，西洋的作用尚不十分突出，但另一位"五四"作家陈西滢，则直截了当地将中国人对日式澡堂的不适应，归结为接受了西洋文明的结果。陈西滢初到日本时，最感麻烦的事情就是需要在公共澡堂洗澡，但他并不认为这源于中日文化的差异，反而是由于自己接受了西洋文明的结果："我们感到的困难，并不怨日本，只怨自己被欧美的习俗惯坏了。日本的汤屋虽多，可是你要一个人关起门来洗澡可不成，除非你住阔气的西式客店，或是在自己家中装一个浴盆。"十五岁即留学英国的陈西滢，对日式汤屋和中国的浴池都难以接受，故慨叹道："只能怨自己在欧美住的日子太久了，要一个人关了门洗澡才舒服。"[1]

在这里，作为中国人的陈西滢对日式澡堂的不适，被提升为西洋文明和日本文化事物的冲突。中国人与日本人日常生活习惯的差异，似乎来源于西洋文明的介入。

类似的感受还见于周作人的散文。在《谈混堂》（1937）一文中，周作人引述了大量文献，介绍了日本自江户时代以来"男女混浴"的习俗，并指出"混浴"受禁令的限制，仅在少数温泉旅馆保存的现状。周作人在文末意味深长地说："日本人对于裸体的观念本来是颇近于健全的，前后受了中国与西洋的影响，略见歪曲"。[2] 在他看来，近代日

---

① 陈西滢：《日本汤屋》，《现代评论》1927 年第 7 卷 174 期。

② 周作人：《谈混堂》，张明高、范桥编《周作人散文》第三集，中国广播电视出版社，1992，第 350 页。

本之所以将"混浴"视作不文明的现象，是因为接受了西洋的影响，而这种影响并非推进了日本的文明进程，反倒是一种歪曲。

且不论周作人的文明观在旅日作家中是否具有普遍性，也不谈这篇发表于抗战初期的文章带有怎样危险的倾向性，单就周作人对于"混浴"的考察方法来说，可以看到，无论日本人对"西洋"的态度是接受还是反抗，西洋的文明观念都成为近代日本的日常生活中无法抹除的阴影。

"风吕"文化，是日本德川时代的产物，它原本是一个有着宗教仪式意蕴、体现了日本人独特的污秽观的场所。由于明治维新以后的日本逐步受到西洋文明的影响，使得"风吕"也成为新旧文明观相冲突、相抗衡的场所。尤其是，当经历了"五四"洗礼的旅日作家踏入日式澡堂时，他们必然从东方与西方、传统与现代的多重视角对这一场所进行观察。因此，他们在传统的事物中发现近现代意义上的审美价值（庐隐），或者通过对传统事物的肯定来批判、反省西洋的文明（周作人），在他们眼中，"风吕"成为一个新旧价值相争斗的符号。

第二节　在"和风"与"洋风"之间：
服饰与饮食的现代发明

一　服饰与旅日作家的文化身份

较之思想和文艺，旅日作家在衣、食、住、行等日常生活方面的经验更为丰富，尤其是"吃什么"与"穿什么"，是他们每天都必须面对的问题，因而也是他们形成自己的文化观念、思考新旧文明问题的感性材料。不过，在旅日文学作品中，除了周作人这样的个别作家曾对日本的服饰文化、饮食文化加以特别关注以外，大多数旅日作家并未着意去记录、谈论吃穿，他们对于服饰和饮食的态度，多是从一些日常行为的细节中表露出来的，或在文学描写的片段中不经意地流露而出。

那么，清末民国时期旅日作家们的日常穿戴情况究竟如何呢？从有限的资料可以了解到，当大批留学生、亡命客和知识分子东渡日本之时，许多人都在穿戴方面做出了入乡随俗的改变。不过，由于对新事物接受速度的快慢有别，这种改变并非一步到位，而明治日本"和风"与"洋风"混杂共生时期的生活环境，造成了旅日者在穿着打扮方面出现了"土洋结合"的现象。

清末小说《伤心人语》（1905）有《东京支那之学生现象记》一章，讲述了留日学生的种种不平遭遇，更一一列举出许多同胞不文明的行为，并为之而感到羞耻。在这之中，作者对留学生们"装束之怪异"的景象进行了如下的描写：

> 凡人之装束，欲西则全西，欲东则全东，总以上下一色为相宜；非以重观瞻，亦以存国体。如中学生之装束，有不可思议之妙：有通身西衣，脚应仍穿一镶云缎鞋；有外着和服（日本大褂之衣名为和服），贴身乃衬一摹本缎袍。每至时交冬令，学生中有内著皮紧身棉背心数件，外仍以学生衣罩之者。臃肿奇形，胜于牛鬼。又益之以盘髻于顶，帽耸如山（有至东京，不以剪辫为然者，则梳而盘之于顶，发太多者，帽顶恒露一尖形，甚不雅观也），此一种奇妙情形。日人谓之为廿世纪支那学生之特色，亦足羞也。①

---

① 梦芸生：《伤心人语》，上海图书集成局，1905，第51~52页。

　　西衣、和服、辫发的混搭，是清国留学生的穿着特点。来自欧、日、中不同地域风格的服饰打扮，使他们成为东西方多重文化的复合体。这种极不协调的穿戴，在大多数情况下并非有意而为之，而是当时的具体生活条件和文化背景的反映，体现了留学生初涉异域、面对异文化事物之时，从不适到适应的过渡阶段，以及清末新旧文化交错的特征。

　　留学生在赴日之前，对日本生活条件、文化状况的想象多来自道听途说，因而在衣装的准备上常有错漏之处。例如鲁迅赴日之前，从留学生前辈那里听说要多带些中国袜，于是买了十双中国白袜带到日本，结果入学后，需穿制服和皮鞋，中国袜根本用不上。因此，《伤心人语》中所述的西衣与"镶云缎鞋"相配、和服与"摹本缎袍"合穿的情形，恐怕与留学生们赴日之前的行装所备有关。此外，清末留日学生大多保留了辫发，不敢轻易剪去，如鲁迅那样初到日本立即剪辫的激进者毕竟不多，所以，这种特殊的中国发式也和制帽的设计发生了冲突。未剪辫者将头发盘于头顶，形成了"甚不雅观"的帽顶尖形，也即鲁迅所讽刺的"富士山"。

　　实际上，在明治维新之初，即19世纪70~80年代，日本人的着装就出现过"和洋混合"的现象，或为军服、制服与和服混搭，或有盛夏时节穿冬衣者，成为大街上奇异的风景。为了纠正这些错误的穿法，福泽谕吉还专门撰写了《西洋的衣食住》等文，以具体的图例介绍正确的着装方式，进行"洋服的启蒙"。[①] 而在日本人接纳西洋装束二三十年后，中国留学生则借助日本这一交流平台，同时与西装、和服相遇了。由此，"和洋混合"的景象发展为"东西结合"，体现了留日学生

---

　　① 参阅增田美子《日本衣服史》，吉川弘文馆，2010，第296~297页。

突然置身于多元文化环境中，不得不根据具体生活条件，在服饰风格方面不断尝试、改进、革新的过程。

当然，未必所有的奇装异服都是为环境所迫的、被动的"创新"，在留日学生中，也有人特别重视服饰的搭配，甚至于刻意发明出风格独特的装束，以达到引人关注的目的。欧阳予倩回忆留日生活时，讲到一个名叫黄二难的留学生：

> 他这个人非常有趣，可是在留学生里头却不免有当他是怪人的。他平常爱着欧洲的古装，头发留长，胡子拧得望上，非常之整齐；上衣用薄天鹅绒制，白绒短裤、长筒白袜、有结子的漆皮鞋、大领结，其最惹人注意的就是他那定做的高硬领——其高异乎寻常，又故意把前头两只角伸长，格外显得高，配着头上的软绒大扁帽颇为有致；在路上，或上电车都有许多人争着看他，纷纷议论：有的说他是疯子，有的说他是西班牙的贵族，他却若无其事，处之泰然。①

在当时的社会环境中，黄二难的这番怪异着装，可谓一种追求时髦的行为。"一方面，时髦的个体想在人群中引人注目，显得特殊；另一方面，通过运用某一种风格装饰自己，个体正在展示与其他类似时髦群体的亲密关系。"② 黄二难的个性化装束使自己在人群中甚为突兀、抢眼，引来了路人的议论纷纷，但同时，这种对西洋服饰近乎痴狂的崇

---

① 欧阳予倩：《自我演戏以来》，《欧阳予倩全集》第六卷，上海文艺出版社，1990，第13页。

② 〔英〕阿雷恩·鲍尔德温等：《文化研究导论》，陶东风等译，高等教育出版社，2004，第297页。

拜，却和当时以"洋风"为时尚的社会风气是一致的。

看似特立独行的穿戴，却暗合了思想界的主流意识，可以说，这种穿戴已经淡化了其实用价值，具有标榜个体的独立性，表达对于西洋思想和生活方式的崇尚等展示价值。

其实，留学日本或欧美，本身就是清末民初时期的一种时尚行为。许多留日学生憧憬着能借留学之机，抛掉陈旧的中国服饰，以一身西洋装束的新貌迈步于校园和街道。张资平曾乘轮渡赴日留学，途经上海时，见同舱室友身着西装，形象潇洒而大方，于是心中羡慕不已，决定到了日本后也要订制一套西装换上。在留日学生心目中，西装是体现了时代之精神、审美之进步的事物。

不过，根据崔万秋《留日学生生活之一斑》的记载，中国留学生最常穿的服饰却并非西装，而是制服和和服，原因在于这两种服装穿脱便利、轻松舒适，又较为廉价，而中国服装和西装都不适合日式房屋席地而坐的风俗。虽然很多留学生来日本之前，都特意订制了西装，但实际穿用的机会却不多。因此，身着制服或和服，就构成了留日学生的主要形象。

这种情形也反映在留日小说的人物外貌描绘中。例如在夏衍的戏剧《法西斯细菌》（1942）中，塑造了俞实夫、赵安涛等抗战前夕的留日知识分子形象。娶日本妻子并育有一子的医学博士俞实夫的出场形象是"穿着和服、木屐，坐在廊下，手里拿着一本西文杂志，热心地读着"。俨然一副标准的明治日本中产阶级形象。而政经系大学生赵安涛则"穿着日本大学生制服制帽"[①]。这种制服、和服共存的景象，是当时留日学生群体形象的真实写照。

---

① 夏衍：《法西斯细菌》，人民文学出版社，1959，第4、8页。

　　明治以后的日本学校，接受了欧美学校的管理方式，关于学生的学习和日常生活，都制定了严格的律例，这在许多旅日学人的参访记录和游记中都有体现。而"穿制服"一事，是许多学校校规的一部分，在学生中贯彻执行之后，久而久之，竟成为一种风气。许多中国留学生也受此感染，初入日本学校便赶紧换上制服，并拍照留念，以示面貌一新。有的人还特意穿着较为破烂的制服，因为那样可以显示就读的年级和"老资格"的身份。①

　　至于和服，因其宽松舒适的风格设计，多在学校之外的生活场景中出现。和服与"下宿屋"的环境相适应，有利于饮食起居，受到留日学生的普遍欢迎。由此可知，留学生对制服或和服的选择，通常是由具体的生活场所来决定的。上文所述的《法西斯细菌》中，俞实夫和赵安涛虽同为留日学生，却着装迥异，这恐怕因为赵安涛刚从学校出来，因而身着制服制帽，而俞实夫则安坐家中，身处拉门、隔扇和榻榻米所组成的建筑环境中，故穿和服与木屐。

图 4-1　鲁迅和服照

　　许多留日学人都曾留下身着和服或制服的照片，如郭沫若、郁达夫、周作人等（见图 4-1：1909 年，鲁迅在东京"伍舍"时期的和服照；图 4-2：郭沫若和服照）。周作人回忆日本生活时说："章太炎先生初到日本时

---

　　① 参阅晓晴《日本留学生》，江曾培主编《中国留学生文学大系·近现代散文纪实文学卷》，上海文艺出版社，2000，第 405~408 页。

的照相，登在《民报》上的，也是穿着和
服，即此一小事可以见那时一般的空气
矣。"① 1902 年 6 月 8 日，鲁迅曾往故乡
绍兴寄回身着弘文学院制服的照片三张，
其中给周作人的照片背后有题记："会稽
山下之平民，日出国中之游子。弘文学院
之制服，铃木真一之摄影。二十余龄之青
年，四月中旬之吉日。走五千余里之邮
筒，达星杓仲弟之英盼。兄树人顿首"。②
言语之中，可见鲁迅因着制服、拍照片之

图 4 - 2　郭沫若和服照

事而感到全身上下焕然一新、欢快不已的心情。

那么，流行于留日学生们之间的这种穿戴风格和留影活动，体现了
何种文化意蕴，暗含了什么样的时代观念呢？

清末民初时期，"新"与"变"是思想文化界的两大主题。旅日者
特意身着异域风格的服装，在照相机镜头前做出各种造型的行为，不仅
体现了他们对于异文化事物的新奇感，更展示了这群知识人渴望着文化
变革、时代进步的精神风貌。而照相术的介入，充分发挥了服饰的象征
功能和审美功能，使得思想领袖或革命志士能够借图像的传播树立良好
的公众形象，宣示自己的价值观念和社会理想。在流传甚广的秋瑾的照
片（见图 4 - 3）中，这位"鉴湖女侠"梳着日式发髻，身穿和服，手
持一把东洋刀，双目迥然，气宇轩昂，颇具英豪风范。这一经典形象所

---

① 周作人：《日本之再认识》，钟叔河编订《周作人散文全集》第八卷，广西师
范大学出版社，2009，第 616 页。
② 鲁迅博物馆、鲁迅研究室编《鲁迅年谱》第一卷，人民文学出版社，1981，
第 92 页。

图 4-3　秋瑾和服照

折射出的人格魅力和审美价值，是与其"革命救国""男女平权"的政治主张相辅相成、浑然一体的。

着装风格是个体思想意识的表征，因而在人际交往过程中，也起到了身份认同的作用。在公共场合，大多数人的言论、思想并不为他人所熟知，因此，如需快速了解一个人的国籍身份、知识文化背景乃至思想政治倾向，往往可以根据其着装来加以判断。

清末民初时期，保守派、维新派、立宪派、革命派、国粹主义者、"全盘西化"论者，各种社会思潮层出不穷、变乱交错，"新"与"旧"、"西洋"与"本土"的多种政治文化观念激烈交锋。在这一特殊的历史时期，穿西装、着旗袍等行为，都带上了强烈的立场宣示和身份认同的意味，一些政治立场鲜明的活跃分子甚至以独具个性的着装吸引公众的注意力，借以宣扬自己的理念。[①]而公众也惯于通过着装风格，来辨识对方的立场和身份。据许寿裳回忆，鲁迅和他在东京时，常向一位名叫蒋智由的维新人物请教问题，此人喜欢戴一顶圆顶窄檐的西式礼帽。"可是有一次，蒋氏谈到服装问题，说满清的红缨帽有威仪，而指他自己的西式礼帽则无威仪。"[②]鲁迅等人听了，便认为蒋智由的思想发生了改变，从此不再前往拜访。

---

① 辜鸿铭是较为典型的一例。辜鸿铭大名鼎鼎，甚至扬名海外，在很大程度上并非因为其思想著述，而是缘于其与众不同的辫发和着装。

② 许寿裳：《屈原和鲁迅》，《亡友鲁迅印象记·许寿裳回忆鲁迅全编》，上海文化出版社，2006，第 17 页。

　　类似的情形还见于《留东外史》。在"吴监督演说发奇谈"一节中，讲到老留学生杨长子向黄文汉等人讲述海军学校毕业式的情形，谈及一位"吴监督"的特异举止和着装：

　　（杨长子说道）"……校长说了之后，我们中国的海陆军学生监督，当然出来致谢。这位监督吴先生，知道轮到他头上来了，便摇摇摆摆的走了上来。你说他穿了身甚么衣服？"

　　黄文汉道："这样大典，自然是穿大礼服呢！"杨长子笑道："他若是穿大礼服，我倒不问你了。他穿一件银灰散花蓁本绵袍，一件天青团花蓁本棉马褂，足登粉底朝靴，头戴瓜皮小帽。"黄文汉不等他说完，用手拍着腿子说道："该死！该死！他如何这样打扮？"①

　　实际上在民国初期，尽管中山装、学生装逐渐流行，但大多数普通国民仍然保留了穿长衫、马褂的习惯，并未立即革除旧衣。文中这位吴监督的穿戴，如若放置在当时中国的环境中，恐怕并不会引起他人的注目。那么，为何这里的黄文汉和杨长子要特别议论他的打扮呢？由于几乎每天都要与异国、异族人打交道，旅日者们对于自己的国族身份问题十分重视，也尤为敏感于外人看待自己的眼光。辛亥革命之后，对于清政府的垮台、中华民国的成立，日本留学界普遍表示了欢迎，原因之一即在于，"中华民国国民"这一新的身份标识使他们在与日本人打交道时获得了底气，减弱了自卑感。在这种情况下，任何与这种国族认同感不相容的言论和做派，都可能挑动他们敏感的神经，引起他们的反感和

---

　　①　不肖生：《留东外史》上，岳麓书社，1988，第532～533页。

抵制。因此，在日本这一特殊环境中，那位吴监督一身清朝遗族的穿着打扮，在杨长子、黄文汉这样的新派留学生看来，乃是不可理喻的复古之举。棉袍、棉马褂、朝靴和瓜皮小帽等服饰，唤起了他们对于清廷之腐朽、文化之保守的旧时代记忆，故而绝难接受，不禁连声大骂"该死"。而吴监督的各种言行举止，都是在众目睽睽之下表现出来的，仿佛成为日本人眼中的一道异国奇观，这更让杨长子等人感到脸上无光。

在清末民初这一新旧文化大变革的时代，在日本这一东西方文化大冲撞的地域，服饰作为一种身份的象征，成为各派主张、诸家理念的斗争场。与袍子马褂相比较，周作人认为"和服也很可以穿"，这是因为，"若袍子马褂在民国以前都作胡服看待，在东京穿这种衣服即是奴隶的表示，弘文书院照片里（里边也有黄轸、胡衍鸿）前排靠边有杨皙子的袍子马褂在焉，这在当时大家是很为骇然的"。① 而和服、制服和西装则被旅日者视为一种突破旧文化的"方法"，取代了象征着奴隶的穿着。

旅日作家乐于换上崭新的异国服装照相留念，这并不意味着对于日本文化或欧美文化的认同。在异文化的服饰穿戴过程中，他们感受到了一股新兴的气象，使得他们能够从容地告别旧文化，在"和风"与"洋风"之间，寻求新的着装风格，塑造新时代中国人的形象。

二 "舌尖上的现代性"：旅日作家的饮食体验

服饰是较为基本的文化观察点之一，就其在日常生活中的重要性而

---

① 周作人：《怀东京》，钟叔河编订《周作人散文全集》第七卷，广西师范大学出版社，2009，第326页。

言，能与之类同的生活要素恐怕只有饮食。

初至日本的中国人，往往困扰于日语语法规则的怪异，惊讶于日式澡堂的开放，他们不习惯日式住宅的"睡地板"，也难以理解日本人繁缛的日常礼仪，但是在这种种的"文化冲击"（Culture Shock）之中，最令他们不堪忍受的，或许是每日的饮食。

甲午战争后首批留日的 13 名学生中，有 4 人因为对饮食难以适应，在赴日两三周后便归国而去。余下的人则长期依赖中国饭店而生活，对于日本的本土饮食一直难以接受。在郭沫若、田汉等留学生的家书或日记中，随处可见他们对于"臭萝蔔""臭鱼干"等物的鄙薄和对故乡食物的怀念；女作家陆晶清结婚旅行来到热海风景区，对于生鱼、萝卜等物感到难以下箸，结果没住几天就打道回府，表示"再不来盖大被吃臭鱼了"；[①] 在《藤野先生》里，鲁迅回忆起在仙台的宫川家居住时，谈及"每天总要喝难以下咽的芋梗汤"[②] 一事，可见对当地日常饮食的反感。

在旅日中国人看来，所谓的"和食"基本都是难以入口之物。清淡、生腥的日本料理，与口味偏重的中国菜[③]差别巨大，使初渡东瀛的食客们无法适应。《留东外史》写老留学生周撰招待初到日本的陈氏姊妹等人吃日本料理，先后上了生鱼片、烤牛肉等物，吃得众人连连摇头，嫌红色的鱼片和带血的牛肉过于腥气。陈氏姊妹只尝了尝就停筷不

---

① 陆晶清：《东瀛杂碎》，俊生编《现代女作家随笔选》，上海仿古书店，1936，第 132 页。

② 鲁迅：《藤野先生》，《鲁迅全集》第二卷，人民文学出版社，1981，第 313 页。

③ 不过，所谓"中国菜"的内部差异也是巨大的，这也造成了来自不同地域的中国人对日本饮食接受度的差异。例如郭沫若、不肖生等四川、湖南作家就对日本菜颇多鄙薄之意，但郁达夫、周作人等江浙作家则较易接受日本饮食。

吃，剩下许多牛肉，结账时听说要花去八块多钱，不禁咋舌嫌贵。在这些留学生眼里，所谓的日本料理，"除牛锅生鱼外，实在没可吃的东西了"，[①] 天下最难吃又昂贵的食物，非日本料理莫属。

不过，这里所说的"日本料理"，却并不完全是对传统日本饮食文化的沿袭。生鱼片的确是古代日本流传下来的菜式，甚至被称为日本"国菜"，但这种吃法最早却起源于中国，在周朝所铸的青铜器铭文中，就有食用生鲤鱼片的记载；而以牛肉为主要内容的日式烤肉和日式火锅，更是明治时代的产物。19 世纪、20 世纪之交的日本社会，烤肉和牛锅已颇为风行，在旅日中国人眼里，这些吃法自然是日本料理的一部分。然而在明治维新之前，其实并不存在由烤肉、牛锅乃至咖喱饭、炸猪排等食物所构成的"日本料理"。

早在公元 7 世纪，日本天武天皇便颁布了肉食禁令，之后的 1200年间，随着佛教的传入和社会经济状况的变革，各种各样的食物禁忌被制定出来，流传于世。到了江户时代，牛、马、鸡、狗等多种禽畜都被禁止食用，而猪肉、鹿肉也只是被当作药材，偶尔食用以强身健体，并未大规模专门养殖。因此，古代日本人基本上没有吃牛肉、喝牛奶等习惯，这种情况一直维持到明治初期。1872 年，出洋考察归来的大臣岩仓具视向明治天皇进言，建议解除肉食禁令，尤其要学习欧美人吃牛肉的习惯，将"学会吃牛肉"视为强国之策，作为"文明开化"之重要方面。在天皇带头吃牛肉的新闻见报以后，虽然也出现了一些抵制的声音，但随着肉牛、奶牛的大量养殖和食用方法的宣传推广，食牛肉、饮牛奶之风开始在民间流传开来。因此，以吃牛肉和喝牛奶为代表的饮食习惯，其实是日本人生活方式"和洋折中"的产物，是日本近代化的

---

① 　不肖生：《留东外史》下，岳麓书社，1988，第 334 页。

后果。①

　　"明治时期的文明开化政策，带来了西餐、中餐，为区别于这些事物，出现了和食这个概念，可以说，日本料理这个意识，正是在这个时期萌芽的。"② 旅日中国人所体验到的"日本料理"，在很大程度上是一种近现代的"发明"。然而这种"被发明的日本料理"，却很自然地被看作日本传统文化的代表。这样一来，日本料理在旅日作家们的生理上造成的反感，就油然而生出了对于日本文化的蔑视之情。在《留东外史》中，除了贬抑生鱼、牛锅的文字以外，还有对酱汤、麦饭等各种"难吃"食物的描写，这些十分个人化的味觉体验，都和作者不肖生对于日本的敌意联系在一起。在作者看来，日本菜的品位远不可与中国菜相比，以至于作者提出这样偏颇的见解："日本人吃中国菜，没有吃不来的；凡说吃不来的，都是装假，都是些没有知识的人"。③ 作者将日本描写为世风低下的"淫卖国"，对日本文化事物多有讽刺揶揄之处，而日本料理正是其中的重要一环。

　　当然，并非所有的中国人都对日式饮食敬而远之。郁达夫在上海养病期间，没有胃口进食，怀念起日本酱汤的风味，后来还向日本友人讨要，食之而开胃；而在周作人看来，日本菜肴虽生腥而多冷食，却别有一番风趣，日本料理中的许多菜式和特产，都和中国的传统饮食具有相似性：

---

① 鲁迅曾讲到有的清国留学生偷偷在屋里"炖牛肉吃"，鲁迅认为这是贪图享乐的行为；而在《沉沦》中，主人公每次"在被窝里犯罪"之后，都要去吃"牛乳"（即牛奶）以养身。这些细节都反映了明治末期到大正时代日本社会西洋化之后的饮食风尚。

② 〔日〕原田信男：《日本料理的社会史——和食与日本文化论》，周颖昕译，社会科学文献出版社，2011，第2页。

③ 不肖生：《留东外史》上，岳麓书社，1988，第316页。

（日本料理）有些东西可以与故乡的什么相比，有些又即是中国某处的什么，这样一想就很有意思。如味噌汁与干菜汤，金山寺味噌与豆瓣酱，福神渍与酱咯哒，牛蒡独活与芦笋，盐鲑与勒鲞，皆相似的食物也。又如大德寺纳豆即咸豆豉，泽庵渍即福建的黄土萝卜，蒟蒻即四川的黑豆腐，刺身即广东的鱼生，寿司（《杂事诗》作寿志）即古昔的鱼鲊……①

这里提到的干菜汤、豆瓣酱、酱咯哒、芦笋和勒鲞，都是周作人的故乡绍兴的常见食物，在口味上与日本料理较为相近；而纳豆、泽庵渍（腌萝卜）、蒟蒻、刺身（生鱼片）和寿司等物，周作人也为它们找到了中国的"近亲"。因为吃惯了这些中国的食物，作者并不排斥日式饮食，反而对酱汤腌菜青睐有加，甚至将食梅干、吃冷饭等日常饮食习惯看作一种"刻苦的训练"，由此引出对于日本人"国民性"的赞赏，善意地误读了日本。

无论是对日式饮食的厌恶和贬损，还是喜爱和赞美，当旅日作家将日本料理作为一种文化象征之物来看待时，冷饭、酱汤、刺身、牛锅这些寻常事物，都成为旅日作家们感受日本文化、形成人生经验的重要资源。又因为，近代以后的日本料理中，许多菜式、吃法都是吸收了西洋饮食特点的"和洋折中"的产物，而"日本料理"这个概念本身也是一种近现代"发明"，所以，当旅日作家们从中国人的味觉习惯和烹调文化背景出发，去观察、品评日本料理之时，他们这种日常饮食的个人体验，就带有了初尝"现代性"的特点。这种"舌尖上的现代性"，体

---

① 周作人：《日本的衣食住》，张明高、范桥编《周作人散文》第三集，中国广播电视出版社，1992，第 278 页。

176

现了中、日、西多元文化的复杂交织，预示着在近现代社会的饮食文化交流中，异域饮食的冲击有可能打破任何一种固有的饮食传统，创造出适合于现代人味觉习惯的新鲜事物。

近代日本的"学西"，不仅是指对于西方科学技术、政治法律思想或文学艺术的学习，也包括对衣、食、住、行等日常生活方式的模仿。不过，由于在日本知识分子中，普遍存在着精英文化和大众文化高低、主次有别的认识，因而对于日常生活变革的观察和研究历来不受知识界重视。在《文明论概略》（1875）中，福泽谕吉认为衣食起居等文明的"外形"是较易学习的，而政治法律等文明的"精神"则难于求得，所以，"汲取欧洲文明，必须先其难者而后其易者，首先变革人心，然后改革政令，最后达到有形的物质……倘若次序颠倒，看来似乎容易，实际上此路不通，恰如立于墙壁之前寸步难移，不是踌躇不前，就是想前进一寸，反而后退一尺"。①

但是，所谓"外形"与"精神"、"难者"与"易者"，果真如福泽谕吉所言，是两种界限分明的文明形态吗？日常生活中的衣食起居，是否和"变革人心""改革政令"等事毫无关联？

"近现代日本在物质上、外在的是西方的，精神上、内在的仍然是日本的"；"明治维新使日本人对'和魂汉才'的追求，转向了'和魂洋才'"——这样一些观点，曾经盛行一时，至今仍为一些日本文化论者所认同。一些文学研究者也从这一思维模式出发，去解释近现代日本文学现象（例如对川端康成文学思想的解读）。然而问题在于，当我们从日常生活视角来看待日本、理解近现代日本的文化结构时，或许可以

① 〔日〕福泽谕吉：《文明论概略》，北京编译社译，商务印书馆，2009，第14～15页。

发现，在面对诸多具体的文化现象时，这种"传统文化为里，外来文化为表"的观念其实是不适用的。一方面，近代日本人固然接受了西装、牛肉、复合式住宅和电气交通等"西方文明"事物，但同时也保留了着和服、吃和食、住日式房屋和乘人力车等"传统"习俗，因此，所谓"物质上西化"的说法并不准确；另一方面，尽管日本人的民族文化保存意识一直较强，但西方文化中的诸多政治理念和法律意识、经济思想和艺术观念，其实都深刻影响到了日本人的心灵，改变了他们的精神结构，在这种情况下，若说现代日本人在精神上仍然传统，实在有些牵强。

实际上，将衣食起居划归为文明的"外形"，将政治法律视为文明的"精神"，这种将"外"与"内"隔绝二分的观点，本身就是值得商榷的。衣食起居虽以"物质"的形态出现，但常常成为精神变革的推动力量。在衣食起居等日常生活细节中，总是酝酿了某种政治性的诉求。

"日常生活是历史潮流的基础。正是从日常生活的冲突之中产生更大的总体性社会冲突，必须为在这些冲突中产生的问题寻找答案，而这些问题一旦得到解决，它们马上就会重新塑造和重新建构日常生活。"[1]从日常生活与社会变革的关系来看，旅日作家对服饰与饮食的体验，绝不仅仅流于"外形"的层面。他们对穿着打扮的创新和味觉体验的"冒险"，在"和风"与"洋风"之间，在"新"与"旧"的冲突中，形成了对于某种现代生活形态的呼唤，潜藏着对于社会变局、文化革新的要求。

---

[1] 〔匈〕阿格妮丝·赫勒：《日常生活》，衣俊卿译，重庆出版社，2010，第49页。

| 余 论 |

旅日作家的文化体验与东亚现代性

　　甲午战争的失败，使近代中国人如遭当头棒喝，继而从天朝大国的迷梦中惊醒过来，认识到日本积极引进异文明与其迅速崛起之间的关系，萌生了向日本学习的意识。在清末政府的政策引导和宣传下，19世纪、20世纪之交的东亚地区出现了蔚为壮观的旅日潮现象，并一直持续至"二战"前夕。近半个世纪以后，这股积极取法东瀛、以东瀛为引进现代文明之捷径的风潮，又重现于1980年代的中国。对于这些前赴后继的旅日学人们来说，近代以来的日本在政治军事和经济科技上两度崛起①的奥秘，是长存在他们内心中的一个重大问题。

　　那么，明治日本为什么崛起？一个经济基础、军事实力和文化繁荣度均逊于大清帝国的"蕞尔小国"，为何能在数十年间发展壮大，乃至于占据帝国主义列强之一席？对于这个并不新鲜的话题，前辈学者早已给出了种种解释，这些解释大体上可分三种。

　　一是所谓的"模仿论"，建立在西方与东方的"冲击－反应模式"

---

　　① 从明治维新到"二战"时期的崛起，可谓日本的"第一次崛起"，主要体现在政治地位和军事实力方面；从战后到1990年代"平成不况"之前的崛起，可谓日本的"第二次崛起"，主要体现在经济状况和科技水平方面。

（Impact – response Model）之下，即强调 1853 年"黑船来航"的突破性意义，认为在被迫开国之后，西洋文明带来了巨大的冲击，给日本注入了崭新的活力，尤其是政治体制的变革、近代工业体系的建立、对欧洲文化的追捧，使得日本摆脱了"亚细亚的生产方式"，主动融入世界资本主义体系中。

这一解释方法最为通行常见，但其片面之处也显而易见。从现代旅日作家的视角来看，日本对西洋文明的摄取绝不仅仅止于模仿，而是多有创建，外来事物在进入日本时，总是不断被修改、塑造，以便"适应"本土事物。例如，日本近代都市的改造多从欧洲都市的建设经验中汲取灵感，然而在具体实践的过程中，城市建筑、路面的材料和卫生系统的更新等方面，却并非如我们想象的那样迅速。长期养成的生活习惯使新建的西式公寓、柏油马路和排污管道系统，也多被改造为适宜日本人居住、出行和清洁习惯的"和洋结合"之物，这种情况一直持续至今日。

二是部分带有国粹主义倾向的日本学者的见解，例如吉田茂、梅棹忠夫等人，都持有类似的观点。在他们看来，即便承认明治日本被"欧化"的属性，这种欧化的具体方式也不是"落后日本"对西洋文明的被动接受，而是有着优秀的历史文化积淀的大和民族，对外来资源进行的某种"征用"。因此，他们努力回溯"江户日本"乃至中世、中古乃至远古时代的历史文献，从中挖掘疑似"近代性"的因素，试图凸显"传统日本"和近代日本之间的重要联系。例如梅棹忠夫就认为，"日本并不是遵循西欧文明的模式并按部就班地实现现代化的，而是依靠和继承了自身固有的传统做法逐步做到这一点的。"①

---

① 〔日〕梅棹忠夫：《何谓日本》，杨芳玲译，百花文艺出版社，2001，第 116 页。

甚至有时候，"善于模仿"也被作为一种大和民族的天然优越性，用于日本文化延续性的构建中。在这一历史逻辑之上，他们认为，从奈良时代起，日本积极汲取唐王朝的治国经验和文化精华，确立了一种"学习型"文明的传统。① 正是由于这一优良传统的传承和推进，明治日本能够较为迅速、全面而精准地掌握西方文明的要理。

这一解释路向所面临的问题在于，在对文化延续性的历史建构中，"江户日本"恰恰成为一个难以处理的段落。自1630年代德川氏颁布锁国令以来，日本进入了长达两个多世纪的封闭状态，只和少量的中国、荷兰商人保持零星的交往关系。因此，如果说古代日本因其对中华文化的积极学习，确立了所谓"学习型"文明的话，那么这种传统也已经在江户时代发生了断裂。

三是少数西方左翼学者或后殖民理论家的观点。在他们看来，较之明治维新本身的作用来说，日本崛起的外部因素也许更为重要。并且这种外部因素并非是西洋的"介入"，反而是"不介入"。例如"依附理论"的代表人物、经济学家弗兰克（A. G. Frank）就认为，日本之所以在殖民时代受益，恰恰是因为它的"不发达"："财富招致了剥削，产生了不发达的发展；而前资本主义的贫困却容纳了经济发展，因为它使得同样的殖民主义剥削不可能施展。"② 在他看来，日本的强大并非因为它本身较之中国有什么优势，反而是因为它"贫困"，故而对帝国主

---

① 在丸山真男等人的叙述中，这一传统得到了进一步深化，甚至与所谓"原型论"或"古层"的思想联系起来。为此，在徂徕学研究的基础上，丸山真男提出了日本的"壶状文化"一说，指出日本文化凭借某种"原型"，不断容纳、吸收外来文化的形成过程。与此相对应的是，韩国学者李御宁提出日本的"洋葱文化"一说，打破了丸山氏对"原型"的设想，以"剥洋葱"的方式解构了日本文化的独立性。

② 〔德〕安德烈·冈德·弗兰克：《依附性积累与不发达》，高銛、高戈译，译林出版社，1999，第159~160页。

义列强缺乏吸引力。①

　　这一解释方式的偏狭之处在于，它几乎无视了西洋文明给日本整体政治经济结构、文化生产方式带来的巨变，以及由此激励起来的积极进取的日本国民精神。明治维新固然不是彻底的资产阶级革命（其封建帝制的残留为后来的国家主义抬头、军国主义得势埋下了伏笔），但明治日本飞速的工业化进程显然受益于政治体制的革新，从而为日本摆脱殖民危机提供了底气。② 因此，仅仅从"外部"威胁的缺失，来解释其"内部"的崛起，是有失偏颇的。

　　近代日本的崛起，与来自内部和外部的多种因素相关，无论是西洋

---

① 类似的论调也见于一些中国学者的著作中，例如韩毓海便提出"重新开眼看日本"，认为近代日本的崛起主因在于其贫穷和资源匮乏，难以吊起帝国主义国家的胃口，而不是明治维新本身有多么成功。参阅韩毓海《天下：包纳四夷的中国》，九州出版社，2011。

② 以中日铁道发展史为例。晚清时期，帝国主义列强逐步控制中国铁路的建设权、经营权和管理权，这和晚清政府的软弱无能紧密相关。洋务派主张引进西方技术，尤其是李鸿章、张之洞等清廷重臣，对兴办铁路一事十分积极，因此，当时的中国并非没有大力发展轨道交通业的机会。但是，由于慈禧太后惯于玩弄权术，在对保守派和洋务派的态度上、在是否大举注资修路的问题上反复无常、权衡不定，导致近代中国的铁路建设进程如蜗行牛步，缓不济急，西方各国资本借机渗透，利用清廷的自保心理，大肆争夺路权。这种状况一直延续到1911年，在四川地区的路权斗争中，官方与民间的矛盾严重激化，最终导致了晚清政府的崩溃。参阅朱从兵《李鸿章与中国铁路：中国近代铁路建设事业的艰难起步》，群言出版社，2006。

　　明治日本的铁道发展史则与晚清迥异。从一开始，日本不得不倚靠购买英国机车、引进轨道铺设技术来发展铁路，抵御西方资本的入侵。明治政府在政策上大力支持民间资本的筹集，鼓励私有企业竞争路权，发展营利性质的铁道事业，这使得日本很快学习掌握了最为先进的机车制造和轨道技术。与中国铁路遭外国势力把控的命运不同，由于明治政府与民族资本的良好互动，日本铁路避免了被宰制的命运，建设规模逐年扩大，带动了经济的勃兴。参阅〔美〕斯蒂文·J. 埃里克森《汽笛的声音——日本明治时代的铁路与国家》，陈维、乐艳娜译，江苏人民出版社，2011。

文明的引入，还是日本国民自身的奋发努力，都促成了日本的进步。江户末期，大清帝国在鸦片战争中的惨败和沦为半殖民地的命运，使日本人感到了前所未有的恐慌，自此，积极开放国门、学习西方先进文明，便成为时代的主调。尽管在日本崛起的过程中，对外来事物的抵制之声一直存在并一度高涨，但日本仍然在对西方文明的"创造性接受"（Creative Absorption）中，在"和文化"与"洋文化"的双重变奏中，走出了一条超越了东方与西方的现代化道路。

那么，在这一文化背景中来到日本的中国人，置身于和洋混杂的日本社会中，他们将做出怎样的反应呢？由此问题推而广之，从19世纪后半叶到"二战"前，以中、日两国为主，以朝鲜半岛为副的东亚文化互动，究竟表现出怎样一种交流模式？这种区域性的交流活动，和"东亚现代性"（Modernity in East Asia）的发生存在怎样的联系？

在对现代旅日作家群体的文化体验进行考察之后，笔者认为，有关东亚现代性问题的探讨，似乎有必要打破那种单一的、线性的历史叙述方式，即认为"近现代中国人是以西化的日本为中介，向西方文化汲取先进经验"的认识结构，但同时，也需要反思那种基于"东方－西方"文化二元论或"中国－日本"文化亲缘性的历史观——这种观念以儒学为基础，试图将中日两国放置在相同的历史叙述模式中，从而认为中国现代化和日本近代化，同样都是伴随着西化派与国粹主义的争斗，并在这种争斗中被动接纳西方文化的过程。

《东京新感情》简述了晚清留日学生的种种心理感受，分"最得意""难过""愁人""可笑""最可怜""差强人意"等"新感情"。其中写道："改西装。身轻如燕。最得意……忽传中国朝廷维新。最得意。"体现留日学生对西式生活的肯定，以及求新求变的政治诉求。但同时又有"见日人崇拜西人之状。难过……日本自称东洋之英国。最可怜……日本在亚洲中。差强人意"① 等议论，似乎对日本的西化颇为不满。当然，在晚清留日学生中，这种好恶分明的判断不一定具有普遍性，但它至少表明：面对异文化的冲击，留日学生的情绪是五味杂陈、困惑而矛盾的。而这样一种特殊时代、特殊地域的复杂的文化体验，就构成了旅日者们思考、憧憬现代性的感性资源。

无论是"得意"也好，"难过"也罢，旅日者对于所见事物的好坏判断所根据的多是个人的好恶，而"东方"和"西方"文化的优劣问题则被借用过来，作为其判断的标准。因此，日本的崛起给旅日中国人带来的冲击，在不同的判断标准下，就产生了艳羡、鄙夷、憎恨、惜叹等矛盾而复杂的心理反应。这种游移、多元而自相矛盾的文化体验，构成了"东亚现代性"的特质。而中国人、日本人和朝鲜人所共有的暧昧的文化身份，使得"东亚"具有"区域"与"世界"的双重属性，也便构成了"东亚－现代性"之间的连字符。

通过语言、风景、都市和日常生活等各方面的文化体验，以及对这些体验的回忆和书写，现代旅日作家建立了复杂而暧昧的日本观。不过，一种异文化观念的建立从来就不是单方面的，它总是在异文化的双向互动中逐步形成的。而对于近代中国和日本来说，这种双向互动的文化交流又总是无法摆脱"西方"的参与。对于日本人来说，近代中国同样是一个难于理解的他者，近代日本人的中国观同样复杂而暧昧。但是，无论是"脱亚入欧"，还是"亚细亚主义"，无论是将中国视为恶友、鄙邻，还是继续学习、尊崇中华文化，并将其作为抵御西方文化侵蚀的"方法"，这种种相互矛盾的态度，都是在与西方的对比考量中产生的。

---

① 学生某：《东京新感情》，《新小说》1902 年 1 号。

　　一方面，清末民国的中国人通过日本发现了"西方"，另一方面，他们也通过西方发现了日本，进而发现了"东方"，这是一个颇为吊诡而有趣的过程。因此，现代旅日作家的日本体验，就常常引发了他们对于东方文化与西方文化的思考。例如，俞平伯短暂游日，便对东方文化与西方文化的异同大发议论，他认为西方人崇尚的音乐艺术偏于机械，而东方人则喜好自然；认为只有日本人做事还不失为很好的模仿，而中国人做事便是"画虎类狗"，连模仿都还不会，更不必说创造。因此，所谓"东方人的特质"似乎已经消沉。① 在这些思考中，俞平伯将中、日文化综合为"东方文化"，从而与"西方文化"进行了对比，而在这一对比之中，归纳出所谓"东方人的特质"，并据此为标准，又对中国与日本当下的文化状况进行了判断，得出中国缺失了"东方人特质"的结论。

　　在徐志摩诗《留别日本》（1924）的开头段落，作者"面对着富士山的清越"，连用了四个"惭愧"来抒发情感。作为一名来自衰落中华的旅者，作者并非为了日本的文明先进而惭愧，他的惭愧之情，主要源于对日本"古风"的羡慕："我羡慕这岛民依旧保持着往古的风尚，在朴素的乡间想见古社会的雅驯，清洁，壮旷；我不敢不祈祷古家邦的重光，但同时我愿望——愿东方的朝霞永葆扶桑的优美，优美的扶桑！"②

　　作者对日本进行了东方主义式③的美好想象，而这种想象是与作者

---

① 参阅俞平伯《东游杂志》，《俞平伯散文选集》，百花文艺出版社，2004，第19～20页。

② 徐志摩：《留别日本》，韩石山编《徐志摩全集》第四卷，天津人民出版社，2005，第159页。

③ 如萨义德所言，西方人对亚洲地区的"东方主义"想象，多有贬抑、丑化之处。但同时，对"东方"的过度赞誉、不切实际的美化，也同样是一种值得反省的"东方主义"。

怀古的幽情交织在一起的。日本文化中所留存的唐风，唤起了作者对盛唐气象的追怀，"洛邑的月色""长安的阳光""蜀道的啼猿""巫峡的涛响""哀怨的琵琶"，都构成了作者对"古唐时的壮健"的回想。因此，扶桑之所以"优美"，缘于在扶桑的天空中飘浮着"东方的朝霞"。

1924 年，泰戈尔访华引发了左翼作家、复古派和"现代评论派"作家的文化论争，徐志摩正是力挺泰戈尔的代表人物之一。作为泰戈尔的陪同和翻译，徐志摩短暂访问了日本，他面对日本所抒发的东方主义情怀，自然受到了泰戈尔的诗情与言行的影响，同时也源自文化论争对徐志摩的刺激。因此，徐志摩以赞美日本所引发的对东方文化的恋慕之情，其实和当时的文化论争中所流行的"东方－西方"话语密切相关。

因为"西方"的存在，中国和日本具有被整合为"东方"的可能性。但是，也正是由于西方文化的介入，东方文化在凸显自身特质的同时，又对自身进行了瓦解。"在探讨寻求文化发展和创新问题时，不仅要反思和扬弃西方文化，而且也要反思和扬弃东方文化自身。"[①] 旅日作家的种种文化体验，已经显示出试图超越"东方－西方"文化模式的迹象。

超越"东方－西方"简单模式的观念，并不是什么新鲜的东西。在穆木天留日期间的重要诗作《告青年》（1928）中，作者这样呼喊：

> 得吃好吃的 Beef Steak，香喷喷的大餐，
>
> 也得吃熏鸡，酱肉，包子，馒头，八宝饭；
>
> 但得用方法吃到你们的肚子里

---

① 卞崇道：《融合与共生——东亚视域中的日本哲学》，人民出版社，2008，第314 页。

作成你们的血液，你们的筋肉，你们的心肝。

不要看向东方不住跪拜叩首的人们。

更不要看向西方不住鞠躬脱帽的人们。

不是同"向左转！""向右转！"那一样的单纯。

你们要求新的东西，得先换新的眼睛新的心。①

　　为何作者要在此强调两个"不要看"呢？实际上，作者并不想要否定"东方"或者"西方"，在他看来，来自西洋的牛排是应该吃的，产自本土的熏鸡和酱肉也是应该吃的，但如何将二者融会贯通，化为20世纪的新生事物，则是问题的关键。因此，一味的复古和盲目的崇洋都是不足取的，历史并非是在"向左转"和"向右转"之间抉择不定的过程，而是要有新的东西出现，故而"得先换新的眼睛新的心"，要用合理的方式将牛排和熏鸡一并吃到肚子里，化为现代人的血液、筋肉和心肝。这种产生于近代东亚地区，超越了东方与西方文化模式的现代性经验，可谓"东亚现代性"的雏形。

　　一些学者倾向于将全球化背景下的"东亚现代性"视为一种与"西方现代性"相对应的、具有自身独立性的现代性模式，在他们看来，"传统东亚与现代东亚之间有相当程度的连续性，或者说传统东亚文化仍或多或少地存留于现代东亚社会中。这种连续性意味着，传统东亚文化已经以某种方式融入现代东亚社会中，从而使东亚现代性在许多方面不同于西方现代性"。② 这固然道出了东亚历史文化中的某些特异

---

① 蔡清富、穆立立编《穆木天诗文集》，时代文艺出版社，1985，第52页。
② 夏光：《东亚现代性与西方现代性：从文化的角度看》，三联书店，2005，第14页。

性，尤其是"传统文化的现代转换方式"的特异性。但问题在于，所谓"东亚现代性"的概念，本身就是在"西方现代性"的启迪下产生的，东亚地区的现代化过程，也总是在"西方现代性"的影响、激励下不断推进的。简而言之，没有"西方"，也就没有"东方"或"东亚"，所谓东亚对于西方的"抵抗"，也总是在对西方的"创造性接受"中，才成为可能。

一方面，在清末至"五四"时期东西方文化论战的思想风潮中，日本强化了旅日中国人的"东方－西方"观，但另一方面，也正是这种频繁的文化互动，通过误读、改写和"创造性接受"的方式，促进了东亚地区①参与到早期全球化进程中。而在这一过程中，联结中国文化与日本文化的东西，那种将中日异质文化整合在一起的力量，将不再是所谓儒学的传统，也非简单的西方文化的接受者身份。它所产生的新兴文明观念，既非"亚洲价值"（Asian Value），② 也非"儒家现代性"（Confucian Modernity），③ 而是在东方与西方之间的，既带有"区域性"，也通达"世界"的"东亚现代性"。

---

① 之所以使用"东亚地区"这样的表述方式，是因为在对近现代文化交流史的考察中，还必须将朝鲜半岛纳入思考的范围。

② "亚洲价值"的概念，最早由新加坡总理李光耀于 1980 年代提出，试图以"亚洲四小龙"的崛起作为典范，构建以儒家文化为基础的所谓"亚洲模式"。

③ 由哈佛大学的杜维明教授提出。

参考文献

历史材料（报刊、文集、史料、回忆录等）：

《晨报副刊》《创造季刊》

《创造月刊》《创造周报》

《东方杂志》《河南》

《礼拜六》《民报》

《现代评论》《小说月报》

《新青年》《新小说》

《选报》《浙江潮》等

〔日〕德富苏峰著，刘红译《中国漫游记 七十八日游记》，中华书局，2008。

〔日〕谷崎润一郎著，陈德文译《阴翳礼赞》，上海译文出版社，2011。

〔日〕芥川龙之介著，罗兴典、陈生保、刘立善译《芥川龙之介全集》第3卷，山东文艺出版社，2005。

〔日〕小泉八云著，邵文实译《日本魅影》，鹭江出版社，2005。

《蔡元培全集》中华书局，1984。

《陈天华集》，湖南人民出版社，2008。

《成仿吾文集》，山东大学出版社，1985。

《辜鸿铭文集》，海南出版社，1996。

《郭沫若全集》，科学出版社，2002。

《胡适文集》，北京大学出版社，1998。

《蒋光慈文集》第二卷，上海文艺出版社，1983。

《康有为全集》，中国人民大学出版社，2007。

《李大钊全集》，河北教育出版社，1999。

《凌叔华散文选集》，百花文艺出版社，2004。

《鲁迅全集》，人民文学出版社，1981。

《欧阳予倩全集》，上海文艺出版社，1990。

《孙中山全集》，中华书局，1986。

《谭嗣同全集》，中华书局，1981。

《萧红全集》，哈尔滨出版社，1991。

《郁达夫文集》，花城出版社，1982。

《章太炎全集》，上海人民出版社，1999。

阿英编《甲午中日战争文学集》，中华书局，1958。

不肖生：《留东外史》，岳麓书社，1988。

陈平原等编《二十世纪中国小说理论资料》（4 卷），北京大学出版社，1997。

崔万秋：《新路》，四社出版部，1933。

丁景唐编选《陶晶孙选集》，人民文学出版社，1995。

范桥、王才路、夏小飞编《谢冰莹散文》，中国广播电视出版社，1993。

方令孺：《方令孺散文选集》，百花文艺出版社，2004。

郭沫若著，唐明中、黄高斌编注《樱花书简》，四川人民出版社，1981。

郭沫若著，王锦厚等编《郭沫若佚文集》，四川大学出版社，1988。

韩石山编《徐志摩全集》，天津人民出版社，2005。

黄遵宪著，吴振清、徐勇、王家祥点校整理《日本国志》，天津人民出版社，2005。

黄遵宪著，钟叔河辑校《日本杂事诗广注》，湖南人民出版社，1981。

江曾培主编《中国留学生文学大系》（近现代散文纪实文学卷），上海文艺出版社，2000。

江曾培主编《中国留学生文学大系》（近现代小说卷），上海文艺出版社，2000。

姜诗元编选《陶晶孙文集》，华夏出版社，2000。

俊生编《现代女作家随笔选》，上海仿古书店，1936。

孔另境编《中国小说史料》，古典文学出版社，1957。

梁启超：《饮冰室合集》，中华书局，1936。

林林：《扶桑杂记》，百花文艺出版社，1982。

刘安等著，高诱注《淮南子》，上海古籍出版社，1989。

刘晴：《张资平文集》，华夏出版社，2000。

履冰：《东京梦》，作新社，1909。

梦芸生：《伤心人语》，上海图书集成局，1905。

缪崇群：《缪崇群散文选集》，百花文艺出版社，2004。

倪贻德著，丁言昭编选《倪贻德艺术随笔》，上海文艺出版社，1999。

钱虹编《庐隐选集》，福建人民出版社，1985。

任建树主编《陈独秀著作选编》，上海人民出版社，2009。

思慕：《野菊集》，上海文艺出版社，1984。

苏曼殊著，马以君编注，柳无忌校订《苏曼殊文集》上册，花城出版社，1991。

孙党伯、袁謇正主编《闻一多全集》，湖北人民出版社，1993。

谭行、刘志坚、邓小飞编《马君武诗注》，广西民族出版社，1985。

王富仁编《中国现代历史小说大系》，河北人民出版社，1999。

王继权等编《中国近代小说大系》，江西人民出版社，1989。

王韬著，陈尚凡等校点《漫游随录·扶桑游记》，岳麓书社，1985。

吴趼人：《我佛山人文集》，花城出版社，1988～1989。

吴组缃等主编《中国近代文学大系》，上海书店，1995。

夏晓虹编《梁启超文选》，中国广播电视出版社，1992。

夏衍：《法西斯细菌》，人民文学出版社，1959。

许寿裳：《亡友鲁迅印象记·许寿裳回忆鲁迅全编》，上海文化出版社，2006。

苑书义等主编《张之洞全集》，河北人民出版社，1998。

张明高、范桥编《周作人散文》，中国广播电视出版社，1992。

张枬、王忍之编《辛亥革命前十年间时论选集》，三联书店，1960。

张资平：《爱之焦点》，上海书店，1989。

郑振铎编《晚清文选》，上海书店，1987。

钟叔河编订《周作人散文全集》，广西师范大学出版社，2009。

朱寿桐编《张资平自传》，江苏文艺出版社，1998。

论著、工具书：

〔法〕埃里克·巴拉泰、伊丽莎白·阿杜安·菲吉耶著，乔江涛译《动物园的历史》，中信出版社，2006。

〔法〕罗兰·巴尔特著，孙乃修译《符号帝国》，商务印书馆，1994。

〔法〕米歇尔·德·塞托著，方琳琳、黄春柳译《日常生活实践 1.

实践的艺术》，南京大学出版社，2009。

〔法〕米歇尔·福柯著，谢强、马月译《知识考古学》，三联书店，1998。

〔法〕皮埃尔·布迪厄著，刘晖译《艺术的法则：文学场的生成和结构》，中央编译出版社，2001。

〔法〕让·波德里亚著，车槿山译《象征交换与死亡》，译林出版社，2006。

〔美〕爱德华·W. 萨义德著，王宇根译《东方学》，三联书店，2007。

〔美〕本尼迪克特·安德森著，吴叡人译《想象的共同体——民族主义的起源与散布》，上海世纪出版社，2005。

〔美〕丹尼尔·贝尔著，严蓓雯译《资本主义文化矛盾》，江苏人民出版社，2007。

〔美〕富兰克林·H. 金著，程存旺、石嫣译《四千年农夫：中国、朝鲜和日本的永续农业》，东方出版社，2011。

〔美〕卡尔·瑞贝卡著，高瑾等译《世界大舞台——十九、二十世纪之交中国的民族主义》，三联书店，2008。

〔美〕刘易斯·芒福德著，陈允明、王克仁、李华山译《技术与文明》，中国建筑工业出版社，2009。

〔美〕刘易斯·芒福德著，宋俊岭、李翔宁、周鸣浩译《城市文化》，中国建筑工业出版社，2008。

〔美〕鲁思·本尼迪克特著，吕万和、熊达云、王智新译《菊与刀——日本文化的类型》，商务印书馆，2010。

〔美〕罗芙芸著，向磊译《卫生的现代性：中国通商口岸卫生与疾病的含义》，江苏人民出版社，2007。

〔美〕任达著，李仲贤译《新政革命与日本：中国，1989～1912》，江苏人民出版社，2010。

〔美〕史书美著、何恬译《现代的诱惑：书写半殖民地中国的现代主义（1917～1937）》，江苏人民出版社，2007。

〔美〕斯蒂文·J. 埃里克森著，陈维、乐艳娜译《汽笛的声音——日本明治时代的铁路与国家》，江苏人民出版社，2011。

〔美〕斯维特兰娜·博伊姆著，杨德友译《怀旧的未来》，译林出版社，2010。

〔美〕苏珊·B. 韩利著，张键译《近世日本的日常生活》，三联书店，2010。

〔美〕索杰著，陆扬等译《第三空间：去往洛杉矶和其他真实和想象地方的旅程》，上海教育出版社，2005。

〔美〕温迪·J. 达比著，张箭飞、赵红英译《风景与认同》，译林出版社，2011。

〔日〕安丸良夫著，刘金才、徐滔等译《近代天皇观的形成》，北京大学出版社，2010。

〔日〕北冈正子著，何乃英译《摩罗诗力说材源考》，北京师范大学出版社，1983。

〔日〕滨下武志《亚洲价值、秩序与中国的未来：后国家时代之亚洲研究》，中央研究院东北亚区域研究，2001。

〔日〕柄谷行人著，赵京华译《日本现代文学的起源》，三联书店，2006。

〔日〕福泽谕吉著，北京编译社译《文明论概略》，商务印书馆，2009。

〔日〕冈仓天心、九鬼周造著，江川澜、杨光译《茶之书·"粹"

的构造》，上海人民出版社，2011。

〔日〕冈仓天心著，蔡春华译《中国的美术及其他》，中华书局，2009。

〔日〕沟口雄三、小岛毅主编，孙歌等译《中国的思维世界》，江苏人民出版社，2006。

〔日〕沟口雄三著，索介然、龚颖译《中国前近代思想的演变》，中华书局，1997。

〔日〕和辻哲郎著，陈力卫译《风土》，商务印书馆，2006。

〔日〕吉野耕作著，刘克申译《文化民族主义的社会学——现代日本自我认同意识的走向》，商务印书馆，2004。

〔日〕铃木贞美著，魏大海译《日本的文化民族主义》，武汉大学出版社，2008。

〔日〕芦原义信著，尹培桐译《街道的美学》，百花文艺出版社，2006。

〔日〕鹿野政直著，许佩贤译《日本近代思想》，五南图书出版股份有限公司，2008。

〔日〕梅棹忠夫著，杨芳玲译《何谓日本》，百花文艺出版社，2001。

〔日〕木山英雄著，赵京华编译《文学复古与文学革命》，北京大学出版社，2004。

〔日〕南博著，邱琡雯译《日本人论：从明治维新到现代》，广西师范大学出版社，2007。

〔日〕山本七平著，崔世广、王炜、唐永亮译《何为日本人》，国际文化出版公司，2010。

〔日〕山本文雄著，诸葛蔚东译《日本大众传媒史》，广西师范大学出版社，2007。

〔日〕实藤惠秀著，谭汝谦、林启彦译《中国人留学日本史》，三联书店，1983。

〔日〕松本三之介著，李冬君译《国权与民权的变奏——日本明治精神结构》，东方出版社，2005。

〔日〕丸山真男著，区建英、刘岳兵译《日本的思想》，三联书店，2009。

〔日〕西原大辅著，赵怡译《谷崎润一郎与东方主义——大正日本的中国幻想》，中华书局，2005。

〔日〕小森阳一著，陈多友译《日本近代国语批判》，吉林人民出版社，2003。

〔日〕伊藤虎丸著，李冬木译《鲁迅与终末论：近代现实主义的成立》，三联书店，2008。

〔日〕伊藤虎丸著，孙猛、徐江、李冬木译《鲁迅、创造社与日本文学》，北京大学出版社，2005。

〔日〕依田憙家著，卞立强、陈生保、任清玉译《近代日本与中国日本的近代化：与中国的比较》，上海远东出版社，2004。

〔日〕原田信男著，周颖昕译《日本料理的社会史——和食与日本文化论》，社会科学文献出版社，2011。

〔日〕竹内好著，孙歌编译《近代的超克》，三联书店，2005。

〔日〕子安宣邦著，陈玮芬译《福泽谕吉〈文明论概略〉精读》，清华大学出版社，2010。

〔日〕子安宣邦著，赵京华编译《东亚论——日本现代思想批判》，吉林人民出版社，2004。

〔日〕樽本照雄编《新编增补清末民初小说目录》，齐鲁书社，2002。

〔匈〕阿格妮丝·赫勒著，衣俊卿译《日常生活》，重庆出版社，2010。

〔英〕E. 霍布斯鲍姆、〔英〕T. 兰格等著，顾杭、庞冠群译《传统的发明》，译林出版社，2004。

〔英〕阿雷恩·鲍尔德温等著，陶东风等译《文化研究导论》，高等教育出版社，2004。

〔英〕安东尼·吉登斯著，田禾译《现代性的后果》，译林出版社，2011。

〔英〕本·海默尔著，王志宏译《日常生活与文化理论导论》，商务印书馆，2008。

〔英〕雷蒙·威廉斯著，高晓玲译《文化与社会：1780～1950》，吉林出版集团，2011。

〔英〕玛丽·道格拉斯著，黄剑波、柳博赟、卢忱译《洁净与危险》，民族出版社，2008。

《读书》杂志编《亚洲的病理》，三联书店，2007。

《中国现代文艺资料丛刊》第4辑，新文艺出版社，1979。

阿英：《晚清小说史》，江苏文艺出版社，2009。

卞崇道：《融合与共生——东亚视域中的日本哲学》，人民出版社，2008。

陈光兴：《去帝国：亚洲作为方法》，行人出版社，2006。

陈敬之：《中国文学的由"旧"到"新"》，成文出版社，1980。

陈平原：《中国现代小说的起点——清末民初小说研究》，北京大学出版社，2010。

陈平原：《中国小说叙事模式的转变》，北京大学出版社，2003。

陈祖恩：《寻访东洋人——近代上海的日本居留民（1868～

1945)》，上海社会科学院出版社，2007。

成中英主编《本体的解构与重建——对日本思想史的新诠释》，上海社会科学院出版社，2005。

程麻：《鲁迅留学日本史》，陕西人民出版社，1985。

单正平：《晚清民族主义与文学转型》，人民出版社，2006。

董炳月：《"国民作家"的立场：中日现代文学关系研究》，三联书店，2006。

杜小真编选《福柯集》，上海远东出版社，1998。

高明士编《东亚文化圈的形成与发展：儒家思想篇》，华东师范大学出版社，2008。

葛兆光：《宅兹中国——重建有关"中国"的历史论述》，中华书局，2011。

龚鹏程：《近代思潮与人物》，中华书局，2007。

龚鹏程：《游的精神文化史论》，河北教育出版社，2001。

郭少棠：《旅行：跨文化想像》，北京大学出版社，2005。

郭延礼：《中西文化碰撞与近代文学》，山东教育出版社，2000。

贺照田主编《东亚现代性的曲折与展开》，吉林人民出版社，2002。

黄福庆：《清末留日学生》，中央研究院近代史研究所专刊（34），1975。

蒋百里、戴季陶：《日本人与日本论》，凤凰出版社，2009。

靳明全：《中国现代文学兴起发展中的日本影响因素》，中国社会科学出版社，2004。

赖芳伶：《晚清小说与社会政治变迁：一八九五－一九一一》，大安出版社，1994。

李欧梵：《未完成的现代性》，北京大学出版社，2005。

李欧梵著，毛尖译《上海摩登：一种新都市文化在中国 1930～1945》，上海三联书店，2008。

李欧梵著，尹慧珉译《铁屋中的呐喊——鲁迅研究》，岳麓书社，1999。

李怡：《日本体验与中国现代文学的发生》，北京大学出版社，2009。

李兆忠：《喧闹的骡子——留学与中国现代文化》，人民文学出版社，2010。

林庆元、杨齐福：《"大东亚共荣圈"源流》，社会科学文献出版社，2006。

林少阳：《"文"与日本的现代性》，中央编译出版社，2004。

刘禾著，宋伟杰等译《跨语际实践：文学，民族文化与被译介的现代性（中国：1900～1937)》，三联书店，2008。

刘禾著，杨立华等译《帝国的话语政治：从近代中西冲突看现代世界秩序的形成》，三联书店，2009。

刘献彪、林治广编《鲁迅与中日文化交流》，湖南人民出版社，1981。

刘永文：《晚清小说目录》，上海古籍出版社，2008。

刘岳兵：《日本近现代思想史》，世界知识出版社，2010。

娄晓凯：《中国现代文学史上留欧美与留日学生文学观比较研究：1900～1930》，光明日报出版社，2010。

鲁迅：《中国小说史略》，浙江文艺出版社，2000。

鲁迅博物馆、鲁迅研究室编《鲁迅年谱》第一卷，人民文学出版社，1981。

罗志田：《权势转移——近代中国的思想、社会与学术》，湖北人民出版社，1999。

钱国红：《走近"西洋"和"东洋"——中日世界意识形成的比较研究》，商务印书馆，2009。

钱理群等：《中国现代文学三十年》，北京大学出版社，1998。

青弓社编辑部编，周以量译《富士山与日本人》，社会科学文献出版社，2010。

桑兵：《晚清民国的学人与学术》，中华书局，2008。

尚小朋：《留日学生与清末新政》，江西教育出版社，2002。

邵毅平：《东洋的幻象：中日法文学中的中国与日本》，上海锦绣文章出版社，2010。

沈庆利：《现代中国异域小说研究》，北京大学出版社，2009。

孙歌：《求错集》，三联书店，1998。

孙歌：《我们为什么要谈东亚：状况中的政治与历史》，三联书店，2011。

孙歌：《竹内好的悖论》，北京大学出版社，2005。

孙歌：《主题弥散的空间——亚洲论述之两难》，江西教育出版社，2002。

孙玉石：《走近真实的鲁迅——鲁迅思想与五四文化论集》，北京大学出版社，2009。

唐宏峰：《旅行的现代性——晚清小说旅行叙事研究》，北京师范大学出版社，2011。

唐沅等编《中国现代文学期刊目录汇编（丙种）》（第一册），天津人民出版社，1988。

陶东风：《文体演变及其文化意味》，云南人民出版社，1994。

陶东风：《知识分子与社会转型》，河南大学出版社，2004。

汪晖：《现代中国思想的兴起》，三联书店，2008。

汪毅夫：《鲁迅与新思潮：论鲁迅留日时期的思想》，陕西人民教育出版社，1996。

王德威：《被压抑的现代性——晚清小说新论》，北京大学出版社，2005。

王德威：《想象中国的方法》，三联书店，2003。

王汎森：《中国近代思想与学术的系谱》，河北教育出版社，2001。

王洁群：《晚清小说中的西方器物形象》，湘潭大学出版社，2009。

王屏：《近代日本的亚细亚主义》，商务印书馆，2004。

王晓平：《近代中日文学关系交流史稿》，湖南文艺出版社，1987。

王晓秋：《近代中国与日本——互动与影响》，昆仑出版社，2005。

王晓元：《民国名人与日本妻妾》，作家出版社，2004。

王训昭编《郭沫若研究资料》，中国社会科学出版社，1986。

王一川：《中国现代性体验的发生——清末民初文化转型与文学》，北京师范大学出版社，2001。

吴志攀、李玉主编《东亚的价值》，北京大学出版社，2010。

武继平：《郭沫若留日十年》，重庆出版社，2001。

夏晓虹：《晚清的魅力》，百花文艺出版社，2001。

夏志清：《中国现代小说史》，香港友联出版社，1979。

谢晃：《百年中国文学总系：1898 百年忧患》，山东教育出版社，1998。

薛毅、孙晓忠编《鲁迅与竹内好》，上海书店出版社，2008。

严家炎：《中国现代小说流派史》，人民文学出版社，1989。

杨军、张乃和主编《东亚史》，长春出版社，2006。

杨联芬：《晚清至五四——中国文学现代性的发生》，北京大学出版社，2003。

殷海光：《中国文化的展望》，上海三联书店，2002。

袁进：《中国文学观念的近代变革》，上海社会科学出版社，1996。

张冠增：《东亚城市的形成与发展》，上海外语教育出版社，2000。

张小红编《陶晶孙百岁诞辰纪念集》，百家出版社，1998。

张小玲：《夏目漱石与近代日本的文化身份建构》，北京大学出版社，2009。

张哲俊：《东亚比较文学导论》，北京大学出版社，2004。

赵德宇等：《日本近现代文化史》，世界知识出版社，2010。

赵京华：《日本后现代与知识左翼》，三联书店，2007。

赵京华：《周氏兄弟与日本》，人民文学出版社，2011。

郑匡民：《西学的中介：清末民初的中日文化交流》，四川人民出版社，2008。

中国社会科学研究会编《中国与日本的他者认识：中日学者的共同探讨》，社会科学文献出版社，2004。

朱寿桐、武继平：《创造社作家研究》，中国书店，1999。

外文文献：

Ben Highmore（2005）. *Cityscapes：cultural readings in the material and symbolic city Basingstoke*，Hampshire：Palgrave Macmillan.

Harry Harootunian（2000）. *History's disquiet*，*Modernity*，*Cultural Practice*，*and the Question of Everyday Life*，Columbia University Press.

Raymond Williams（1960）. *Culture and Society：1780 – 1950*. New York：Columbia University Press.

アンリ・ルフェーブル：《空間の生産》，東京：青木書店，2000。

浜下武志：《朝貢システムと近代アジア》，東京：岩波書店，1997。

北岡正子：《魯迅救亡の夢のゆくえ：悪魔派詩人論から「狂人日

記」まで》，吹田：関西大学出版部，2006。

北岡正子：《魯迅日本という異文化のなかで：弘文学院入学から「退学」事件まで》，吹田：関西大学出版部，2001。

陈祖恩：《上海の日本文化地図》，上海锦绣文章出版社，2010。

成田龍一：《近代都市空間の文化経験》，東京：岩波書店，2003。

初田亨：《繁華街にみる都市の近代——東京》，東京：中央公論美術出版，2001。

大門正克、安田常雄、天野正子：《近代社会を生きる：近現代日本社会の歴史》，東京：吉川弘文館，2003。

岡本幸治：《近代日本のアジア観》，京都：ミネルヴァ書房，1998。

岡本哲志：《銀座四百年：都市空間の歴史》，東京：講談社，2006。

溝口雄三［ほか］編《アジアから考える》，東京大学出版会，1994。

和久田康雄：《日本の市内電車：1895～1945》，東京：成山堂書店，2009。

吉田集而：《風呂とエクスタシー：入浴の文化人類学》，東京：平凡社，1995。

吉田千鶴子：《近代東アジア美術留学生の研究：東京美術学校留学生史料》，東京：ゆまに書房，2009。

久保田博：《日本の鉄道車輌史》，東京：グランプリ出版，2001。

李為、白石善章、田中道雄：《文化としての流通》，東京：同文舘出版，2007。

鈴木勇一郎：《近代日本の大都市形成》，東京：岩田書院，2004。

山本周次：《旅と政治：思想家の異文化体験》，京都：晃洋書房，2007。

山梨絵美子等：《日本の近代絵画》，東京：ブレーン出版，1996。

山室信一：《思想課題としてのアジア：基軸・連鎖・投企》，東京：岩波書店，2001。

神田孝治：《観光の空間：視点とアプローチ》，京都：ナカニシヤ出版，2009。

石川寛子，江原絢子：《近現代の食文化》，川崎：弘学出版，2002。

石塚裕道：《日本近代都市論：東京：1868～1923》，東京大学出版会，1991。

藤間生大：《東アジア世界研究への模索：研究主体の形成に関連して》，東京：校倉書房，1982。

藤間生大：《近代東アジア世界の形成》，東京：春秋社，1977。

田中純一郎：《日本映画発達史》，東京：中央公論社，1980。

小島淑男：《留日学生の辛亥革命》，東京：青木書店，1989。

小林丈広：《近代日本と公衆衛生：都市社会史の試み》，東京：雄山閣出版，2001。

伊東昭雄等：《中国人の日本人観 100 年史》，東京：自由国民社，1974。

越沢明：《東京の都市計画》，東京：岩波書店，1991。

増田美子：《日本衣服史》，東京：吉川弘文館，2010。

中沢正：《日本料理史考》，東京：柴田書店，1977。

佐々木時雄：《動物園の歴史：日本における動物園の成立》，東京：講談社，1987。

期刊文章：

〔日〕驹田信二著，奚必安、顾长浩译《日暮里和 Nippori》，《国外社会科学》1981 年 9 期。

曹康、陶娅：《东京近代城市规划：从明治维新到大正民主》，《国外城市规划》2008 年 2 期。

韩少功：《国境的这边和那边》，《天涯》1999 年 6 期。

施晔：《从〈东京梦〉到〈留东外史〉：清末民初留日小说的滥觞和发展》，《明清小说研究》2010 年 1 期。

苏明：《"支那"之痛：现代留日作家的创伤性记忆》，《中国现代文学研究丛刊》2010 年 1 期。

杨念群：《何谓"东亚"？——近代以来中日韩对"亚洲"想象的差异及其后果》，《清华大学学报》2012 年 1 期。

张永芳：《黄遵宪使日期间诗词佚作钩稽》，赵敏俐主编《中国诗歌研究》第 4 辑，2007。

附　录

现代旅日作家小传、重要作品一览表（1896～1937 年）

作家小传	旅日时间	重要的旅日文学作品
鲁迅（1881～1936），浙江绍兴人。1902 年入东京弘文学院，1904 年入仙台医学专门学校学习医学，后受"幻灯片事件"影响，决定弃医从文。1906 年在东京发起创办《新生》杂志失败。1909 年回国。	1902.4～1909.8	散文《藤野先生》（1926）
郭沫若（1892～1978），四川乐山人，创造社成员。1914 年赴日留学，考入东京第一高等学校预科。1915 年入冈山第六高等学校。1918 年入九州帝国大学医科。1924 年正式回国。1928 年流亡日本至抗战爆发。	1914.1～1924；1928.2～1937.7	诗集《女神》（1921）、《星空》（1923）；小说《鼠灾》（1920）、《残春》（1922）、《未央》（1922）、《月蚀》（1923）、《圣者》（1924）、《喀尔美萝姑娘》（1924）、《落叶》（1925）、《万引》（1925）、《行路难》（1925）、《三诗人之死》（1925）、《人力以上》（1925）、《曼陀罗华》（1926）、《红瓜》（1926）；散文《今津纪游》（1922）、《自然底追怀》（1933）；书信集《樱花书简》（1913～1923）
郁达夫（1896～1945），浙江富阳人，创造社成员。1911 年赴日留学，1921 年毕业于东京帝国大学经济部。抗战期间积极从事抗日活动。1945 年被日本宪兵杀害。	1913.9～1922.7	小说《银灰色的死》（1921）、《沉沦》（1921）、《胃病》（1921）、《南迁》（1921）、《怀乡病者》（1922）、《空虚》（1922）、《迟桂花》（1932）；散文《盐原十日记》（1921）、《归航》（1922）、《日本的文化生活》（1936）、《雪夜》（1936）

作家小传	旅日时间	重要的旅日文学作品
周作人（1885～1967），浙江绍兴人。1906年入东京中国留学生会馆讲习班习日语、俄语、希腊语。1911年回国。抗战时期出任汪伪政府华北政务委员会委员。	1906～1911.10	散文《访日本新村记》（1919）、《日本与中国》（1925）、《怀东京》（1936）、《谈日本文化书》（1936）、《日本管窥》系列（1935～1937）、《谈混堂》（1937）、《东京的书店》等
梁启超（1873～1929），广东新会人。1898年维新变法失败后流亡日本。在日期间创办《清议报》、《新民丛报》和《新小说》。1912年回国。	1898.9～1912	
苏曼殊（1884～1918），广东香山人，父亲是中国商人，母亲是日本人。1884年生于日本横滨。1903年入东京早稻田大学预科。曾参与中国留学生组织的革命团体，加入"拒俄义勇队"。1906年与鲁迅等人合办《新生》杂志失败。	多次往返于中日两地	小说《断鸿零雁记》（1911～1912）
陶晶孙（1897～1952），江苏无锡人，创造社成员。1906年随父亲赴日。1919年入九州帝国大学医科。1927年回国。1950年从台湾赴日。	1906～1927；1950～1952	小说集《木犀》（1926）、《音乐会小品》（1927）；剧本集《傻子的治疗》（1930）
巴金（1904～2005），四川成都人。1934年留日，先后居横滨、东京。1935年回国。	1934.11～1935.8	小说《神》、《鬼》、《人》（1934～1935）；杂文集《点滴》（1935）
茅盾（1896～1981），浙江桐乡人。1928年流亡日本，先后居东京、京都。1930年回国。	1928.7～1930.4	散文《雾》（1929）、《虹》（1929）、《红叶》（1929）、《速写一》（1929）、《速写二》（1929）、《叩门》（1929）、《卖豆腐的哨子》（1929）、《风化》（1929）、《自杀》（1929）、《樱花》（1929）、《邻一》（1929）、《邻二》（1929）

作家小传	旅日时间	重要的旅日文学作品
田汉（1898～1968），湖南长沙人，创造社成员。1916年入东京高等师范学校，先后学海军和教育学。1922年回国。	1916～1922.9	散文《日本印象记》（1927）；戏剧《乡愁》（1922）；日记《蔷薇之路》（1921～1922）
张资平（1893～1959），广东梅县人，创造社成员。1912年入东京同文书院习日语。1919年入东京帝国大学理学院地质系学习。1940年在汪伪政府农矿部任职，后任"中日文化协会"出版组主任。	1912.8～1922	小说《约檀河之水》（1920）、《冲积期化石》（1921）、《她怅望着祖国的天野》（1921）、《写给谁的信》（1921）、《一班冗员的生活》（1922）、《一群鹅》（1923）、《银踯躅》（1923）、《绿霉火腿》（1921）、《木马》（1922）、《白滨的灯塔》（1923）
丰子恺（1898～1975），浙江崇德人。1921年初入川端绘画学校习绘画、音乐和外语。1921年底回国。	1921	散文《我的苦学经验》（1930）、《东京某晚的事》（1925）、《记东京某音乐研究会中所见》（1936）、《林先生》（1936）、《日本的裸体画问题》（1936）
不肖生（1889～1957），湖南平江人。1906年入东京宏文书院习政法。1912年回国。1913年再度留日，考入东京帝国大学。1916年回国。	1906～1912；1913～1916	小说《留东外史》（1916～1922）
徐志摩（1897～1931），浙江海宁人。1918年留学美国途中短暂游日。1924年陪同印度诗人泰戈尔游日。	1918；1924	诗歌《沙扬娜拉十八首》（1924）、《留别日本》（1924）；小说《春痕》（1923）；散文《富士》（1928）；演讲稿《落叶》（1924）
庐隐（1898～1934），女，福建闽侯人。1930年短期旅居日本。	1930	小说《或人的悲哀》（1922）、《苹果烂了》（1931）；散文《碧涛之滨》（1922）、《华严泷下》（1922）、《最后的光荣》（1922）、《离开东京的前一天》（1923）、《扶桑印影》（1923）、《东京小品》（1930）、《异国秋思》（1932）
滕固（1901～1941），上海宝山人。1920年入东京私立东洋大学。	1920.9～？	小说《银杏之果》（1922）、《壁画》（1922）、《石像的复活》（1922）、《古董的自杀》（1923）、《新漆的偶像》（1925）、《旧笔尖与新笔尖》（1926）、《鹅蛋脸》（1929）

作家小传	旅日时间	重要的旅日文学作品
夏衍（1900～1995），浙江余杭人。1921年入九州明治专门学校电机专业。1927年被驱逐回国。	1920.9～1927	
蒋光慈（1901～1931），安徽金寨人。1929年因肺结核赴日休养，在东京组织太阳社东京支部。同年回国。	1929.8～1929.11	日记《异邦与故国》（1929）
俞平伯（1900～1990），浙江吴兴人。1922年短暂游日。	1922	散文《东游杂志》（1922）
闻一多（1899～1946），湖北浠水人。1922年赴美留学途中短暂游日。	1922	
欧阳予倩（1889～1962），湖南浏阳人。1904年留日。1907年入明治大学商科。1908年入早稻田大学文科，参加话剧团体"春柳社"。1911年回国。	1904～1911	
萧红（1911～1942），女，黑龙江呼兰人。1936年因家庭情感问题赴日养病。翌年回国。	1936～1937	诗歌《砂粒》（1936）；散文《孤独的生活》（1936）
李叔同（1880～1942），天津人。1905年入东京美术学校习油画、音乐。与欧阳予倩等人创办"春柳社"。1910年回国。	1905～1910	
成仿吾（1897～1984），湖南新化人，创造社成员。1910年入东京帝国大学造兵科。1921年回国。	1910～1921	小说《一个流浪人的新年》（1921）；散文《东京》（1923）
穆木天（1900～1971），吉林伊通人，创造社成员。1920年入京都第三高等学校文科。1923年入东京大学攻读法国文学。1926年回国。	1920～1926	诗歌《告青年》（1928）；散文《秋日风景画》（1933）

作家小传	旅日时间	重要的旅日文学作品
凌叔华（1900～1990），女，广东番禺人。幼年赴日，居两年。1928年游日，居近两年。	1928～？	小说《异国》（1931）、《千代子》（1931）；散文《登富士山》（1928）、《重游日本记》（1959）
郑伯奇（1895～1979），陕西长安人，创造社成员。1917年入东京第一高等学校、京都第三高等学校、帝国大学。1926年回国。	1917～1926	小说《最初之课》（1921）
谢冰莹（1906～2000），女，湖南新化人。1931年留日，后因拒绝出迎溥仪访日，遭逮捕并遭送回国。1935年更名改姓后再度留日，入早稻田大学研究院。	1931～？；1935～？	散文《樱花开的时候》、《樱之家》（1935）、《在日本狱中》（1940）
冯乃超（1901～1983），创造社成员。1901年生于日本横滨华侨家庭。1927年回国。	1901～1927	散文《Demonstration》（1928）、《我当然相信的》（1929）；戏剧《支那人自杀了》（1928）
夏丏尊（1886～1946），浙江上虞人。1905年入东京弘文学院。1907年回国。	1905～1907	散文《日本的障子》
胡风（1902～1985），湖北蕲春人。1929年入庆应大学英文科。1933年被驱逐回国。	1929～1933.7	
邹容（1885～1905），重庆巴南人。1902年入东京同文书院习日语。翌年回国。	1902～1903	
陈天华（1875～1905），湖南新化人。1903年入弘文学院师范科。曾参与"拒俄起义"。1905年投海自杀。	1903～1905年间往返于中日两地	《狮子吼》（1904～1905）、《绝命书》（1905）
方令孺（1896～1976），女，安徽桐城人。1935年游日。	1935～？	散文《去看日本的红叶》（1936）、《游日杂记》（1937）

作家小传	旅日时间	重要的旅日文学作品
倪贻德（1901~1970），浙江杭州人。1926年入日本川端绘画学校。1928年回国。	1926~1928	散文《号外新闻》（1928）、《樱花》（1928）
刘呐鸥（1900~1939），台湾台南人。自小生长于日本。		
秋瑾（1875~1907），女，福建闽县人。1904年自费留日。1906年回国。	1904~1906	
崔万秋（1904~1990），山东观城人。1924年留日。1933年回国。	1924~1933	小说集《新路》（1933）
戴季陶（1891~1949），四川广汉人。1905年留日。1909年回国。	1905~1909	《日本论》（1928）
履冰（生卒年不详）		小说《东京梦》（1909）
梦芸生（生卒年不详）		小说《伤心人语》（1905）
钱单士厘（生卒年不详），女，浙江萧山人。1899年随夫赴日。	1899~？	游记《癸卯旅行记》
佚名（生卒年不详）		小说《破裂不全的小说》（1903）

后　记

数码时代的论文写作

　　和众多同辈学子一样，我的这本专著从始至终都是在电脑上"生产"出来的。在这个电子媒介与印刷媒介平分天下的时代，由于电子数据库和网络搜索工具的发达，传统的文学研究方法似乎变得不那么必要，于是，图书馆里的"漫游者"减少了，博闻强记的学术训练也部分地转向上网能力的培养。

　　不仅如此，本书写作的灵感来源和语言表达，也都受此影响。现代文学是在当代的理论视野中被"发现"的，因此，当我们试图去探究旧时代文人的所思所感之时，总是掺入了当下的感性经验。具体就本书来说，这些经验包括了学习外语的心得、出门旅行的体验、对于所居城市的观察以及日常生活的感受等。而这些个人的体验，都或多或少地与电子媒介相关。更甚的是，当钢笔和稿纸被电脑键盘、鼠标和液晶显示屏所取代时，本书的写作速度、节奏和遣词造句的特点也都随之发生了微妙的变化。例如在本书中，一些难以避免的"学术腔"，在我看来，就与敲击电脑键盘的"惯性"相关。

　　我也曾设想以手写的方式完成本书的初稿，这种可笑的怀旧心理大概源自对电脑的腻味和逆反，而这一计划的迅速流产也正说明了，数码

212

化的学术研究和写作是不可逆转的时代主潮。

写作是灵魂的舞蹈，本书的写作是以理性的笔法来描绘舞蹈的姿态。数码时代的写作，如何能够在有效利用新兴信息工具的同时，又不失却那些传统的学术研究经验呢？例如捧读书本的触感，以及在图书馆的角落偶然发现珍贵材料的经历，这些问题，引发了我在本书写作之外的一些思索。

写下这些琐碎的感想之余，我必须感谢导师陶东风教授。我不仅在课堂、书本和私下会谈中与他相遇，也在博客和电子邮件中领受其教诲，他开阔的理论视野和新潮的思维方式都深刻影响了我的研究和写作，没有他的指导，我无法想象本书将会写成何等模样。

同时，我也要向求学道路上的众多老师和亲友致以谢意。我的硕士生导师韩少功先生和刘复生教授均以各自不同的方式给我鼓励，而张清华、赵勇、程光炜、吴思敬、王光明、邱运华、王德胜等诸位老师也都为本书的写作提供了宝贵的意见。此外，师门诸友乃至我在求学期间相知相遇的许多朋友，他们都构成了我人生经验中必不可缺的一部分。尽管他们中的一些人只是通过网络给予我帮助，但我常能感到，在苍白而刻板的数码信息背后，隐藏着他们丰富的个人经历和人生感悟。

是为后记。

作　者
2012 年 5 月 13 日

图书在版编目（CIP）数据

在东方与西方之间：现代旅日作家的文化体验 / 蒋磊著 . —北京：
社会科学文献出版社，2014.5
ISBN 978 - 7 - 5097 - 5227 - 2

Ⅰ . ①在… Ⅱ . ①蒋… Ⅲ . ①中国文学 – 现代文学 – 文学研究
Ⅳ . ①I206.6

中国版本图书馆 CIP 数据核字（2013）第 251916 号

在东方与西方之间：现代旅日作家的文化体验

著　　者／蒋　磊

出 版 人／谢寿光
出 版 者／社会科学文献出版社
地　　址／北京市西城区北三环中路甲 29 号院 3 号楼华龙大厦
邮政编码／100029

责任部门／经济与管理出版中心（010）59367226　　责任编辑／林　尧
电子信箱／caijingbu@ssap.cn　　　　　　　　　　　责任校对／白秀红
项目统筹／高　雁　　　　　　　　　　　　　　　　责任印制／岳　阳
经　　销／社会科学文献出版社市场营销中心（010）59367081　59367089
读者服务／读者服务中心（010）59367028

印　　装／北京鹏润伟业印刷有限公司
开　　本／787mm×1092mm　1/16　　　　　　　　　印　　张／13.75
版　　次／2014 年 5 月第 1 版　　　　　　　　　　 字　　数／163 千字
印　　次／2014 年 5 月第 1 次印刷
书　　号／ISBN 978 - 7 - 5097 - 5227 - 2
定　　价／55.00 元